Best Time

白 马 时 光

白月同梦我

栖见——著

下

百花洲文艺出版社
BAIHUAZHOU LITERATURE AND ART PRESS

目录
CONTENTS

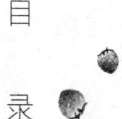

第十七章	同桌带你赢比赛	001
第十八章	不为人知的秘密	019
第十九章	想当我男朋友吗	038
第二十章	校服袖里手牵手	057
第二十一章	一生最好的风景	079
第二十二章	养不熟的小野猫	097
第二十三章	女朋友热情似火	116
第二十四章	校霸的笨拙伎俩	135
第二十五章	无所不能的卷宝	155
第二十六章	低调少爷遭曝光	176

目 录
CONTENTS

第二十七章	家养鲸鱼脾气大	193
第二十八章	小林老师保护你	212
第二十九章	我的少年带着光	231
第三十章	钉进耳洞的答案	250
第三十一章	那么宝贝的姑娘	268
第三十二章	白日梦尽头的你	286

番外一	有你便不再遗憾	303
番外二	倦爷一辈子疼你	306
番外三	沈家霸王小丑丑	312
番外四	临临小朋友日记	315

第十七章
同桌带你赢比赛

林语惊和陆嘉珩、程轶混大的，从小玩的东西就跟别的女孩子不一样，男生玩的她都跟着一起玩，篮球当然也会打。

她准头不太好，最开始的时候经常被虐得妈都不认得。但她性格本来就比较好强，再加上陆嘉珩极其拿手的、幼稚非常却唯独对林语惊十分有效的激将法，林语惊屡败屡战，屡战屡败，从来不知道"放弃"两个字怎么写。

这个东西就像打架一样，被虐着虐着，虐出了经验和技巧，日积月累也就可以虐别人了。

这跟性别一点关系都没有，没有规定说女孩就不能会打球，只不过是校篮球赛从来没有过小姑娘上场而已。

和男生比起来，林语惊个子矮，力量不太行。篮板之类的她抢不到，所以干脆不会去抢，直接交给队友。

但是她速度反应都很快，抢断非常厉害，脑子也好使。

沈倦之前就发现，她很会扬长避短，擅长利用所有她优势的地方，甚至包括她这张人畜无害的脸。

打球的时候假动作信手拈来，你防左边，她带球从右边过去；跳投的姿势都摆好了，下一秒手一沉，又是一个传球。每一个眼神和小动作都像是一种引导，判断不出到底哪次是真，哪次是假。

这种灵活偏诡异的邪道打法，在第四小节最开始的时候，确实让七班乱了好一会儿阵脚，虽然有很大一部分原因是始料未及。

连队友都猜不着她下一步的动作，吃力配合着，在三分钟内连续拿下几个球后，七班叫了暂停。

大概是还有点仅剩的良心在，对着个女孩子，宁远收敛了很多，没再有什么过分的举动，这个时候十班领先9分。

已经是第四小节，如果能把分差拉到两位数，那对方会开始非常着急，心态基本就在崩溃的边缘大鹏展翅了。

刘福江还在隔壁那个看台和王老师吹，有点虚胖的慈祥老脸笑成了一朵灿烂的菊花，眼睛里闪烁着感动的泪光："我们班的学生都太优秀了啊王老师！"

王老师的表情从刚开始的配合到现在，笑容逐渐僵硬，已经变得非常勉强。

刘福江也不在意，自顾自地跟他聊天，并没有注意到这边的动静。

"一会儿他们会分一个人来盯我，八成是审天猴。"打球非常消耗体力，林语惊体力不太好，只打了这么一会儿就开始觉得累，她喝了两口水，快速调整呼吸，看向沈倦："对面一个人，防不住你吧？"

沈倦看了她一眼："不一定，要看是谁。"

林语惊皱了下眉："谁？"

沈倦平淡道："你，站在那里不动就能防死我。"

林语惊："……"

宋志明："……"

于鹏飞："……"

宋志明佯装愤怒地把自己手里的水瓶子摔在地上，砰的一声，还挺响，听起来气势逼人。

他转身就要走："这球我不打了。"

李林非常配合，扑过去一把搂住他的腰："队长！队长你冷静点！队长，十班全都队不能没有你啊，你再考虑考虑！"

俩人在旁边兴高采烈地表演了起来，然而并没有人搭理他们。

于鹏飞有点困惑地转向老高："这两个人有什么事情是我们错过了的吗？我怎么感觉，两个小时前沈老板好像还不是这么明目张胆地……"

……骚呢？

老高始终非常天然呆，对这个问题就更茫然了："啊？"

宋志明回过身来，愤恨地捡起水瓶子："错过了什么？还能错过什么？

猜都能猜出来了，你们自己问问，中场休息的时候他追出去干吗了不就知道了？"

闻紫慧觉得，这几个人打个球好像要上天了："你们现在胆子是真肥，是真实清醒的吗？知道自己现在调侃的人是谁吧？"

十班这边气氛还算轻松，大家都不想给队友太大压力。临上场前，沈倦走到林语惊身边，低声问："下那么大注，输了怎么办？"

"耍赖啊，"林语惊想也没想，"我一个人跟他们打的赌，跟我们班可一点关系都没有。真输了就要个赖，那还能怎么样，对这种不知道是打球还是打人的无赖，讲什么道理啊？"

沈倦被她理所当然的态度镇住了，片刻勾唇，低声说："算了吧，你耍赖跟撒娇似的，想当着我的面勾引谁？"

林语惊："……"

这人从刚刚跟她挑明了以后，就好像已经自顾自地默认了自己的地位，直球一个接着一个打，撩拨得丝毫不避讳。

林语惊忍无可忍："沈同学，咱们俩还是纯洁的同桌关系，你说话注意一点，怎么回事儿呢？"

沈倦笑了一声，抬手盖在她脑袋上揉了一把："行吧，同桌带你赢。"

林语惊侧了侧身，面无表情地、毫无诚意地鼓了鼓掌，夸奖他："倦爷厉害，倦爷什么都会。"

沈倦顿了顿，忽然停下了脚步，转过身来。林语惊也跟着顿了下，抬眼看他。

沈倦面对着她，一边倒退着走一边看着她，食指和中指并拢抬起，指尖轻点了下眉梢，而后向上扬了扬。

篮球馆里场灯明亮，少年穿着鲜艳的火红球衣，身形长而挺拔，耀眼又夺目。

"肯定啊，"他懒洋洋地笑了笑，神情散漫张扬，"倦爷无所不能。"

林语惊承认，这一瞬间，她确实有被沈倦帅到，撩得她差点狼狈逃离现场。

第四小节，沈倦彻底将自己"八中乔丹""十班三井寿"的名号落在实处，对面分人来盯林语惊，一个人也就根本防不住他。

这人的三分球像是长了眼睛，橘红色的小篮球，从各个角度横跨球场和篮筐亲密接触，比赛剩下的最后几分钟，沈倦连着进了三个球。

轻轻松松就把比分拉开到了十五分以上。

最后比分固定在了 59∶41 上，十班淘汰了七班，成功捍卫了自己运动会接力赛奖状的所有权。

虽然大家全都已经忘记这事了，现在旧账翻篇，新账是宁远打球手太脏，惹了不该惹的人。

虽然沈倦从开学到现在低调得不行，还真没人见过他惹事打架，甚至和谁发生过冲突，但是倦爷不在江湖，江湖仍然留有他的传说。确实没人敢，也没人想过和沈倦搞点不愉快出来，但宁远显然是不怕他的。

沈倦也始终压着火，裁判最后一声哨声响起，他直接三步并作两步，走到宁远面前，劈头盖脸地问："你认识我？"

宁远输了比赛，脸色有些难看，干巴巴地说："大名鼎鼎，谁不认识？"

"你跟聂星河是什么关系？"沈倦低声问。

宁远终于定了定神，抬眼："挺不容易的，你还能记得他的名字。"

沈倦唇线绷得很紧，眼神发沉："我不管你是谁，你认识谁，你知道什么，我现在给你两个选择，道歉……"沈倦顿了顿，朝王一扬的方向扬了下下巴，"或者我回你个礼，让你也变成他那样。"

他们俩站在篮球架下，声音很低，周围没人，也没人注意到这边的动静。

七班的人气得发狂，对面十班全都连蹦带跳地抱在一起。

"沈倦，你现在每天晚上睡得着吗？"宁远看着他，轻声问，"你都不做梦吗？你怕不怕哪天洛清河真的……"

"刘老师！"一道女孩子的声音打断了他的话，"刘老师！宁远同学刚刚跟沈倦说自己打了王一扬，心里特别愧疚，想要跟咱们道歉，还想鞠躬说'对不起'！"

林语惊不知道什么时候跑到他们俩旁边，一手指着宁远，高声喊道。

"……"宁远侧头。

她声音挺大，穿透半个球场，那边十班的人都回过头来，刘福江也顾不上高兴了，小短腿紧捯着小跑过来，神情难得地严肃："怎么回事？"

沈倦和宁远都转过头来，宁远张了张嘴，没等他声音出来，林语惊抢先道："刚刚宁远同学跟沈同学道歉了，承认自己在比赛途中打了他和王一扬同学的无耻行径，之所以在这里偷偷道歉，是因为他当时有点兴奋过头，现在回想一下，也觉得自己罪孽深重，实在是没脸跟大家承认错误。"

林语惊表情认真，看起来可信度非常高："但是，宁远同学觉得做错了就是做错了，所以他想绕着体育馆裸奔十圈，然后给王一扬同学和沈倦同学鞠躬道歉，因为他心里也是很悔恨的。"

"？"宁远一脸错愕。

刘福江也很错愕，他觉得现在的小孩花样还真多："裸、裸奔十圈？"

林语惊特别善解人意："刘老师，虽然宁远同学赎罪心切，但是我觉得裸奔有点儿不合适，要不就让他这么跑十圈吧。"

宁远脸色非常难看，刚要说话，林语惊侧了侧头，视线偏向他身后。

宁远回过头去，看见跑过来的许杰，忽然觉得有点不妙。

许杰就是一个成分简单的窜天猴，一个单纯的、一点就着的、没什么心眼的幼稚中二少年，觉得自己能上天入地，并且非常够义气。

他看到这边好几个人围着宁远，以为是自己班同学被欺负了，二话不说直接跑过来，到旁边站好，准备给他撑腰，表情看起来非常有气势："怎么了？"

宁远又没来得及说话，林语惊再次抢先问道："许杰同学，你跟宁远是不是同伴，你们是一伙的吗？"

许杰想也没想，一挺胸，把宁远往身后挡了挡，掷地有声："当然是了！"

"……"宁远绝望地闭上了眼睛。

林语惊快速地转向刘福江："老师，你看，他们承认了，他们就是有组织有预谋的，就是欺负咱们班同学老实。"

许杰："……啊？"

刘福江也沉默了。

他是非常护犊子的,平时跟学生嘻嘻哈哈也好,宽容随和也可以,但是一旦涉及自己班的孩子被欺负,他会非常愤怒。

尤其是王一扬的膝盖确实伤着了,而沈倦……

他侧头看了沈倦一眼。

沈倦忽然单手搭上林语惊的肩膀,另一只手捂着胃,上身弓了下去。

"沈同学,你是不是哪儿不舒服?"林语惊关切地问。

"胃有点不舒服……本来以为忍到比赛结束会好。"沈倦闷声说。

许杰听到这儿终于反应过来了,也愕然了,他从来没见过这种操作。

刘老师!沈倦骗人!!沈倦刚刚比赛的时候,投完三分球挑衅地看着他的表情,舒服得像刚做完大保健!!!

许杰转过头来,刚想解释,刘福江忽然大喝了一声:"谁让你见到老师不问好的?!我就站在这儿,你没看见吗?你们老师平时就是这么教你的?!"

"你们今天办的这个事情,性质非常恶劣!重伤我们班同学!为了胜利,不择手段!!"

刘福江非常愤怒,他愤怒得平卷舌都不分了:"这四什么行为?这四什么风气?把你们班主任找来!现在找来!马上找来!我必须要跟她说一说这个思想品德教育的问题!!"

七班班主任不太重视这些除学习以外的事情,她是个出了名的抓学习狂魔,每天都沉浸在培养自己班里那几个尖子生,把他们变得更尖子的事业当中,所以这个篮球赛,她根本就没来。

刘福江是打定了主意要给自己班的学生做主,家长把孩子交到学校来,交到他手里,他就要负责。

林语惊这孩子是从来不会说谎的,既然她都这么说了,刘福江当时就信了七八成,再加上后来许杰跑过来亲口承认了。

七班班主任来了以后,刘福江深吸了口气,调整了一下波动的情绪,尽量心平气和地跟她说明了一下事情的起因经过。

许杰平时就不怎么让人省心,三两天闯一次祸。因为他,年级主任已经找过她这个班主任不知道多少次了。七班班主任其实也已经信了一半，不过宁远平时倒还算省心，所以她还是问了一下自己的学生："许杰，宁远，是这样吗？"

"姜老师，他刚才亲口向我承认了。"刘福江说道。

姜老师转过头来，神情严肃："真有这回事？你真的打了十班的同学？"

许杰都要疯了，他真的没打人，他是看见了，但是他没动手啊！

这从天而降的一口锅扣下来，看起来还没有洗白的机会了，他下意识地就想解释，想都没想就脱口而出，焦急道："老师我没有，不是老师，真不是我打的，我就在旁边看……"

宁远飞快地看了他一眼。

许杰也反应过来，声音戛然而止。

说漏了。

林语惊唇角弯了一瞬："姜老师，确实不是许杰，是宁远动的手，宁远同学刚刚也跟我们承认了。"

林语惊又迅速道："他说他就是一时冲动，他太想赢了，想为班级争荣誉，他现在也挺后悔的，特别想当着大家的面，郑重地给我们班同学道个歉，您就原谅他吧。"

小姑娘声音温软，眼睛漆黑澄澈，乖乖巧巧地站在那里，说出来的话也特别善解人意。

沈倦单手搭在她的肩头，另一只手还在按着胃，弓着身，低垂下头，肩膀一抖一抖的。

姜老师最喜欢的就是学习成绩好的孩子，她之前无数次惋惜：为什么林语惊这种成绩又好又讨人喜欢的女孩子没在他们班，而且林语惊最擅长的科目是英语，姜老师就是教英语的。

再加上她是年级第二。

再看看旁边的沈倦。

哟，年级第一，胃疼得都抽抽了。

姜老师叹了口气，转头看向刘福江："刘老师，真是不好意思，我也没在现场，没想到我们班的学生会闯这么大祸，您看这样，我让他们跟你们班的孩子道个歉，回去我肯定好好说说他们，他们肯定也是一时冲动，您给他们一次机会，行吗？"

宁远："……"

许杰："……"

晚上六点半，学校旁边那家十几平方米的豪华烧烤店里。

宋志明高举双手，一手抓着一串羊肉串，发表演讲："我，宋志明，没想到有生之年能有一天和沈倦打球，"他将右手的羊肉串举到嘴边，当话筒用，"而且还赢了，谢谢大家，谢谢大家帮助我完成了这个梦想，你们是我一辈子的朋友。"

于鹏飞把手里的杯子哐当一声撂在桌上："我太爽了，我还想再看一遍许杰他们站在那儿给咱们鞠躬道歉的情景。"

"加跑圈。"李林补充道。

他们当时都站得远，也没听清林语惊他们具体怎么说的，反正后面七班班主任被叫过来，又是一顿交涉，最后宁远和许杰过来给他们鞠躬道了个歉。

宁远没什么表情，许杰被气得脸白得跟抹了奶油似的。

两个人道完歉，开始跑下楼，绕着体育馆跑圈。

篮球赛他们打完下午还有两场，十班这几个人也不看了，就蹲在体育馆大门前，看着他们一圈又一圈地跑过来。

李林非常贱，站在体育馆的台阶上给他们做技术指导："哎，许老板！摆臂啊！咋跑步还不会摆臂呢！你这不摆臂不行啊，动作不标准啊！再说这跑十圈多累呢。"

许杰这个暴脾气肯定是不能忍的，他在门口站定，大口大口地喘着气，怒视李林，刚准备来一段非常有素质的国骂，旁边林语惊不紧不慢地捧着杯热奶茶走过来了："李林你能不能不要再欺负许同学了？你就非得逗他说话吗？老师说了，他们要是跑步过程中再多说一句话就得加一圈儿。"

林语惊看了看表，善解人意地说："都几点了？十圈呢，这才跑了三圈。"

"……"许杰觉得自己喉间哽着口老血，一口气没上来，差点把自己憋死过去。

窜天猴今天获得了成长，他明白了两个道理：只要学习好，在老师眼里你放个屁都是彩虹味的，以及——千万不能被女生的外表所迷惑。

已经被贴上了危险人物标签的林语惊，自己浑然不知，正坐在烧烤店里夹着块烤鸡翅慢条斯理地啃。

这家店她之前从来没来过，中午午休的时间有限，而且想想看，学校旁边，应该也没什么人大中午吃烧烤。

林语惊一直觉得这家店快倒闭了，可能改弄个盖饭什么的更赚一点。

结果今天进来，她发现人竟然很多，小小的一个店面，两边靠墙摆着六七张方桌，一家店被塞得满满的，客人也不光是学生。

味道也不错，蜜汁烤翅一串一个，色泽饱满油亮，外酥里嫩，上面刷了一层大概是他们家特质的蜜汁酱，甜香不腻口。

林语惊已经干掉了三串。

她打了一场球，虽然只有小半场，但她体力很差，小半场已经拼掉了她半条老命，腿现在还累得发软，如果不是宋志明太热情，她可能直接就回寝室洗澡睡觉了。

结果一进来这烧烤店，闻着烧烤的香味，她才觉出肚子饿得不行。

林语惊此时正在跟第四串蜜汁烤翅做斗争——右手拿着烤串，左手筷子扎进鸡翅的两根骨头中间，将整个鸡翅从铁签子上滑下来。

前面三个都挺顺利的，到了这个串得格外紧，筷子扎进鸡翅里，把两根骨头都剖开了，也没成功地把鸡翅从铁签子上撸下来。

林语惊有点无奈，把鸡翅按在碗里，拔出了筷子。筷子扎得挺紧，动作看起来比较豪迈。

宋志明看到这一幕，忍不住说："林妹，吃个鸡翅也不用这么血腥暴力吧？你就直接用手拽下来咬呗，跟我们不用注意形象。"

"不是，"林语惊顿了顿，"也不是因为形象，我就是懒得洗手。"

她很烦用手拿东西吃，手指会被弄脏，此时也没有湿巾纸，用纸巾根本擦不干净那个味。

林语惊把手里的串转了个方向，正准备跟这个鸡翅战斗到底。

这时，沈倦伸手把她手里的串抽走了，从墙边筷子篓里抽了双干净的筷子，横着夹着鸡翅，从铁签上撸下来，放在她的碗里："这鸡翅被你折磨死了。"

林语惊愣了愣，一时间有点犹豫。如果放在之前，她肯定毫不犹豫地直接吃了，现在就多了点莫名的不自在。

之前因为球赛而暂时抛诸脑后的问题，开始一股脑地往上涌。

可是不吃也显得太矫情了吧？

她低声说了句"谢谢"，默默地夹起鸡翅来咬了一口。

沈倦微扬了下眉，看起来对她这一句"谢谢"不是太满意。

一桌子人安静了一瞬，李林和闻紫慧对视两秒，李林清了清嗓子，岔开了话题，大家又重新聊了起来。

篮球赛虽然占了下午的课，晚自习却还是要上的，但十班的人实在是太兴奋了，有班里第一第二名带头，一半人都逃了晚自习。刘福江心里也是高兴的，想想特殊情况，也就睁一只眼闭一只眼，随他们去了。

林语惊他们连吃饭带聊天，吃完已将近九点。

她是第一次跟班里的同学出来吃饭，她发现宋志明和李林真的非常贫，俩人时时刻刻都在讲相声。

他们点了酒，到后面，宋志明明显有点上头了，他端起杯子举向沈倦："倦爷！听你的朋友都这么叫你，我觉得非常酷，所以我也就这么叫了吧，倦爷！"

宋志明又说："真没想到这球你会来打，你可能现在不把我当回事，这个我不在乎，但是从今天开始，在我这儿就把你当兄弟了。你要是想，我跟王一扬一样叫你一声'爸爸'都行。"

沈倦手臂搭在椅背上，另一只手端起杯子，笑了笑："客气，'爸爸'就不用了，认那么多儿子我养不过来。"

宋志明又干了一杯,看起来已经开始有点神志不清了:"倦爷,我既然叫你一声'爷',你就当得起!"

林语惊撑着脑袋叹了口气。

老高看了眼时间,再看看喝得差不多了的宋志明:"撤吧,九点了,女生早点回去。"

这个点刚好是晚自习结束的放学时间,校门开着,他们回去得挺顺利,宋志明一个酒鬼混迹在人群当中没人发现。

沈倦不住校,林语惊本来以为他直接就回去了,结果这人一直跟着他们进了校门,绕过花园主干道、图书馆、校医室,走到了宿舍区。

李林他们不知道是有心还是无意,走得很快,把他们俩远远地甩在后面。

眼看着要走到寝室楼,林语惊终于忍不住侧了侧头:"你今天不回去了吗?"

"回,"沈倦说,"先把你送回去。"

林语惊张了张嘴:"就这么一点儿路,我跟闻紫慧她们一起走就行了。"

沈倦手抄在口袋里,步子顿了顿:"我想跟你多待一会儿。"

"……"林语惊差点被自己的口水呛着。

她僵了一下,默默垂下头,不说话了。心跳又开始怦怦怦地加快。

怎么回事?你能不能有点出息呢,林语惊?

人家说什么了吗?没有啊。

就说想跟你多待一会儿,这怎么了?这不是挺正常的吗?

……

行吧……好像也不是很正常……

林语惊小声地叹了口气,又开始思考今天下午沈倦的话。

什么叫"好像确定了"?确定什么了?

"打算追你"就是"告白"的意思?"追你"可以等于"喜欢"吗?

林语惊没收到过这样的表白,她回忆了一下,那些天天堵陆嘉珩,给他递情书、写小纸条的小姑娘。

一般都是"陆嘉珩同学，我喜欢你"。

好像也没有"陆嘉珩，通知你一声，老娘现在准备开始追你了"这种说法的。

校霸追小姑娘都是这么狂霸炫酷跩的吗？

她机械地往前走，脑子里的想法已经翻到十万八千里远，正神游的时候，被沈倦的声音重新拉了回来："下午，我跟宁远说话的时候，你一直在？"

"啊？"林语惊抬起头来，回过神，"哦，我看到你过去，我就过去了，你现在在学校里，旁边都是老师，还能跟他打一架吗，特殊情况需要特殊对待。"

两个人走到两栋寝室楼的中间，沈倦忽然停下脚步："你听见什么了？"

他声音有点哑。

林语惊愣了愣，也停下脚步，抬起头来。

沈倦垂眼看着她，黑眸被夜色浸染着，有些深邃。

"两个名字，这个河那个河的，"林语惊实话实说，"还有做梦什么的，不过你们说得乱七八糟的，我也没听懂。"

确实没听懂，当时沈倦的眼神阴沉可怕到林语惊觉得下一秒他可能会忍不住把宁远抢进地里，所以她犹豫了一下，还是打断了。

沈倦没说话，沉默地盯着她，薄唇抿紧，嘴角绷得平而直。

就在林语惊怀疑他在思考着要不要杀人灭口的时候，沈倦忽然笑了。

少年的笑声飘散在夜色里，低低的一声，有些沉："其中一个河，你也见过，你差点以为我会把他打死的那个。"

林语惊回忆了两秒，想起来了这个人。

瘦瘦小小的一个少年，被沈倦拽着领子抢到墙上，弱得连挣扎都挣扎不动，脚尖都碰不到地面。

"他是你那个植物人同桌？"林语惊问。

沈倦"嗯"了一声，语气很淡，听不出什么情绪："他是我舅舅的……徒弟。"

林语惊没说话，脑子里飞速地整理了一下现在的已知信息。

沈倦曾经说过，他的工作室是他舅舅的。

他那个差点被打死的同桌，其中一个河——其实她听清了，洛清河或者聂星河，是他舅舅的徒弟。

那么，至少沈倦跟他以前应该是熟悉的，甚至可能关系很好，现在却结了仇，只能是因为沈倦的舅舅。

舅舅不在工作室是去哪儿了，另一个河是谁？洛清河和聂星河……

不是，这两个人就非得都叫"河"吗？！还起得这么像！

这个世界上这么多字可以用来起名字，就不能换个字来用吗？！

这多容易弄混啊！

林语惊心累地叹了口气，又想起宁远的话——

"你晚上睡得着吗？"

"你都不做梦吗？"

"你怕不怕哪天洛清河真的……"无论是真的怎么样，听起来好像沈倦才是那个应该要心虚的反派角色。

林语惊还记得宁远说这话的时候沈倦的眼神。

阴沉冰冷，带着一点点几乎察觉不到的茫然和无措。

她忽然什么都不想知道了。

沈倦能做过什么？不可能的。

她同桌是个街上约架的时候，还惦记着补作业的人；是只第二次见面的女孩子，都会习惯性护一下的人；是看见她饭团掉了，会买一个新的给她的人。

沈倦明明温柔得连一只蚂蚁都舍不得伤害！！

林语惊清了清嗓子，转移话题："这算是校霸秘史吗？不为人知的秘密。"

沈倦扬了下眉："算吧。"

林语惊点点头："那我还是不问了。一般电视剧或者小说里，知道了大佬秘密的人都活不过三集。"

沈倦又开始笑："那怎么办？交换吧，你拿点东西做抵押。"

晚自习结束了有一会儿，学生该回寝室的回寝室，该回家的回家，此时人已经走得差不多了，偶尔还有下了晚自习的女孩子站在门口说话，或者往宿舍里走，扫见这边站着两个人以后，凑在一起笑着进去。

林语惊比较庆幸现在挺晚了，站在外面看不太清楚人长什么样，大概只能看得出来是一男一女。

不过她还是觉得有些不自在，拽着沈倦的袖口把他往里面拉了拉，拉到两栋寝室楼中间的缝隙里，避开其他人的视线。

沈倦任由她拉着，跟着她走过去。

两人站进一米宽的一块阴影里，昏黄而暗淡的光线被遮住了大半。

"我是挺想有东西给你抵押的，"林语惊抬起头来，继续刚刚的对话，"但是怎么办？我真没什么秘密，不像你，你们荷叶村人心可真是复杂，你是一个有故事的沈铁柱。"

"我不想要秘密，"沈倦往前走了一步，低头看着她，"抵点别的？"

林语惊此时背对着宿舍楼墙壁，沈倦就站在她面前，两个人离得有些近，少年的气息带着一点侵略性覆盖过来。

她下意识地想要后退，脚无声地往后挪了一点，鞋跟碰到墙角，发出轻微的声响。

再往后就是冰冷的墙壁，林语惊有点窘迫地抬眼，沈倦发现了她的小动作，似笑非笑地看着她，脸上写着六个字——我看你往哪躲。

林语惊移开视线，勉勉强强接话："校霸的秘密价值千金，用别的抵不合适……"

"我觉得合适，"沈倦倾身靠近，看着她低声说，"比如说，牵个手可以抵一个秘密，拥抱再换一个。"

他顿了顿，俯身垂头，唇凑到她的耳边，声音轻而缓："亲一口就全都告诉你。"

少年喝了一点酒，吐息间都像是在熏着人。距离太近，林语惊感觉到，他唇瓣凑近的那边耳朵开始烧，然后热度顺着往上攀，传遍了全身。

沈倦这人，太要命了。

他的进攻性太强，攻势实在是过于猛烈，一个接着一个，让人连喘息的时间都没有。

林语惊被他撩得脑子有点发麻，但她也实在不想让自己看起来太弱势。

人家像个老司机一样，过来一撩，你就耳朵通红、满脸娇羞了，这也太没面子了。

林语惊努力想要看起来和他势均力敌一点。

她没躲，侧了侧身子靠在墙面上，甚至偏头把距离拉近了一些："亲一口就全告诉我了，我要多抵点东西，你怎么办？"

女孩子柔软的声音，在夜色中像是暧昧的蛊惑。

沈倦从下颏到颈线绷得有些紧。

他微扬了下眉，侧着头后倾了一点，抬手抵着她的下巴往上抬了抬。

林语惊没想到他直接就动手了，被迫仰着脑袋，一脸错愕。

她这个身高在女孩子里面算是高的了，但站在他面前简直不值一提，人比他小了一圈，像是老鹰和小鸡崽子。

沈倦低垂着眼，眸光被浓密的黑睫覆盖，光线昏暗，看不出情绪，手指轻缓地摩擦她下巴尖细腻的皮肤。

指尖每蹭一下，都能感受到她轻颤一下，连睫毛都在抖。

沈倦勾起唇角，垂头靠近，声音带了一些哑："这么好奇，试试？"

林语惊整个人都僵住了。

少年长腿微曲，将她圈在自己面前，极具侵略性的气息铺天盖地地压下来。

他像是故意的，动作放得很慢很慢，人一点一点地靠近，两个人拉近到前所未有的亲近距离，恍惚间感觉到好像鼻尖碰到了一起。

林语惊忍无可忍，猛地别过头去，红着脸，声音里全是气急败坏和恼羞成怒的慌乱："沈倦，你能不能做个人？"

气息和声音都已经软得一塌糊涂了。

沈倦动作停住，静了两秒，忽然垂下手，头偏了偏，脑袋抵在她的肩头。

他开始笑，沉沉的、低低的笑声溢出来，他的头靠在她的肩膀上，笑得停不下来。

"……"

林语惊此时也缓过神来了，他就是故意在逗她，就想看她什么时候忍不住，行为十分畜生，手段特别流氓，让人很想直接揍他一顿。

她强忍着在学校里直接施暴的冲动，深吸了口气："你别笑了。"

她不说还好，这一说，沈倦笑得更大声了，止都止不住，肩膀一抖一抖的。

林语惊："……"这人是不是有点欠教育？

她面无表情地在心里默默倒数，数了十个数，这人还在笑。

"沈倦。"林语惊平静地叫了他一声。

沈倦笑着抬起头来："嗯？"

还没等他反应过来，林语惊的爪子就招呼上去了，光线有点暗，她都没太看清，反正是打到了。

沈倦反应很快，两手攥着她的手腕，林语惊把手翻了一圈，反手想去拽他，被他直接拉开扣死。他力气很大，林语惊手上动作被限制住了，想都没想直接抬腿，提起膝盖就要踢上去。

沈倦立刻察觉到她的意图，长腿往前一别，压在她的腿上，下一秒整个人贴过来，将她死死压在墙上。

两个人扭曲地缠绕在一起，沈倦压着她的腿，扣着她的手，她一动都动不了。

她明明是想打架的，却不知道为什么，觉得怎么都不对劲。

而这个人还在笑："小姑娘，有些地方不能随便踢，知不知道？"

男生和女生在力量上是有着绝对差距的，林语惊本来也没多专业，靠着小聪明和一点小技巧，平时虐虐菜鸟还行，遇到沈倦这种，就会被压制得死死的。

林语惊快麽了，火气和别扭、羞耻，以及一些其他不知道怎么形容的乱七八糟情绪混在一起，一股脑地往上蹿，她想也没想地仰着脖子，狠狠地一口咬在他的下巴上。

沈倦长长地哑了一声。

林语惊僵住了。

她甚至还叼着他的下巴待了两秒，才回过神来，松了口。

沈倦放开她，后退了半步，拉开一点距离："这么凶？"

"我……"林语惊还站在原地，她张了张嘴，又垂下头，小声说，"对不起……"

沈倦没说话。

林语惊还是有点心虚的，她咬得其实还挺重，应该是破了。

但是这能怪谁？

你乖乖让我揍一拳，不摁着我，我能咬你吗？

"谁让你先耍流氓的。"林语惊补充道。

沈倦抬手，拇指碰了碰被她咬过的地方，湿的。

他把拇指和食指捻在一起，蹭了蹭："你这一口，比我流氓多了。"

"……"林语惊无言反驳，也不说话了。

近十点，寝室楼准备锁门，宿管阿姨催着几个还站在门口聊天的女生，沈倦从口袋里抽出手机，看了眼时间："要锁门了，进去吧。"

林语惊没动，偷偷瞥了一眼他的下巴，光线有点暗，看不清是不是真的破了。

沈倦笑了笑，抬手揉了一把她的脑袋："晚安，小同桌。"

林语惊一晚上都没怎么睡好，临睡前接到了林芷的电话。

自从上次林芷打电话过来，两个人很久没再说过话，除了每个月一次或者有些时候几次的打钱之外，没有其他交流。

所以林语惊在洗好澡出来，坐在床上看到这通电话的时候有点愣。

电话响了两声，她接起来："妈妈。"

林芷的声音一如既往，因为过于平静而显得有些冷淡："期中考试成绩出来了吗？"

这是她说的第一句话，和以前一样，没任何变化。

林语惊早习惯了，应了一声："嗯。"

林芷问："多少名？"

林语惊顿了顿："第二。"

林芷沉默了一下，然后平静地说："八中在 A 市也不算是顶尖的重点学校，你现在连第一都考不了吗？"

林语惊安静了一下，才说："八中也挺好的。"

林芷不说话了。

两人之间长久的沉默过后，林芷忽然很轻地叹了口气："小语，我不知道是不是新的环境对你会有一些影响，虽然我和你爸分开了，但是我毕竟是你妈妈，我不希望这些事情影响到你的成绩，你应该无论在哪里都是第一名。"

林语惊靠着墙坐在床上，漠然地看着雪白的墙壁。

宿舍里是单人床，比较窄，她的小腿一半悬空地搭在床边，脚背上还挂着没擦干的水珠。

深秋，她觉得有些凉，脚趾蜷了蜷，曲腿踩在床面上。

林芷没等到她的回应，声音放软了一点："我下个月到你那边出个差，你要出来和我吃个饭吗？"

林语惊愣住了。

你要和我出来吃个饭吗？

这种征询她意见的问句，以前几乎不会出现在林芷口中，她永远都是绝对命令的。

林语惊清了下嗓子："你问我的意思，就是说我可以拒绝吗？"

林芷沉默了一下："我希望你不要拒绝。"

"行，"林语惊吸了口气，直起身，"你到的时候给我打电话吧。"

林芷又说了两句话，把电话挂了。

林语惊对着黑屏的手机看了两秒，爬到床头去插好充电器，放在桌边，回到床上拉起被子，闭上眼睛。

她确实累了，今天一天发生了太多事情，脑子里不停地涌进新信息，所有的事情一个一个片段地在脑海里过了一遍。

她迷迷糊糊睡着之前的最后一个镜头，竟然是沈倦的脸。

第十八章
不为人知的秘密

李林这一晚上睡得很好，前一天赢了比赛，心情舒爽得酣畅淋漓，甚至想起来自己物理作业还没写，都不见丝毫慌乱。

他觉得这一个礼拜，不，至少这一个月，都是他的幸运日。

毕竟他们是打赢了七班的、命运的宠儿。

虽然这个胜利跟他根本没啥关系，不过不要紧，兄弟的实力就是自己的实力，兄弟的运气也可以是他的运气。

李林住校，早上他特地放弃了食堂，去学校对面的早餐车买了个早餐吃，还碰上了不住校的宋志明。

宋志明看起来精神也不错，正哼着歌等着早餐车的阿婆煎鱼饼。

李林看见他，跟他打了个招呼："好久不见啊队长！想我了吗？"

"想你啊兄弟，"宋志明热情地回应他，"我今天带的猪骨汤味的浓汤宝，你带菊花茶了吗？"

李林笑着骂了他一顿。

他要了一份生煎，又拿了一袋豆浆，宋志明等了他一会儿，一起往学校里走。

"昨天你们都没事吗？我半夜醒来，头疼死我了，"宋志明咬着鱼饼，"我妈起来给我煮了个汤，还挺管用的，就是不怎么好喝。"

两个人一边聊天一边走，走到一半，李林想起自己出来的时候太开心，书包都没拿，又回了一趟寝室。

宋志明跟他一块回去，结果两个人刚进楼，迎面撞上了从里面出来的沈倦。

沈倦是不住校的，所以李林看见他的时候还愣了一下，停下脚步。

宋志明也愣了愣："沈老板，早啊。"

沈倦明显没睡醒，无精打采地掀了掀眼皮子："早。"

他不仅没睡醒，看起来还像是跟人打了一架，并且挂了彩，鼻梁骨上蹭破了点皮，下巴上还有个圆圆的小牙印。

……

嗯？牙印？

宋志明和李林对视了一眼，从对方眼里看到了不同程度的惊恐和惊吓。

宋志明觉得，这个事情好像有一丢丢的复杂。

他仰头看了一眼男生宿舍楼，又迅速回头看了一眼女生宿舍楼那边，扭过头来："沈老板，我记得你之前是不是不住校的啊？"

沈倦耷拉着眼皮，声音困倦沙哑："嗯，昨天太晚了，没回去。"

昨天太晚了。

太晚了。

晚了。

他们昨天晚上九点钟不到回来的，刚好是平时下晚自习的时候，这个"太晚了"的时间肯定不是他们回来的时间。

宋志明又看了一眼大佬下巴上的牙印，还没说话，何松南从食堂那边拐过来，站在前面不远的地方喊了沈倦一声："倦爷！"

沈倦打着哈欠朝他走过去。

宋志明在楼下等了一会儿，李林拎着书包下来，宋志明转过头来："你看见沈老板下巴上的那个牙印了没？"

"我又不瞎！"李林叼着个生煎，声音含糊，"不知道谁这么猛，大佬都敢咬呢。"

宋志明转过头来，纳闷地看着他："你是不瞎，但是你怎么能是个傻子呢？"

"你这就没什么意思了啊。"李林说，"你觉得骂我能显得你智商高？"

"我智商高不高我不知道，我只知道你这个问题真的很低智，"宋志明说，"就咱们学校吧，你觉得还有谁敢咬沈老板？"

"咱们学校啊……"李林吃掉了最后一个生煎，想了一下，"我觉得除了林妹也没别人了吧。"李林的声音戛然而止。

宋志明没说话，看着他。

李林嘴里的半个生煎差点没掉出来："真的假的啊？"

宋志明叹了口气："你觉得沈老板如果是跟人打架去了，可能让人咬着他下巴吗？"

"虽然我一直觉得他俩吧，但是，倦爷不是那个，那个……"李林有点难以说出口，低声说，"之前不是有个楼吗？就是他和高三那个何松南的照片，倦爷把人霸道地按在那儿，那楼被咱们学校的小姑娘盖了一千来层呢，什么CP什么的。"

"没准是把人霸道地按在那儿揍了一顿呢。"宋志明是个笔直笔直的小少年，他只相信自己眼睛看到的，"我觉得事情的转折就是昨天，昨天球赛中场回来以后，倦爷就开始不当人了。"

"……"李林哑然了，咕咚咕咚喝掉了最后一口豆浆，叹了口气，"咱们倦爷，自从决定不当人，腰不酸了，腿也不疼了，可能还浑身上下全是牙印了。"

沈倦对于他的同班同学们擅自给他加了这么多戏的事情毫不知情，他昨天晚上确实是因为时间有点晚，懒得再回去，就直接去何松南的寝室睡了一宿。

他早上洗澡的时候洗了把脸，下巴和鼻梁骨还隐隐有点痛感。

小姑娘下手还挺重。

沈倦照着镜子，仰起下巴，看了一眼上面那一小圈发红的牙印。

然后他垂下头，双手撑着洗手台，开始笑。

虽然林语惊这一口是因为打了他一下以后，两只手都被他抓住了，气急了想都没想就直接咬上来的。

但这不是重点。重点是，他甚至现在还能回忆起，少女柔软的唇瓣在贴上来那一瞬间的触感，虽然下一秒就被疼痛取代了。

疼一点也就无所谓了。

沈倦忽然觉得自己真的像个变态。

他到教室的时候林语惊已经在了，看起来情绪不太高涨，撑着脑袋看英语书。

沈倦拎着两个奶黄包，放在她的桌面上。

林语惊抬起头来，看见他，站起身给他让位置。

沈倦坐进去，看了她一眼。

她也正看着他，歪着头，身子往下低了低，盯着他的下巴。

沈倦扬了下眉，大大方方地任由她盯着。

她看了一会儿，皱眉，指着他下巴上的那个牙印，低声说："这个印子还有点儿明显，你怎么没贴个创可贴啊？"

"没有。"沈倦说。

林语惊叹了口气，把书包拉出来，从里面的一个侧格里摸出一包扁扁的创可贴，打开抽出一条递给他："喏。"

沈倦没接。

林语惊举了一会儿，抬起头来："给你呀。"

"我不知道它在哪儿，看不见，"沈倦指了指下巴，说，"不是应该始作俑者负责善后吗？"

"……"林语惊四下看了一圈，早自习，同学们该抄作业的抄作业，该聊天的聊天，她又一偏头，对上了李林热烈的视线。

也不知道他为什么这么热烈。

林语惊淡定地转过头去，趴在桌边看着沈倦，小声说："好多人呢，我怎么给你贴……"

如果是半个月甚至一周前，林语惊一定半点歪心思都不会有，二话不说直接撕了，啪叽一下就帮他贴上了。

但是现在，好像就不行。

他们的同桌关系，变得不是那么……纯洁了。

不知道为什么，她竟然还生出了一种物是人非的感觉。

淡淡的忧伤。

她又叹了口气，再一抬头，看见沈倦正在脱衣服。

林语惊："？"

沈倦把校服脱下来，里面还是昨天那件卫衣，他把校服抖了下，盖在头上，手抓着校服两边撑起来，人在校服下面看着她："进来。"

"……"林语惊有点没反应过来："沈同学，你现在是在教室里就已经忍不住不想当人了？"

沈倦淡定道："不是怕看到吗？进来贴，他们就看不到了。"

林语惊："……"

这可真是个绝妙的好办法啊！沈同学！您真是个鬼才！

这个方法简直完全、一点儿都不明显！

林语惊都服了，翻了个白眼，从小纸包里把所有的创可贴都抽出来，放他桌上："你自己贴吧，不知道在哪儿就全糊上，贴一排，反正能挡住就行。"

沈倦还撑着校服，看着她："我是不是需要提醒你一下，这个牙印是谁咬出来的？"

"……"行吧。

林语惊捏了一条创可贴撕开，露出胶带的部分，然后她再次抬起头，转圈看了一眼，确定大家都在忙自己的，没有一个人在看着他们这边后，林语惊飞速地钻了进去。

几乎同时，沈倦无声勾起唇角，拽着校服外套衣边的手往前伸了伸，把两个人都盖在里面。

光线从下面透上来，隐约能够看见他下巴上那个牙印。

被校服外套罩起来的小小空间里，沈倦的气息和存在感被无限放大。

偏偏他还垂着眼，看着她低声问："看得清吗？"

林语惊没说话。

沈倦忍不住舔了下唇角，笑道："要不要我……"

"不要，"林语惊飞速打断他，"你能不能闭嘴？"

耳朵又开始发烫了，她捏着创可贴的一端抬起手来，贴在他下巴那个小小的牙印上。

她冰凉的指尖刮到他下颚的骨骼，两个人都顿了顿。

不知道是不是错觉，她感觉整个教室好像都安静了。

林语惊手一抖，往创可贴上重重按了按，贴牢固了。

大概力气有些大，沈倦轻轻"嘶"了一声，低声说："轻点……"

林语惊待不下去了，抬手唰地拉开他的校服，把脑袋钻出来，瞥见桌边站着个人。

她下意识地抬起头来，僵住了。

沈倦在旁边不紧不慢、慢条斯理地把校服拉下来，也抬起头。

刘福江背着手，弯着腰，站在俩人的桌前，和蔼地看着他们："你们俩干什么呢？"

沈倦前一秒心里还挺美的。

林语惊当然知道他是故意的，但是她还是钻进来了。

说明她已经不自觉地慢慢开始对他妥协。

林语惊逃命似的争分夺秒地钻了出去。沈倦校服外套还蒙在脑袋上，他也不急，一个人沉浸在黑暗里，悠哉地回味了一会儿，又抬手摸了摸下巴上那个创可贴，才把校服外套从脑袋上抓下来。

然后他就对上了一脸慈祥看着他们的刘福江。

整个教室里一片寂静，所有人都在看着这边。

林语惊连眼珠子都不会动了，看起来吓疯了。

但是她反应向来快。

"我俩……"沈倦刚开口要说话，就看见林语惊迅速回神，身子往前靠了靠，手飞快地伸进桌肚里，把手机掏出来，然后只略微垂眸瞥了一眼，指尖在屏幕上唰唰滑动，点开了一个游戏。

啪嗒一声，手机掉在了教室大理石的地面上，很清脆清晰的一声。

刘福江后退了半步，垂头看了一眼。

那手机正正好好掉在林语惊和沈倦中间，屏幕朝上，刚刚被她点开的那个游戏已经加载完毕，进入游戏界面。

林语惊抬起头来，一脸愧疚："老师，对不起，我俩不应该在早自习的时候偷偷玩游戏。"

"……"沈倦看得叹为观止，如果不是因为此时条件实在不允许，他甚至想给她鼓鼓掌。

真是一个可靠的同桌。

为什么她会觉得，早自习玩手机比贴个创可贴罪名轻一点？

刘福江也愣住了，他确实也了解过，这个年纪的小孩都爱玩游戏。

有一次，他午休的时候看见李林他们正在打游戏，还特地从后门偷偷摸摸地溜进来，跟他们聊了五分钟这游戏的战术问题。

刘福江觉得，游戏也是学习生活中一种合适的减压手段，适当合理地玩一玩也没什么问题。

但是他没想到，沈倦和林语惊也会偷偷地玩，还蒙在校服里。

这说明什么问题？这说明这两个孩子的学习压力是多么地巨大！

年级第一第二当然不是那么好考的了。优秀一定使他身上的压力和责任感比别的同学沉重了不知道多少倍。

因为作为好学生的代表，他们觉得自己要给同学们做个好榜样，甚至不能跟李林他们一样，午休光明正大地玩游戏，只能躲在校服里偷偷摸摸地玩！

刘福江觉得自己这个班主任当得太失职了，他竟然丝毫没有察觉到，没能及时帮他们疏解心理压力。

这也是一个班主任的责任。

刘福江不想让别的同学看出端倪，面上不露，蹲下身捡起地上的手机，把两个人叫了出来。

林语惊心里其实是有点慌的，她不确定刘福江把他们叫出来，是因为早自习玩游戏，还是看出了她在说谎。

虽然他们真的什么都没干，就在衣服里贴了个创可贴。

但林语惊实在不知道该怎么解释，为什么贴个创可贴要蒙在外套里。

老师，我俩就蒙在里面贴了个创可贴。

林语惊觉得有些绝望。

她现在无比后悔，刚刚怎么就头脑一热，顺了沈倦的心意钻进去了。

两个人进了教师办公室，刘福江把门关上了，关上之前，还往走廊里瞅了两眼。

然后他走回来，拉了两把椅子在办公桌前，又把刚刚捡起来的林语惊的手机放到桌上。

手机屏幕上还是刚刚她胡乱点开的那个游戏界面，左上角能看见一个小猫咪的头像，游戏 ID——您的慈父。

刘福江沉默了。

林语惊低垂着脑袋，无比乖巧，认错态度看起来非常诚恳。

刘福江叹了口气："玩吧。"

林语惊抬起头来："？"

刘福江看看她，又看看沈倦，再叹："平时学习压力是不是挺大的？你们这个年纪本来就好玩，老师也能理解，我看你们平时也不怎么玩游戏，天天就刻苦学习，偶尔忍不住玩一下还是很正常的。"

林语惊有一瞬间的茫然，她忍不住偏头看了一眼旁边的沈倦。

天天睡觉睡得更刻苦的沈同学，对这一番话接受得特别理所当然，丝毫不心虚。

"所以玩吧，老师帮你们放哨，"刘福江轻拍了一下桌面，继续说道，"今天这节早自习，你们俩哪儿也别去了，就坐这儿玩游戏。"

"……"林语惊震惊得都说不出来话了。

不知道为什么，她忽然想到几个月前，刚开学的第一天，刘福江笑容满面地站在讲台上对他们说"面向你的同桌"。

那个时候她就觉得这个班主任挺不一般，路子很野，应该不会按套路出牌。

现在看来，林语惊觉得自己之前还是太低估刘福江了。

这个早自习过得很痛苦，虽然刘福江让他们哪儿也别去，就坐这儿玩游戏。如果不是因为有前面的剧情做铺垫，林语惊甚至会以为他是在发火。

但是他们也不能真的就坐在那儿玩。

于是三个人就这么大眼瞪小眼地坐了半个小时，其间还得忍受着刘福江时不时的疑问——"你们别不好意思啊""你们别就这么坐着啊""你们玩啊"。

半个小时后，上课铃声响起，林语惊长长地舒了一口气。

她从来没有听到过这么悦耳的上课铃。

他们出了办公室，站在门口，林语惊扭过头来，看向沈倦。

沈倦也看着她。林语惊瞪着他，没说话，但是眼里的谴责很明显。

沈倦手抄在校服外套的口袋里，因为出来的时候刚套上，校服拉链还没拉，看起来吊儿郎当的。

帅还是帅的，只是下巴上斜斜地贴着一个创可贴，天蓝色的，上面印着彩色的轻松熊。

鼻梁骨上还有一块破了皮，稍微有一点点发青，应该是昨天她打的。

这造型看起来非常有创意。

林语惊忽然有点想笑。

她绷了几秒，还是没忍住，靠在墙上笑着举起手机，调出手机自带的相机来，趁着他还没有反应，咔嚓给他拍了张照。

他身后是空无一人的学校走廊，教室门紧闭，窗外蓝天高阔，清晨的薄阳灌进教学楼里，风都带着朝气。

少年没来得及反应过来，神情有一点点茫然，看起来他昨天没太睡好，眼皮耷拉着，无精打采、懒懒散散的，他就这样被定格了镜头里。

像青春电影里某一帧的男主角，甚至连滤镜都不需要，就已经是岁月能够保留下来的最好的样子。

只是这份美好没能持续太久就被打破了。

王恐龙的脑袋从走廊尽头十班的教室门口探出来，远远看着他们俩，怒吼声响彻整个楼层："上课了少爷小姐！上课铃打这么久了没听见？！还站那儿种蘑菇呢！等我推轮椅过去接你们啊？！"

接下来的几天，沈倦非常自觉地收敛了很多。

但早餐这种东西还是每天都有，林语惊住校，沈倦知道她喜欢吃工作室旁边的那家粢饭团，就天天都给她带，还天天都是三个咸蛋黄的。

林语惊刚开始还会把钱转给他装装样子什么的，后来就麻木了。

但是想想沈倦的家庭状况，麻木了一天，隔天还是一起转过去了。

这毕竟是一个生活费都得自己赚的、半工半读的艰苦少年。

虽然两人期中考试以后，争奖学金的那番话对方估计也都没信。

林语惊还是觉得，沈倦当时说得真假参半，而她手里还是多多少少有些钱的。

沈倦就不一样了，他是真的穷！

林语惊叹了口气。

沈倦这个人，他在想让你喜欢上他，并且展开攻势的时候，其实让人很难挣扎。

她一方面，对于和他的相处，甚至亲密一点的肢体接触都是喜欢的；另一方面，理性上又很排斥。

异性之间，一旦确定了某种关系，就会变得不一样了，会产生一种虚无缥缈的连接，多变并且十分脆弱，非常不堪一击。一旦产生异常状况，危险性高，并且影响深远，简直有百害而无一利。

她明明一直在自己的小世界里待得好好的，控制情绪这种事情她向来擅长，不知不觉对他生出来的那点依赖……行吧，喜欢，她也能控制得很好。

但是沈倦非要来招惹她。

你都这么穷了，你好好学习不行吗？！学人家搞什么对象？！

此时是周五的倒数第二节自习课，周五没晚自习，还有两节课直接放学，大家心都飞了，教室里该睡的睡，该玩的玩。

林语惊转过头来，沈倦正在做数学卷子。

这人做题的时候看起来也有点漫不经心，懒散地靠在墙上，转着笔。

他读题很快，几乎是眼睛扫过去答案就出来了，有些简单的大题都懒得写，直接在题目上画出重要信息，得出个答案。

但是他其实很认真。

林语惊就这么看了他三四分钟，他才感觉到。

他抬起头来看了她一眼，侧了侧身子靠近："怎么了？"

他说着，重新垂下头去，眼睛还盯着最后一道大题。

这套卷子林语惊中午做完了，最后一道题有些难度，她想了好半天怎么做辅助线。

她没说话，沈倦也没说话，就这么偏着身子靠着她，笔尖在纸上点了点，过了两三分钟，他抬笔，利落地画了几道辅助线，在旁边开始写。

少年微垂着头，修长漂亮的手指握着笔，唰唰地一行行写在纸上，每一行写到最后，笔尖习惯性抬一抬，神情专注又淡然。

林语惊偏过头去，不再看他，心里再次默默地叹了口气。

男生在专注于某件事情的时候，周身像是笼罩着某种气场，确实是耀眼得有些犯规了，连小动作都让人觉得帅。

她以前为什么会觉得，这人是个需要用小广告勾引才会学习的学渣？明明浑身上下都散发着学霸的光芒。

沈倦三两分钟把最后一道题写完，放下笔。

他身子还侧着，手臂几乎贴着她，半靠不靠的样子，他转过头来："你刚刚想说什么？"

"没什么……"林语惊站起来，小声说，"我去个洗手间。"

沈倦扬了扬眉："不错啊，现在去个洗手间都知道跟我打报告了？"

"写你的卷子吧。"林语惊随手抓了张卷子拍在他脸上，出了教室门。

深秋天短，这个时候已经能隐约窥见黄昏的影子了，走廊里很静，没人。

林语惊抽出手机看了一眼，八中对这个管得不是特别严，放在以前附中，她前一秒抽出手机来，下一秒就会被没收。

林芷在三个小时前给她发了一条信息，她下周会到 A 市来。

另一条来自傅明修，林语惊一边往洗手间走一边点开。

傅少爷言简意赅：这周回不回来吃橙子？

林语惊拐进女厕所，飞速回了一条：怎么，妹妹不在，你现在已经感觉到不适应了吗？

三分钟后，她从隔间里出来，洗了个手，翻出手机。

傅明修回复：我是不是闲得非要跟你说话？再见。

林语惊觉得好笑，正思考着要不要回个什么，出了洗手间的门，一抬头，看见对面墙边站着一个人。

她愣了下，拿着手机眨了眨眼："你堵错了吧？这是女厕所，而且沈倦现在在班里。"

宁远靠着墙站，看着她："我不找他。"

林语惊点点头："你找我，我就觉得你不会这么算了，被我算计了乖乖跑圈，还能一声不吭的。"她扬了扬下巴，"宁远同学，愿赌服输，我跟你打赌的时候你也答应了的。"

宁远笑了笑："愿赌服输，而且就跑个十圈，我也不至于一直跟一个女生计较。找你主要是因为我挺喜欢你，想跟你聊聊天。"

林语惊的鸡皮疙瘩都快吓出来了。

他明明很无害的长相，笑起来甚至都是温和的，却没缘由地让人觉得特别不舒服，本能地让她想要避开。

"那怎么办？我不是很想跟你聊，咱们也没什么好聊的，"她说着朝他摆了摆手，还很礼貌地微笑了一下，"你打了我们班同学，我让你跑了十圈加道歉，咱们扯平，宁同学，有缘再见。"

宁远人没动，站在原地，说："我想跟你聊聊沈倦。"

林语惊步子一顿。

她侧过头来，好奇地看着他："你跟沈倦有仇吗？"

"有吧……"宁远想了想，"也不能算是有，那就没有吧。"

"有就有，没有就没有，那既然没有你就消停会儿吧。"林语惊有点不耐烦，也不想装了，"球赛的事情是你们有错在先吧，你为什么非得死咬着沈倦不放？而且这跟我有什么关系？你是块什么膏药吗？"

宁远也不生气，笑着看她："你真不好奇？他好像还挺喜欢你的吧，看你的反应，你应该也是喜欢他的，你们在谈？"

林语惊靠在墙上，眼神一点一点地冷下来："你是不是有病？"

"小姑娘别这么暴躁，因为我碰巧参与了一点他以前的事情，也不算参与吧，了解了一些，"宁远手臂搭在窗台上，侧头看了一眼窗外，"我是想好心提醒你一下的，你小心点吧，他上一个还挺喜欢的人……"

他话头停住，侧了侧头，视线顿了顿，忽然又笑了。

林语惊也跟着转头看过去。

这栋教学楼里的洗手间都在一楼，大门开着，穿堂风呼呼地灌进来，阴冷。一楼有几个班级，隐隐能听见尽头的教室里传来老师讲课的声音。

沈倦从楼梯上下来，拐过来，直直往这边走，步子很快。

林语惊愣了愣，看着他走过来，想都没想，直起身来就要迎上去。

她不想听了。不仅仅她自己不想听，更不想让沈倦听见。

无论这个人准备说什么。

宁远没看见似的，或者说是瞬间就明白了她的意图，他重新转过头来，笑着看她，声音轻而慢，却依然在安静的环境下，清晰地、一字一字地传到两个人的耳朵里："他上一个还挺喜欢的人因为他，现在还躺在医院里，这辈子都醒不过来了。"

林语惊步子停住，人有点僵。

沈倦已经走到他们面前，几乎没有停顿地一拳砸在他的鼻梁上，力气很大。

宁远整个人趔趄着往后退了半步，抬手捂住鼻子，血从指缝里渗出来。

沈倦伸手，拽着宁远的衣领扯过来，垂眼看他，声音压着，低而哑，听不出情绪："你找死吗？"

第一次见到洛清河，沈倦六岁，那年他刚上小学。

那天洛清河从香港回来，沈倦第一次听沈母说起他这个小舅舅的事情。

也就是十几岁的时候年轻叛逆，喜欢的东西家里人都不支持，他也不想放弃，大吵了一架以后，第二天卷铺盖走人自己跑到香港去了，一走就是十年。

小沈倦在见到洛清河的时候其实是有些意外的，他觉得洛清河这个简短又叛逆的人生轨迹和他的长相气质不太相符。

这个小舅舅跟他的名字一样，是一个如沐春风的温柔男人。

事实上也确实是。

沈倦从小就"倦"，别的小孩玩什么他都不太感兴趣，倒是很喜欢玩弹弓，每天一放学就缩在他的房间里摆弄那些小弹弓。

偏偏别的小朋友还都特别听他的话，喜欢跟着他屁股后面跑，天天叫他出去玩泥巴，他也不愿意搭理人家，嫌同龄的小孩幼稚。

沈父和沈母其实是很愁的，自己家小孩跟别人家小孩一比，一点也不阳光，甚至好像还有点孤僻，让他们操碎了心，他们觉得是不是名字取错了。

当初就不应该叫什么倦，谁起的破名？对我儿子的性格影响太大了！

沈母曾经试图给他改个名字，叫个沈活泼、沈开朗什么的。

虽然难听点，但是寓意好，如果能让他从此活泼地和他那些小同学一起玩泥巴，那就再值得不过了。

但是那时候的小沈倦已经很有主意了，他不愿意，沈母也没办法，名字就这么叫着了。

这种现象在洛清河回来以后得到了缓解，洛清河住回到了洛家的老房子，小弄堂里的一楼，他这些年也攒了不少钱，把隔壁也买下来，弄了个工作室。

小沈倦终于知道洛清河是干什么的了，他在别人身上画画，还是洗不掉的那种。

小沈倦不太能理解他这个小舅舅，你喜欢画画为什么不能在纸上画？

也可以在墙上画。

为什么要在人身上画，还擦不掉？

以后不喜欢了怎么办？画错了怎么办？后悔了怎么办？又没有橡皮可以擦掉。

他虽然不太能理解，但是这事很新鲜。

新鲜新奇的事物多多少少会吸引一点小朋友的注意力，再加上沈父沈母的工作很忙，沈倦又小，以前洛清河没回来的时候，家里就请了好几个阿姨照顾他，现在洛清河回来了，小沈倦就成天成天地待在他这儿。

洛清河送他上下学，照顾他吃穿，教他画画，给他讲道理，也跟他聊自己在外面的这些年有趣的事。

他是非常温柔并且细腻的人，沈倦在人生观逐渐树立成型的那几年，跟舅舅待在一起的时间比和他父母在一起的时间要多得多，很多为人处世之道和小习惯都受到他潜移默化的影响。

直到有一天，洛清河带了个小朋友回来。

那小孩看起来和沈倦年龄相仿，整个人瘦瘦小小的，身上脏兮兮的，露在外面的皮肤全是青紫伤痕，看起来触目惊心。

沈倦皱着眉去里间拿了医药箱出来，又去厨房倒了杯温水给他。

洛清河帮那小孩处理伤口，神情专注又温和："你叫聂星河是吗？"

小孩吸了吸鼻子，低低地"嗯"了一声。

"你看，咱们俩连名字都差不多，"洛清河笑着说，"咱们多有缘。"

……

有个屁缘。

深秋黄昏的教学楼走廊，窗开在背阴面，常年见不到阳光，阴冷潮湿。

沈倦下手很重，看起来甚至还没有停下来的打算，林语惊迅速回过神来，叫了他一声。

他没听见似的，拽着宁远的衣领子猛地往下一沉，又是一拳，宁远被他拉扯得斜着身子，指缝间的血淋淋滴滴地往外淌，滴在他的校服外套上。

林语惊又喊了他一遍，有些急："沈倦！"

沈倦终于停了动作，没回头，依然垂着眼。

林语惊走过去，拉着他的手腕拽了拽，低声说："学校里都有监控，你想再休学一年？"

沈倦松开手。

三个人现在围在一块站着，林语惊还是没忍住，扫了一眼监控的位置，侧了侧身找到个死角，一脚踢在宁远的关键部位。

她力气到底收了点，但宁远还是闷哼了一声，趔趄着后退了半步，靠着墙往下滑了滑。

林语惊垂头："宁同学，统一一下口供，今天你堵我堵到女厕所门口，并且对我进行了语言上的骚扰和精神上的攻击，沈倦路过随手帮了个忙，这没错吧？"

宁远白着脸抬起头来，僵硬又难以置信地看着她，冷汗滑过鬓角，说不出话来。

林语惊继续说："你不说话我就当你默认同意，咱们就当什么都没发生过。当然，你不同意也得同意，因为这事儿我想让它是黑的它就是黑的，我想让它是白的它就是白的，你肯定说不过我，到时候倒霉的还是你自己，这点你信吧？"

宁远靠着墙坐在地上看她："你倒是一点没动摇，这么喜欢他？"

林语惊抓着沈倦手腕的手指紧了紧。

宁远勉强扯了扯嘴角："好像也不是一点都没啊。"

林语惊不想再听他说话，拽着沈倦往外走。

教学楼外面的操场上没什么人，只有远处室外篮球场的最靠边那里有几个男生在打球，林语惊拉着他走到另一边的篮球架下。

沈倦全程没说话，任由她拉着往前走，她停下脚步，他也跟着停下。

林语惊抬头，看着他，火莫名地就蹿起来了："你是不是休学一年没休够？还想买一送一，等明年再来当我学弟？"

沈倦沉默了好一会儿，哑着嗓子："对不起。"

林语惊瞪着他。

她不知道要说什么了，当时也没想这么多，沈倦的反应太失控，她只是觉得不能让他在那儿待着。

林语惊几乎没怎么见过沈倦这样，上次还是在街上，他遇到他那个前同桌。

她自己当时都有点控制不住。

什么"上一个挺喜欢的人"，什么"这辈子都醒不过来了"，说真的，不动摇、不影响是假的，沈倦的反应明明白白地告诉她，宁远不仅嘴贱还欠揍，但是他说的话恐怕真实性有一半以上。

他似乎很了解沈倦，讲的话句句像刀子，一刀一刀地往人死穴上戳。

林语惊忽然有些茫然，这是他的过去，还是他不愿意被人探察到的那部分。

她其实连被动摇或者被影响的立场都没有。

两个人都没说话，沉默了几分钟，沈倦叹了口气，侧身靠在篮球架上："你有没有问题……"

下课铃声响起，沈倦话说到一半被打断了。

一两分钟后，学生陆陆续续地从教学楼里出来，操场瞬间被占了一半。

沈倦没再开口，两个人沉默地进了教学楼，走到楼梯口的时候，林语惊往洗手间那边看了一眼，宁远已经不在了。

最后一堂班会课被王恐龙和数学老师轮流霸占，数学老师用上半节，王恐龙用下半节，讲之前的随堂卷子。王恐龙语速很快，讲题上的知识点也比较密集，林语惊就没再和沈倦说话，听课听得专心致志，虽然在这种事情刚发生以后，集中注意力其实稍微有点困难。

下课铃声响起，王恐龙拖了几分钟堂，把整张卷子讲完，最后还澎湃激昂地提醒他们：期末考试近在眼前了。

王恐龙和刘福江虽然性格正负两极，但是有一点是一样的：他们都对十班学生的学习成绩充满了激情，坚定地认为下一次考试就是他们猛然醒悟、开始努力学习并飞升的开始。

等他终于走了，林语惊的电话刚好响起。

她刚接起来，傅明修那边就劈头盖脸地问："你放学了没啊？"

他声音挺大，沈倦侧了侧头。

"放了，您有什么指教？"林语惊说。

"我现在在你学校门口，还是之前那个街口，"傅明修说，"我希望五分钟后能见到你。"

林语惊把物理书往书包里塞的动作顿住了："啊？我还得回寝室拿行李啊。"

傅明修把电话挂了。

林语惊："……"这人到底懂不懂礼貌？电话说挂就挂的吗？

她看了眼时间，把发下来的卷子叠好塞进书包里，起身往教室外走。

沈倦始终沉默地看着她。

他听见了刚刚电话里的声音，虽然听不清说的什么，但是隐约听得见是个男人的声音。

如果是平时，他大概会问。

不是大概，他一定会问。

林语惊走到教室门口，脚步顿了顿，转过头来，不放心地看向他："你一会儿会直接回去，对吗？"

沈倦坐在位置上："嗯。"

"你不会再去找宁远了，是吧？"她再三确认。

"嗯，"沈倦看着她，声音还有点哑，眼神沉沉的，看起来蔫巴巴的，"我都听你的。"

林语惊说不出话来了，她觉得自己的心里忽然有哪块一下就软了。

她抿了抿唇，没再说什么，转头走出了教室。

林语惊不喜欢接送的车直接停在学校门口，傅明修送过她两次，也知道她这个臭毛病，对于这点，他倒是给予了她基本的尊重和照顾。

林语惊提着箱子上车已经是十五分钟后了，傅少爷一脸不耐烦地坐在驾驶座上，侧头看了她一眼："我掐着时间，你如果再晚一分钟出现，我就开车走人了。"

林语惊平静地说："学校这边有地铁直达，也就走个十分钟的路吧。"

"……"傅明修指着她，"你别说话了，我怕我真的把你丢下车。"

林语惊很乖地靠回到座位里，安静地看着车窗外，不再说话了。

途中傅明修从后视镜看了她好几眼。

今天这丫头有点蔫巴。

他打方向盘上了桥，随口问："你被人甩了？"

林语惊愣了愣，侧过头来："啊？"

"你现在的样子，就像是被人甩了。"傅明修嘲笑她，"怎么，你喜欢的男生有喜欢的人了？"

"……"

哐当。

如同一块大石头从天而降，重重地压在林语惊的身上，把她砸得几乎吐血。

林语惊一言难尽地瞪着他，瞪了差不多有半分钟，眼睛都酸了，她眨眨眼，叹了口气。

傅明修看着她的反应，确实是意外了："真被甩了？"

"控制一下你幸灾乐祸的表情吧，嘴角都快咧到脑瓜顶了。"林语惊无精打采地说。

"我只是没想到你真的会被甩，"傅明修继续嘲笑她，"没亲眼见到还挺遗憾的，下次有这种好戏，你提前跟我打个招呼。"

"首先，我没被人甩，我连男朋友都没有，也不打算谈恋爱。"林语惊说。

傅明修等了几秒，没听见后文："其次呢？"

"没其次了，其次我还没想好。"林语惊脑袋靠在车窗上，忽然道，"哥。"

傅明修把着方向盘的手一抖，警惕地瞥了她一眼："你又想干什么？"

"……什么叫'又想干什么'？"

傅明修道："你这小丫头一肚子的坏水，每次这么叫我都没好事。"

"……"林语惊决定不跟他计较，顿了顿，有些艰难地问道，"你们男人……男生的白月光，是不是那种这辈子都忘不掉的存在？"

"也没那么绝对，哪有什么感情是这辈子都忘不掉的，遇到更合适的人不就说忘就忘了？"傅明修说，"而且也要分情况，看这个白月光是为什么变成白月光了。"

"这个白月光为了你躺在医院里，这辈子都醒不过来了的那种呢？"林语惊试探性地问道。

傅明修沉默了几秒，真心实意地问道："这辈子都醒不过来了，还躺在医院里，那到底是死了还是没死？"

林语惊又叹了口气："我怎么知道？"

傅明修又看了她一眼："如果是这种白月光，我建议你放弃，一辈子都忘不掉。"

林语惊脑袋靠在车窗上，不说话了。

第十九章
想当我男朋友吗

傅明修开车比老李快一些，到家的时候关向梅和孟伟国都在家，林语惊换了套衣服，下楼来吃晚饭。

关向梅照旧热情地和她说话。林语惊全程能简则简，半点兴趣都提不起来，相安无事地吃完晚饭就上楼去了。

八中周末的作业量不多不少，她看了眼时间，从书包里把卷子都抽出来，先挑了对她来说最简单的英语开始做，没有听力，最后作文写完用了不到一个小时。

然后她抽出物理，一边审题，一边用笔盖戳着下巴。

沈倦以前喜欢的人也不一定就是女孩子。

之前学校里还都在传沈倦把他前同桌打了个半死呢，结果上次在街上遇见的时候，林语惊看人家也没缺胳膊少腿的。

传闻不可信。

别人嘴里说出来的话哪能当真的，而且又是个那么讨厌的人。

林语惊想起几个小时前少年的那句"我都听你的"。

他声音很轻，尾字咬得有点软。

她把笔往桌上一拍，看了一眼只写了一半的物理卷子，又看了眼时间。

八点钟，也不算太晚。

她扶着桌边站起身来，随手抓起手机和钥匙，出了房间下楼。

客厅里没人，厨房里面灯亮着，应该是张姨在整理，林语惊轻手轻脚地贴着墙边，走到门口开门出去。

这事一回生二回熟，这次一系列的行动甚至都不需要过脑子，身体就自动操作了。

她去 7-11 买了两提啤酒和一袋子零食，然后往沈倦的工作室那边走。

她忘了给他打电话，也没发短信，就这么提着一袋子挺沉的东西，梦游似的一直走到工作室的门口，隔着铁门看到里面漆黑一片，半点灯光都透不出来的时候，才有点茫然地回过神来。

是啊，万一这人不在呢？

可是，他不就住这儿吗？

林语惊犹豫了一下，抬手，指尖抵着黑色铁门，轻轻推了推。

门没锁，被推开了。

小院子里一片寂静，门灯没开，窗帘是拉开的，屋子里面漆黑一片。

她走到门口，抬手推开了屋门。

这扇门也没锁。

如果沈倦真的没在家，那这哥们儿的心也太大了，估计回头这屋子得被人搬空。

林语惊推门进去，刚一只脚踩进去，就差点被熏出来。

满屋子的二手烟前仆后继地往外涌，就着外面暗淡的月光和光线，隐约能看清屋里云雾缭绕的，给人一种身处仙境的错觉。

她抬手打开了灯，四下扫视了一圈，最后视线定在身处沙发脚的人身上。

沈倦背靠着沙发坐在地上，咬着烟抬起头。因为长久沉浸在黑暗中还没适应突如其来的光线，他眯了眯眼。

茶几上造型别致的水泥烟灰缸里塞满了烟头，旁边还横七竖八地堆着几个酒瓶。

标准的电视剧、小说里的颓废青年。

林语惊甚至想给他题个字——谁能告诉我，寂寞在唱什么歌。

还得是火星文的那种。

她站在门口，开着门，放了一会儿烟。

过了十几秒，沈倦终于适应了光线，看见她后明显愣了愣。

林语惊把袋子放在茶几上，走到他面前，垂眼看着他："你'凹'什么颓废人设呢？"

沈倦反应过来，把烟掐了："你怎么……"

他声音沙哑地说到一半停住了。

林语惊从袋子里抽出瓶矿泉水递给他，沈倦接过来拧开，咕咚咕咚地灌了小半瓶下去，又清了清嗓子："你怎么来了？"

林语惊在他的面前蹲下，数了数他身边的空酒瓶子："你还清醒着吗？"

"嗯，醒着。"

林语惊给他鼓掌："沈同学，酒量不错啊。"

沈倦垂着头，舔了下嘴唇，竟然还笑了。

他笑着往后靠了靠，抬起头来看着她，又问了一遍："你怎么来了？"

林语惊抿了抿唇："我仔细想了一下，还是有问题想问你。"

沈倦看着她，没说话。

林语惊忽然又觉得心里没底了："我就是觉得不太……所以就过来了，不过如果你不太想说……"

"想，"沈倦打断她，"我想，你想知道什么，我都告诉你。"

林语惊眨了下眼，沉默了几秒，干巴巴地"啊"了一声："那……"

沈倦忽然直起身子，倾身靠过来，伸手将她揽进怀里。

林语惊猝不及防地整个人往前栽了栽，看起来像是扎进他的怀里。

她话头戛然而止，人有点僵。

沈倦一只手横在她的腰间，另一只手扣在她的脑后，头埋进她的颈窝。他的呼吸比平时稍微有点重，温热地熨烫着她脖颈处的皮肤。

林语惊任由他抱着，几秒钟后她缓过神来，胳膊轻轻动了动。

沈倦大概以为她要推开他，手臂收紧了点，两个人之间的空隙被挤压到没有，她能隔着衣服感受到他此时有点过高的体温。

林语惊把下巴搁在他的肩膀上，小声叫他："沈倦……"

"让我抱一会儿，行吗？"沈倦哑声说，"就一会儿。"

第一次和异性拥抱是什么感觉？

是有点难受的感觉。

林语惊蹲在沈倦的面前，他抬手一揽，她就直挺挺地往前扎，整个人的重心全都靠在他身上了，说实话，不是特别舒服。

偏偏这个人还不让她动。

直到林语惊觉得自己的腿好像抽筋了，沈倦都没放开她。

林语惊犹豫了一下，还是开口："沈倦。"

沈倦的脑袋埋在她的颈间，轻轻晃动了一下。

林语惊耳根发麻，无意识地缩了缩脖子。

你刚刚是蹭了一下吗？

是不是蹭了一下？

是不是？！

林语惊觉得有点撑不下去了，清了清嗓子："你抱好了吗？"

沈倦闷闷地笑了一声："我以为你不问了。"

"……我不问你就一直抱下去吗？"

"嗯，"沈倦松了手臂放开她，抬起头来，身子往后靠了靠，"你不问我就一直这么抱下去。"

沈倦顿了顿："毕竟机会只有一次。"

林语惊不知道说什么好，她的脚已经麻了，一屁股坐在地板上。

沈倦抬手从沙发上拽了一个抱枕丢过来："地上凉。"

她接过抱枕，垫在屁股底下，曲着腿，悄悄揉了揉脚踝。

沈倦注意到她的小动作："怎么了？"

"您刚刚的姿势可真是好有创意，"林语惊翻了个白眼，"我脚麻了。"

沈倦愣了愣，瘫在那里笑："我帮你揉揉？"

林语惊缩了缩脚，赶紧拒绝了："歇着吧您，我缓缓。"

"那你缓。"沈倦抓了把头发，他身上全是混在一起的烟酒味，不是特别好闻，他长腿曲起，手撑着地板站起来，"我去洗个澡，等我。"

"……"

可能是因为他们的同桌关系已经不是那么纯洁了，导致这个台词让林语惊有一瞬间的想入非非。

沈倦起身进了卧室，几分钟后，从里面隐隐约约地传出水声，哗啦啦响。

秋天夜里的冷风灌进来，屋子里的烟放得差不多了，林语惊等了一会儿，脚麻的劲过去后，她起身将那一堆烟头、空酒瓶之类的垃圾收拾进塑料袋里，丢在门口，关上了门。

垃圾丢完，沙发上还乱七八糟地散着一堆东西，她叹了口气，弯腰整理。

她一边整理一边忍不住地开始夸奖自己。

林语惊，你可太贤惠了。

沈倦是上辈子拯救宇宙了吧，居然能碰见你这么好的……同桌。

她把没喝的酒摞在一起，扭头看见旁边还摊着一本薄薄的相册。

林语惊顿了顿，视线落在翻开的那页上面。

沈倦看起来不像是那种喜欢拍照回忆过去的人，这个相册应该也不是他的，摊开的那页有两张照片，一张是一堆小朋友的合影，大概是秋游什么的，每个小朋友的头上都戴着一顶黄色的小草帽，最后一排的老师举着个牌子——一年级二班。

林语惊一眼就看出当年的小沈倦，最可爱的那个，这小朋友肉乎乎的小手里拿着把小弹弓，站在第一排的最边上，个子意外地很矮。

下面那张是两个人的合影，沈倦穿的还是秋游的那套衣服，戴着黄色的小帽子，他旁边蹲着一个男人，看起来英俊而温柔。

照片角落，天空的地方写了一行字：阿倦第一次秋游。

六岁的小沈倦脸上还带着婴儿肥，眼睛黑漆漆的，圆溜溜的眼型和现在不太一样，眼尾倒是始终挑着。

他抿着红红的嘴唇，一脸面无表情的厌世样，稚嫩的小脸上写满了"好无聊"。

林语惊愣了愣，忽然反应过来。

这个时候沈倦小学一年级，六岁。

她心算很快，照片上都有年月日，刚刚随意扫了一眼，就很自然地算出来了。

她还记得沈倦之前叫她"小姑娘"，说自己大了她两年。

休学去掉一年，还有一年。林语惊本来以为是因为他七岁读小学，比她晚一年读书，就刚好大两岁，结果不是，他也是六岁读书的。

那他中间空掉的那一年去哪里了?

十分钟后，沈倦从卧室里出来，他换了套衣服，脑袋上还顶着块毛巾，头发半干不干。

屋里灯都开着，光线挺足，林语惊盘腿坐在沙发上，直勾勾地盯着他。

沈倦被盯得有点发毛，抓着毛巾揉脑袋的手顿了顿："怎么了?"

林语惊幽幽地说："你真是个神秘的沈同学。"

沈倦："……"

神秘的沈同学有些茫然，没说话，走过来拉了把椅子坐下。

林语惊已经整理干净了房子，酒瓶一排排地摆在墙边，烟灰缸里干干净净，沙发靠垫整整齐齐地摆在沙发上。

沈倦的视线落在茶几上面的相册上，停了一瞬。

林语惊是带了酒来的，她主要是怕自己问不出口，或者气氛尴尬。打探别人的秘密什么的，她特别不拿手，也不爱多管闲事，谁都有点不愿意说的事。

但是沈倦这个白月光，她确实放不太下。

倒不是因为什么"他喜欢的人就醒不过来"这种智障发言，林语惊不在意这个，主要还是在上一个喜欢的人本身。

两个人一个坐在沙发上，一个坐在椅子上，都安静了一会儿没说话。

林语惊把自己买的那袋子零食拽过来："你晚饭吃了吗?"

沈倦将湿了的毛巾搭在椅子上，拨弄着半干的头发："吃了。"

他看起来没什么异常，恢复到了平时散漫冷淡的"老子无敌"状态，十几分钟前颓废着求抱抱的样子半点都不见了，林语惊都不知道是不是要夸奖他一句"恢复能力好强"。

她仰头，看了一眼明亮的顶灯："那要关灯吗? 就开个地灯吧，暗一点儿。"

沈倦拨弄头发的动作一顿，手指插在发丝里，掀起眼皮子看着她，忽然勾唇："关灯干什么? 我没醉，也不是那种人。"

林语惊："……"

"不过，如果你意愿很强烈，我也可以配合。"沈倦说。

"沈倦，我第一百次提醒你，做个人，"林语惊说，"我只是想制造一点讲故事的气氛。"

沈倦垂头笑了一声，站起身来走到门口，啪的一下把顶灯关了。

屋子里瞬间陷入一片昏暗，林语惊看见黑漆漆的一条人影走到沙发前，再到她面前，然后单手撑着沙发靠背俯身、垂头、靠近。

林语惊：？

她坐在沙发上，他站在她的面前，手臂蹭过她的耳边抵在沙发上，距离很近，半湿的发梢扫过来，身上带着刚沐浴过的味道。

林语惊情急之下，窘迫地问了一个非常二百五的问题："你要干什么？"

你别过来！你再过来我要叫了！！

她说完差点没把自己的舌头咬掉，觉得自己就是个二百五。

沈倦压着声，气息丝丝缕缕地包裹过来，他偏了偏头，鼻尖擦着她的脸侧过去："我要……"

黑暗里，一切触觉和听觉都变得敏感，林语惊感觉到他另一只手从自己的腰侧伸过去，贴着沙发靠背向下探进去，带起摩擦布料的轻响。

她能感觉到他掌心的温度比平时稍微高些。

我？？？

我还是太低估你畜生的程度了吗？

林语惊如遭雷击，浑身僵硬。

就在林语惊觉得自己下一秒就会直接把这人掀翻过去的时候，沈倦抽手，手指指节擦着她的腰窝从她身后抽了个东西出来，同时地灯昏黄的光线亮起。

沈倦直起身，手里拿着个小遥控器，居高临下地看着她，扬眉："拿个遥控器。"

林语惊："……"

"你以为我要干什么？"他坐回到椅子上笑，"耳朵又红了。"

"……"

林语惊不知道别的流氓是不是也有他这种——拿个遥控器也非得骚一下，搞得像是要干点什么似的技能，因为这种程度的流氓，她还没遇到过除了他以外的第二个。

什么样的骚在沈倦面前都黯然失色。

学霸的技能点点得实在是太全了。

沈倦见好就收，靠进椅子里，长腿前伸，手臂搭在扶手上："你想听什么？"

他忽然进入正题，林语惊顿了下："啊，我不知道从哪里问起……"

她不知道这么问会不会太敏感直接，可是现在摆在她面前的，好像也没有不直接敏感的问题。

林语惊心一横，直接问道："你那个白月光，不是，上一个喜欢的人，是男的女的？"

"男的，"沈倦看着她的眼神有点奇异，"不是你想的那样。"

林语惊有一瞬间的心虚："我想的哪样？"

"是我舅舅。"沈倦说。

林语惊愣了下，想起宁远的话："因为……"她说不出来了。

"嗯，"沈倦知道她想问什么，沉默了几秒，"因为我。"

"我小时候父母工作忙，六岁的时候我舅舅从香港回来，我算是他手把手带大的，这个工作室……"他指尖轻轻敲了敲扶手，"是他的。"

"我画画什么的都是他教的，"他抬眼，"你第一次来时问我的那幅画，是我小时候画的，第一张。"

"我其实觉得你画得挺好的，有点像那个哆啦美。"林语惊赶紧说。

沈倦笑了一下，把玩着遥控器："我舅舅是个好人。那时候隔壁有个小孩，天天被他爸打，经常逃到这儿来，我舅舅就帮他处理伤，还教他文身什么的，收他做了徒弟，那小孩家里没钱，我舅舅就资助他读书。

"那小孩叫聂星河，就是你之前在街上见过的那个。

"我不记得我那时候多大了，反正从那以后，就是我上哪个学校他就上哪个，我们俩一直一个班，一起上学，放学就一起回工作室。

"不过那时候我就已经开始不太喜欢他了，当时年纪小，说不清为什么，但是也不至于讨厌，因为我舅舅喜欢他，他们俩名字很像，都有个'河'字，发音也像。

"我舅舅没有女朋友，他是不准备谈恋爱、结婚、生子的，他想以后把这个工作室交给我，但是我……那时候体校射击队到我们那个初中选人，我就去了。"

沈倦侧了侧头，视线落在墙上挂着的那个黑色镖盘上："我从小就对这方面的东西比较感兴趣，也有点小天分。"

林语惊没说话，心想：他把这个称为"有点小天分"实在是谦虚。

"他应该不太高兴，但是没说，他说我想做什么就去做，我在体校一年，需要住宿，就不怎么回来了，他就每天都和聂星河待在一起。

"后来就越来越不对劲，聂星河就是个疯子。

"他从小被他爸虐待，心理已经不太正常了，他藏得很好。

"但是这种不正常会传染，他自己不正常，也不想让别人好。我走后，他没了顾虑，就可以无所顾忌。"

林语惊觉得浑身有点发冷，她忽然不太想听下去了。

她不想，或者不敢。

"等我回来意识到的时候，我舅舅已经不太对劲了，他开始焦虑、厌世。我后来才知道，他在香港的时候曾经有过抑郁症病史，看过一段时间的心理医生。"

当时沈倦几乎没往这方面想过，那么温和又细腻的一个人，他的神经是不是也是纤细脆弱的。

"我不知道的事，聂星河却知道，他勾出了我舅舅所有极端的一面。我什么都不知道，我以为聂星河就是……代替我陪着他。

"我妈后来帮我舅舅找了个心理医生，他去看了几次。

"后来，我不知道聂星河跟他说了些什么，他不肯再去，除非我回来。

"他想要我回来，和他一起在这里，他不想让我再回体校了，我就边哄着他看医生边训练，就这么断断续续地坚持了一年，直到省队教练来找我。

"我……"沈倦闭了闭眼睛，"我不可能拒绝。"

"我们一直瞒着他，可他还是知道了，他不同意，他觉得我之前都是在骗他，我背叛他了，他大概把我当成……希望的寄托或者梦想的延续什么的。

"我进省队的前一天他来找我，想带我回去，我没答应，"沈倦垂着眼，"他回去以后，就自杀了。"

林语惊脑子空白了好几秒，一股寒意顺着背脊一路往上蹿："什么？"

"他自杀了。"沈倦平淡地重复道，"这样我就走不掉了，我一辈子都得在这儿。"

"沈倦……"林语惊听见自己的声音在抖，不知道是因为他说的这些话，还是他说这话时那种平静到寂静的语气。

"他没死成，到现在就这么躺着。"沈倦继续说，"我回来重新读书，上了八中，过了很久我才意识到，聂星河在这中间扮演了一个什么样的角色，他很得意，他藏不住了。"

聂星河这人拥有一切让人相信他的特质：弱小温和、腼腆无害。

沈倦后来找到他，问他为什么。

聂星河说他嫉妒。

为了让洛清河满意，他努力做好一切事情。他生在一个畸形的家庭，洛清河是第一个让他感觉到温暖的人。

洛清河生病是他照顾的，开心难过也是他第一个察觉的。

他把所有的对父亲、家人的爱倾注在洛清河身上，他甚至觉得洛清河就是他的父亲，他们俩才应该是世界上最亲密的人。

但是洛清河心里想着的永远都是沈倦，他把自己所拥有的都留给了沈倦，即使沈倦后来几个月都不出现一次，即使沈倦根本不会要这个工作室，洛清河依然想留给他。

"明明我就站在他旁边，他却看不见我、背叛我，他对我好，然后又不要我了。

"我也想让他尝尝被最疼爱的外甥背叛是什么滋味，他现在醒不过来了也没关系，我会一直照顾他的，他终于看不到你了。"

幽暗深长的小巷子里，瘦小的少年被沈倦抵在墙上，笑着轻声说：

"沈倦，你后不后悔？这一切都是你造成的，全都是因为你。"

林语惊曾经看过几本这方面的书和相关的电影。

电影和书里，把反社会型人格障碍作为反派的例子很多，比如《福尔摩斯探案集》里的莫里亚蒂，比如《沉默的羔羊》中大名鼎鼎的汉尼拔医生。

情感扭曲，行为完全跟从欲望和本能走，无同情心，无负罪感，对自己的人格缺陷缺乏觉知；大多开始于十四岁以前，幼年初见端倪；受基因左右，也受家庭影响。

具有高度的冲动性和攻击性，非常善于用谎言和伪装操纵别人的情绪，获得满足的方式正常人无法理解。

现实生活中原来真的会有这样的人，太可怕了。

普通人都可能会被潜移默化地影响，一个神经敏感、细腻的抑郁症患者跟这种人朝夕相处，会发生什么样的事情？

这跟疯子什么的完全不一样，高智商的反社会型人格看起来温和无害，他会让你喜欢他、信任他，然后利用你的善意和信任肆意妄为，并且丝毫不受良心的谴责。他不会觉得自己做的事情是错的。

他可能觉得直接或者间接地杀个人，就跟抽根烟一样简单。

聂星河和典型的反社会人格有不同之处，按照沈倦所说的，他没有直接的攻击性行为。

林语惊想起街上的那个少年，看起来还没有她高，瘦瘦小小轻飘飘的，很难给人造成直接伤害。

别的精神问题，或者他就是单纯的变态，他把沈倦的舅舅当成救赎，或者唯一的依靠，他没感受过亲情，所以洛清河也不能有。

他不能接受自己与对方的心理地位是不对等的。

看电影的时候，她被这些反派所制造出来的紧张刺激的剧情所吸引，对他们又爱又恨，但现实中真的遇到有类似问题的人，林语惊只觉得冷。

那种毛骨悚然的感觉，让人浑身的汗毛一瞬间全都乷起来了，像寒冬腊月雪地里一桶冰水兜头泼下。

聂星河和沈倦年龄相仿，事情发生的时候，他最多也就十四五岁，和现在的她差不多大。

沈倦也才这么大。

沈倦说完以后，房子里一片安静，林语惊在意识到的时候，发现自己不知道什么时候站了起来。

她站在沙发前好半天没动，不知道自己现在是什么表情，脑子里塞满了东西，茫然、恐惧和无法理解糅成一团。

沈倦其实很多话都是一句带过，他不想细说，即使这样信息量也过于巨大，她得一点一点抽出来整理，她能感觉到自己连手指都在抖。

沈倦一动不动地坐在那里看着她，半晌，他叹了口气，将手里的遥控器丢在茶几上，站起来走到她的面前，抬手轻轻拍了拍她的背。

林语惊回过神来。

"不怕，"沈倦动作很轻，一下一下地在她背上轻抚，他垂着眼，声音很低，"不怕了，倦爷保护你。"

林语惊眼睛一下就红了："我没怕，而且你是不是说反了？"

沈倦"嗯"了一声。

他这种全程过于平静的态度，让人有点不安。

林语惊深吸了口气，竭力控制着自己声音里的情绪："沈倦，虽然我……说这些话可能不太合适，但是这件事情你没有错，"她仰起头来，"不是你的错，这个结果也不是你造成的，你不需要为此牺牲什么，我的意思你明白吗……"

"明白，"沈倦垂手，稍微后退了一点，拉开距离，"我明白，我没觉得这件事是我的错，我也没随便背锅的习惯，我就是……觉得我有责任。

"洛清河从香港回来以后也一直在吃药，但是我始终没发现，他看起来和健康的人没什么不一样。"

沈倦移开视线，缓慢地说："我不能理解他为什么要这样做，但是有时候我也会想，如果我早一点发现了他在吃药，他早一点去接受治疗，会不会就不会有这种事情发生？

"我第一次跟他说要去体校，他让我想做什么就去做的时候，我如果发现他其实不太开心，是不是聂星河就不会有机会了？我很后悔……

"我小时候，可能刚上初中吧，他问过我，以后这个工作室就交给我，我答应了，他觉得我也喜欢这个。"沈倦说。

林语惊脚有点发软，她重新坐回到沙发里："那你喜欢吗？"

"不知道，"沈倦走过来，坐在她旁边，"我当时就是习惯了，没什么喜欢或者讨厌的感觉。"

他把身子靠进靠垫里，脑袋仰起顶着墙面，盯着天花板上的画："我们家里人没有一个支持他做这个，刺青师这玩意儿太抽象了。只有我，他觉得我也喜欢，我懂他，我能继承他……"

沈倦笑了笑，抬手拍拍沙发垫："继承他这个理想之地。"

"所以……"林语惊缓慢地整理，"后来你走了，你反悔了，他觉得你背信弃义。"

沈倦顿了顿，转过头来："你不觉得用'背信弃义'这个词稍微重了点吗？"

林语惊听出沈倦想逗她笑，所以非常给面子地笑了，虽然她现在不怎么笑得出来，并且有种短时间内自己都不会快乐了的感觉。

"可是你那时候还是个小朋友啊，"林语惊说，"一个初中生说的话……我小时候还想当宇航员呢。"

沈倦重新扭过头去，声音低低的："他可能觉得，连唯一理解他、支持他的亲人都不要他了。"

林语惊想起了之前看到过的一则新闻：一个单亲妈妈，因为女儿想去外地读大学，自杀了。

她没有感受过这么浓烈又偏执的亲情，也不知道抑郁症患者或者有抑郁倾向的人，他们的思维方式是怎么样的，她现在有点不受控制地怨洛清河。

即使她明白洛清河也是受害者，她还是有点控制不了。

洛清河还不如就一辈子在香港别回来了。

沈倦太无辜了，他这完全就是飞来横祸，倒了八辈子霉才会遇到这种事情。

她甚至能够想象得到他当时的样子：意气风发，张扬又骄傲，那么耀眼的少年。

他是怎么处理了这件事，怎么放弃了当时的选择，怎么重新回到这里，然后做着自己不喜欢也不讨厌的事情。

这些，沈倦大概永远都不会说，林语惊也根本不想知道。

她安静地坐在沙发里，没说话，她不知道说什么好，现在说什么都不合适。

她有点后悔，这问题她就不应该问。

什么白月光、黑月光？她，无敌理智的林语惊同学，竟然会被一个神经病恶意误导的、几句挑拨离间的话就弄得心神不宁，简直是耻辱。

她蔫巴巴地坐在沙发里，长长地叹了口气。

沈倦在旁边也叹了口气："林语惊。"

林语惊转过头去。

沈倦看着她："这事情已经过去了，发生过的事情没办法逆转，生活也不可能一辈子没有变数。我现在在省队也好，回来继续读书也好，这对我来说其实没有太大的影响。"

她抿唇看着他，眼睛、眉毛都耷拉着，看起来没什么精神："你骗人。"

"没骗人，"沈倦无奈地抬手，揉了揉她的脑袋，低声说，"我无论在哪儿、无论做什么都能做得好，你别不开心，也别怕，没人能把我怎么样。"

他食指屈起，很轻地在她额头上敲了一下，笑着说："倦爷无所不能。"

林语惊愣了愣。

林语惊忽然产生了一种非常强烈的、想要抱抱他的冲动。

他平静地讲着那些让人难以接受的事情的时候，他短暂几分钟有点脆弱、茫然地看着她的时候，林语惊都没有过这样的念头。

直到现在，这个人懒懒散散地靠在沙发里，笑着说出这句话的现在——

我无所不能，我无论做什么都能做到最好。

没人能打败我，倦爷无所不能。

没有任何人、任何事能够熄灭他的光芒。

"倦爷。"林语惊极力压下自己心里蠢蠢欲动、想要做点什么的念头，叫了他一声，"你每次这么自称的时候，我都觉得你好中二啊。你能不能像个成年人一样，成熟一点？"

沈倦看着她，真心实意地好奇："你胆子为什么这么肥？上一个说我中二的人，现在已经不在这个世界上了。"

林语惊对他的威胁置若罔闻："人家都是'哥'字辈的，怎么就你是'爷'字辈的？"

"他们都这么叫，我就习惯了。"沈倦想了想，"可能是因为'倦哥'不怎么好听？"

林语惊把两个称呼都默念了一遍，发现好像确实是"爷"字辈的这个顺口一点。

"行吧。"她现在的心情好了不少，拉过茶几上的袋子，从里面抽了听啤酒，又翻了两个三明治出来，其中一个递给他，两个人一人一个。

沈倦看着她踢掉了鞋子，盘腿坐在沙发上，拉开了听装啤酒的拉环，咕咚咕咚地灌了几大口，然后拆开三明治的包装。

他知道她的酒量还可以，一听应该没什么问题，也就没阻止："饿了？"

"有点儿，"林语惊看了一眼表，快十点了，"我晚饭没怎么吃，没什么胃口。"

沈倦也看了一眼表："今天还走吗？"

林语惊咀嚼的动作突然停住了，转过头来看向他。

沈倦直勾勾地看着她，眼眸漆黑，地灯昏黄的光线像暖色的滤镜，勾勒出暧昧的温柔。

她鼓着腮帮子，表情有点儿呆，三明治还塞在嘴里，嗓子下意识地空咽了一下。

沈倦勾起唇角，倾身靠近了点，垂眼看着她："嗯？走吗？"

林语惊回过神来："你这是什么犯罪邀请吗？"

"我这是礼貌询问。"沈倦扫了一眼她放在茶几上的袋子，看见里面的两提酒，"天天半夜跑我这儿来喝酒，这么放心我？"

林语惊不知道为什么，话题忽然就转到了这种不清不楚的午夜剧场，虽然今天说这个可能不太合适。

但是择日不如撞日，破罐子破摔吧。

她把嘴里的三明治咽下去，又把手里的用塑料包装包好，放到茶几上，扭过头来，很认真地看着他："沈倦。"

"嗯？"沈倦漫不经心地应了一声。

"你想当我男朋友吗？"林语惊问。

沈倦懒洋洋的表情定住了，他安静了至少十秒，问了一句："什么？"

"……"

林语惊没什么表情："不想就算了。"

她说着就将身子往前探过去，要去拿三明治接着吃。

沈倦飞快地坐直了身子，抬手直接推开了她放在茶几上的三明治："想。"

沈倦盯着她，重复道："我想，没有不想，你接着说。"

林语惊有点想笑，她垂着头偷偷弯了弯唇角，然后抬起头来看着他："然后呢？假如你现在是我男朋友了，你打算做点什么？"

沈倦茫然了。

他还真的没有刻意去想过，之后要做点什么。

沈倦的目的很明确，他自己的心思确定了，林语惊的心思基本上也了解了个七八成，他就不想磨磨蹭蹭的了。

很单纯地，想在这个人的身上刻上他的名字。

他的姑娘。

然后呢？拥抱吗？

再然后……呢？

林语惊这个问题一问出来，沈倦的脑子里迅速飘过了一千八百多种想法。

以前和蒋寒、何松南他们一起看的那些不能说的小电影，开始哗啦哗啦地在脑子里飞快地过了一遍。

他才意识到原来自己记忆力那么好。

他看的时候也没觉得走心了啊？怎么到了要用得上的时候都这么积极踊跃？

这种有色思想一旦出现，就像培养皿里的细菌一样不断地滋生，正值十八岁青春躁动的沈倦同学，开始有些不淡定了。

就在他差点没忍住瞥一眼自己裤子的时候，余光扫见林语惊忽然凑过来。

沈倦抬眸。

林语惊还盘腿坐在沙发上，单手撑着靠垫倾身靠过来，上半身压着，从下往上地看着他："你是不是忘了我才十六岁。"

沈倦："……"

沈倦感觉像是有人按着他的脑袋，把他往雪堆里一扎，瞬间就清醒了。

什么这个那个的小电影，全没了。

不仅没了，这电影开始倒带，连接个吻都退回去了，回到了拥抱。

林语惊还往前趴着，她换了个姿势，手肘撑在沙发上，托着脸，斜歪着脑袋，眨巴着眼看他，勾起唇角："哥哥，十六岁能干点儿什么？"

沈倦眼皮子一跳。

他呼吸屏住了两秒，垂眸看着她，声音有点哑："林语惊，你以后一口酒都别给老子碰。"

林语惊终于忍不住，倒在沙发上笑。

沈倦看着她在旁边整个人团成一团，笑得止都止不住，忍不住磨了磨牙。

他瘫进沙发里，沉沉地看着她，被她磨得半点脾气都没有："玩我好玩吗？"

林语惊终于止住笑，抬起头来："我没开玩笑，很认真的。我总得了解一下你心里在想些什么。"她顿了顿，"沈倦，我是不想谈恋爱的，我觉得……有点耽误事儿。"

林语惊抬起头来："你以后不喜欢我了怎么办？"

"不会。"他低声说。

"那我不喜欢你了呢？"林语惊说，"十六七岁的喜欢能保持多久？"

沈倦没说话，沉默地看着她。

这两个问题直接导致气氛有点凝固，两个人安静了好一会儿后，林语惊先动了，她跳下沙发踩上鞋子："我要回家了。"

沈倦看了一眼表，快十点半了。

第十九章 想当我男朋友吗 055

他深吸了口气，站起身，抓过沙发上搭着的外套："我送你。"

"不用。"林语惊刚刚在沙发上拱了半天，头发有点乱，她抬手重新扎了扎，"我家很近，我自己回去就行。"

沈倦转过身来："十点半了。"

林语惊冲他眨了下眼，长长的睫毛扑闪了一下："我到家给你发个消息？"

沈倦抿着唇看了她两秒，叹了口气，妥协道："发个语音。"

"行，语音。"她答应得很爽快，推门走到铁门口，转过身。

沈倦也跟着走了过来，将手里的外套递给她："穿着，冷。"

林语惊接过来，慢吞吞地套上。

沈倦把手抄进口袋里，没说话，就这么垂眼看着她。

外套大了一圈，袖子很长，她抬起手臂来甩了甩，手指从袖口被解放出来。

小姑娘满意了，抬起头来。

风挺大，沈倦帮她立了立外套的领子，遮住裸露在外面的脖颈："去吧。"

林语惊没动，站了两秒，她忽然往前走了一步，抬手，露出袖口的一小截白皙指尖，搭在他的肩膀上，靠了过来。

沈倦没反应过来，就感觉到她撑着他的肩踮起脚尖，可高度还是不太够。

她抬手拽着他的衣领子往下拉了拉，脑袋凑到他的耳边，声音又轻又软："晚安，小哥哥。"

她的唇贴着他的侧脸，轻轻碰了一下。

沈倦还保持着那个姿势站在那儿，半点反应都没有。

过了五六秒，林语惊能感觉到自己的耳根在迅速燃烧，火苗蹿上耳尖，脸颊也跟着有点发烫。

她不知道自己现在的脸是不是红的，但是她刚刚那么熟练又老司机地撩了他一把，这会儿不能露怯。

林语惊说完以后转身撒腿就跑，都没敢看沈倦是什么反应。

这一片地段繁华，出了老弄堂就是一片宽阔明亮的地方。她套着沈倦的外套，靠着路边走，过了好一会儿，才缓过神来。

她偷偷回头看了一眼，身后没人，沈倦没追上来。

他竟然没有追上来。

跟电视剧里一点都不一样，怪不得当不了男主角。

啧。

林语惊是真心实意地不想谈恋爱。

没有什么别的原因，她单纯地觉得喜欢啊爱啊这种事情不靠谱。

买件当时很喜欢的衣服，可能吊牌都没摘，买回来就不喜欢了；买支觉得色号特别美的唇膏，涂个几天会觉得也就那样；追个星，还三天两头换一次"老公"。

结婚了很多年的人说分开就分开，那么多年的磨合和感情，甚至加上孩子，都无法和相看两生厌的巨大力量相抗衡。

感情是说变就变的，没人能保证什么。

更何况是这么青涩、懵懂的年纪。

相比较来讲，现在这个时间点，她能够抓到手里的、很实在的东西，比如分数什么的，更让人安心一些。

但这个人是沈倦。

林语惊在心里第一千两百万次纠结。

她想无视，又做不到那么洒脱，心里念一万遍"关我屁事"，还是会不受控制地被他影响、被他吸引、被他拉近。

那还能怎么办？

哪有什么事情是百分之百有把握的？高考还可能拉肚子失利呢。

不喜欢恋爱，但是喜欢你。

不想相信什么狗屁爱情故事，但是想要相信你一次。

因为是你，所以就算心里其实很没底，我也想要试试。

第二十章
校服袖里手牵手

林语惊回去的时候不到十一点，晚上风大，她走得很快，沈倦这个外套挺厚的，但她还是露着一圈脚踝在外面，进门的时候哆哆嗦嗦的。

她一进来就觉得哪里不对劲。

林语惊大脑停了半秒，然后就看见沙发后面缓缓地伸出来一颗脑袋。

傅明修幽幽地看着她："回来了？"

林语惊："……"

傅明修说："你还知道回来？"

林语惊站在原地，有些呆滞："傅明……哥哥？"

"傅明哥哥，"傅明修看着她，"怎么，你还想叫我全名？"

林语惊回过神来，忽然有种自己刚偷情回来就被抓住的感觉。

她不自在地清了清嗓子："你怎么还没睡啊？"

"我觉得我有必要提醒你一下，"傅明修看着她说，"你的房间，阳台是朝向前院的吧？"

林语惊谨慎地点了点头："是。"

傅明修也点点头："那我的房间，是和你一个朝向的吧？"

"……"林语惊脸色变了。

"没错，看来你是想到了，"傅明修说，"所以，我的阳台也是朝向前院，朝向大门，朝向正门口的。你天天半夜往外跑，我以为你干什么去了呢，结果前两天听你那个意思，你还没追上人家？"

林语惊："……"

林语惊张了张嘴，想要为自己辩解两句，但是一时间又不知道说什么好。

过了好半天，她才吞吞吐吐地说："我也没天天半夜往外跑……"

傅明修比了三根手指头出来："光我发现的，三回。"

林语惊心说：我一共出去过的有三回吗？！

她叹了口气："你想说什么说吧。"

林语惊已经做好了傅明修会借此诮她一顿的准备。

反正应该不会有什么好事。

"别的想说的没有，你不是我亲妹妹，我管不着，"傅明修说，"提醒你一句，你一个小屁孩，挑男人要慎重。"

林语惊愣了愣，抬起头来。

傅明修举了个例子，表情非常不满："像这种天天半夜把你往外叫的，就不能要。"

"……"

第二天早上，林语惊是被电话铃声吵醒的。

她甚至都不记得自己是什么时候睡着的，她趴在床上背英语课文，背着背着就进入了梦乡，而且竟然还睡得很沉，一个梦都没有做。

她醒来的时候，英语书一半被压在了身下，和被子缠在一起。

林语惊闭着眼睛，胡乱摸了一通手机，摸了好半天，才从床角找到。

她把脸埋进枕头里，手机贴在耳边："喂……"

电话那头安静了一会儿，然后沈倦的声音传了过来："起床了？"

"……"林语惊瞬间清醒了。

她唰地睁开眼睛，昨晚睡着的时候窗帘有一半都没拉，此时房间里光线充足、饱满。

"啊……"林语惊撑着床面坐起来，声音还带着蒙眬睡意，拖得很长。

"没睡醒？"沈倦在那边笑了一声，"不是说好了到家发消息给我的？"

林语惊："……"

那不是怕尴尬才没发吗？

她打了个哈欠，转移话题："早上好，你起这么早的吗？"

"我在给你买粢饭团，"沈倦说，"你醒了就过来？"

"……啊？"林语惊顿了顿，"过去吗……"

林语惊其实这一段时间以来天天都在吃他买的粢饭团，她现在听见这三个字，有点条件反射地不怎么有胃口。

尤其是三个咸蛋黄的，她真的快要吃吐了。

然后她就听见沈倦接着说："加了三个咸蛋黄。"

林语惊："……"她有些绝望。

沈倦这种工作日一睡睡到第三节课才醒的人，竟然周末大清早起来给她买早餐。

一个招牌咸蛋黄粢饭团，要六块钱。多加两个咸蛋黄，那得多加好几块钱。

每天早上都这样，日积月累下来，对于沈倦来说应该是一笔巨款。

林语惊觉得自己实在不能忍心，就这么看着她贫穷的同桌无度地挥霍下去，却一直坐视不理。

油饼、油条什么的不是也挺好吗？

她委婉地说："我觉得每天早上都吃三个咸蛋黄的粢饭团，对你……不是，我们来说，有点……"

林语惊斟酌了一下措辞："奢侈。"

沈倦在那边诡异地沉默了好长一段时间。

他不知道林语惊到底是怎么想的，是什么让她这么执着又坚定地认为他穷。

或者她只是不想出来跟他吃早饭，找了个借口。

沈倦靠站在粢饭团店窗口旁边的墙上，眯了眯眼，缓声说："我昨天晚上没怎么睡。"

林语惊怔了怔："你怎么没睡？"

"没反应过来，"沈倦淡声说，"有点蒙，我就给……"

沈倦顿了顿，说："远在荷叶村的我爸打了个电话。"

林语惊："？"

沈倦继续说："问了一下他都带我妈吃过些什么，我爸说他跟我妈谈恋爱的时候，亲手做了一个祖传的粢饭团，清晨五点钟送到我妈家门口。"

林语惊已经没有表情了："然后呢？"

"然后他们到现在感情也挺好的，每天种种地、喂喂猪什么的，"沈倦漫不经心地说，"托了祖传粢饭团的福，贫穷但快乐。"

这可真是……一个动人的爱情故事。

林语惊不知道为什么沈倦能这么自然地说出这种一听就是在放屁的话。最可怕的是，他这个平静又真实的语气，竟然有一瞬间差点让她信以为真了。

沈倦为了让她吃个饭团绞尽脑汁成这样，她实在想不到还有什么理由拒绝。

她闭了闭眼睛，尽量克制了一下想到三个咸蛋黄时胃里那种不怎么舒服的感觉："我吃，你就在那儿等我吧。"林语惊艰难地说，"……带着你的祖传粢饭团。"

林语惊飞速洗漱，用她这辈子最快的速度出了门，怕他等得急，一路跑过去，到那儿也已经是半个小时以后了。

粢饭团店旁边的一家早餐粥铺里没什么客人，周六的早上，人本来就比工作日的时候要少，这个点吃早餐也比较晚了，沈倦一个人坐在靠墙边的座位上，垂头按手机。

上午近九点的阳光和清晨不同，安静又热烈，他一半隐匿在阴影里，一半暴露在阳光下，眼角、发梢染上了一层棕色的光辉，唇微抿着，神情倦懒，他等了半个钟头，微有半分不耐烦。

像是感觉到有人看他，沈倦抬起头，正对着门外的光，眯了下眼睛。

林语惊忽然有种很恍惚的感觉。

她居高临下地走过去。

沈倦坐在桌前，肩膀靠着墙，懒洋洋地和她对视："你又刷新了一个我这辈子的'第一次'——等人半小时。"

林语惊忽然双手撑着桌面，弯下腰来，拉近距离盯着他。

沈倦直了直身子："怎么了？"

"没怎么，"她眼睛弯了弯，"看看你。"

沈倦愣了愣，刚刚的那点不耐烦一扫而空："干什么？哄我？"

"不哄不能看吗？"

"能，看吧。"他低笑了声，"怎么样？是不是很帅？"

林语惊在他对面坐下，双手托着脸看他："我本来想坐到你的旁边。"

沈倦就搬着椅子往旁边挪了挪，拍拍自己旁边的位置："过来。"

林语惊摇了摇头，没动："那样我就看不到你了。"

沈倦看着她。

她大概是跑过来的，刚才站在那儿的时候呼吸还有些急，头发松松地随意扎在脑后，有一小绺没梳进去，贴着纤细的脖颈蜿蜒进毛衣领子里。

柔软的，可爱的。

他心里忽然觉得有些痒，沈倦不太受得了。

小姑娘什么都不干，就这么坐在对面看着他，现在对他来说都是一种直接且有效的撩拨。

他倾身抬了抬手，正想做点什么的时候，老板娘端了早餐过来。

两碗粥、几碟小菜，加一屉蟹黄灌汤包。

热腾腾的汤包，发得雪白软糯的面，一咬，里面的汤汁四溢，烫着人的舌尖和味蕾。

两个人吃了顿饱饱的早饭，林语惊没提昨天晚上的事，沈倦也没问，就好像是两个人心照不宣的小秘密。

两个人吃完早饭出了店门，这个时间小弄堂旁边卖早点的摊位都已经没了人，林语惊摸了下肚子，忍不住舒服地打了个哈欠。

她的表情放松而舒展，沈倦忍不住盯着她看了一会儿。

林语惊察觉到他的视线，抬起头来："怎么了？"

沈倦昨晚其实想了很多一直以来忽略的问题，在沙发上坐到了凌晨两三点。

他不是个特别喜欢深思熟虑的人，主要是因为懒，也很少遇见那种他觉得值得他多浪费一点脑细胞的事。

林语惊应该是个例外。

她到底是不是因为同情他这件事先放在一边不提，小姑娘年纪确实小，正是人生最重要的时候，经不起耽误和差池。

沈倦琢磨了一下，自己这段时间，对她是不是有点过于冲动和欠缺考虑。

他想来想去没什么结果，私欲和理智各执一词，争斗得不相上下，沈倦放弃思考这个问题。直到现在真的见到她了。

小姑娘一路小跑过来，坐到他的对面，明眸皓齿，一双漂亮的眼睛带着笑地看他，垂着长长的眼睫毛，特别认真又专注地往热包子里面吹气。

她吃饱了以后满足的样子，像只在阳光下伸懒腰的猫咪。

沈倦心说：去他的吧。随便吧。

这也太可爱了，这谁受得了？

这个时间段，老弄堂里没什么人，沈倦忽然道："林语惊。"

林语惊抬眼："嗯？"

沈倦往前靠了一步，垂眸："我说昨天没怎么睡是真的，我想了很多，"沈倦说，"我不管你因为什么，是你惹我的。"

他眼睛漆黑，因为逆着光，看不清当中的情绪。

林语惊愣了愣，张了张嘴，没说话。

"我现在回答你昨天晚上的问题，"沈倦俯身靠过来，垂着头，"我不知道怎么做才能让你觉得更有安全感一点。"

他语速很慢，似乎是怕她没有办法理解，一字一句的："我没想过多久，也没想过从什么时候开始，到什么时候结束，只想过有你的未来。

"如果你现在对我没什么感觉，那你得努力，因为你没机会后悔了，就算你哪天觉得烦了，我可以允许你离开一会儿，然后我就把你抓回来、绑起来，和我绑在一块。"

沈倦靠过来，额头轻轻蹭了蹭她的额头，气息围绕过来，低声呢喃："林语惊，我不会放手的。"

沈倦双休日的时候一直挺忙的，以前她一直不知道，现在能猜个七七八八。

林语惊想起之前在7-11便利店里遇到他的时候，他身上那一点点若有似无的消毒水味道。

她在这边没什么认识的人，娱乐生活贫瘠，不过她本来也不是很爱社交的人，没什么影响，倒是因为一个篮球赛才真正有了几个朋友。

女孩子关系好的象征之一，课间找你去上厕所；之二，周末一起出去玩。

闻紫慧把林语惊划进了自己的朋友圈内，并邀请她周末一起看电影，两个人也算是不打不相识。林语惊发现这个小姑娘其实很干脆利落，爱憎分明又简单，在经历了一个篮球赛事件以后，她觉得她和林语惊已经是铁磁了。

闻紫慧是直接在他们那个十班全都队的小群里面问的，林语惊自从到A市以后就没看过电影，便直接答应下来。

其间宋志明他们还打算掺和捣乱，被闻紫慧以"闺密之间的聚会"的名义拒绝了。

电影下午一点半开始，最近新上映的漫威系列。林语惊到的时候是下午一点，她搭着扶梯上到电影院所在的顶楼，闻紫慧已经到了，站在门口朝她挥了挥手。

然后，她就眼睁睁地看着宋志明和李林从她身后蹿出来："来了吗来了吗？让我来看看我们林妹的私服！"

宋志明一巴掌拍在李林的脑袋上："谁的你都能随便看的吗？兄弟，活着不好吗？"

林语惊："不是'闺密之间的聚会'吗？"

李林觉得没有毛病："我难道不是你最忠实的后桌加闺密吗？"

他这么一说，林语惊顿时也觉得没什么毛病了。

几个人排队买了饮料和爆米花，时间差不多刚好，林语惊选的最后一排右边一点的座位，这是她看电影的习惯。

闻紫慧的位置在她左边，她右边一个空着没人，电影还没开始，他们坐在最后一排注视着前面的人陆陆续续进来，过了五六分钟，影片才开始。

林语惊把发下来的3D眼镜戴上，两边的人瞬间被挡住了大半，只剩下眼前的屏幕。

小罗伯特·唐尼出来的时候，电影院里有女孩子小声地说话："铁罐好帅！"

她看着屏幕里面男人脸部的特写，心想，是挺帅的。

一只睫毛精。

沈倦的睫毛其实不是很长，但也是这样密密的，尾睫会比前面稍长一点。

林语惊一边撑着脑袋、斜侧着身子坐在位置上，一边漫不经心地想。

她隐约听见从右边的位置传来窸窣的声响，应该是旁边的人到了，她直了直歪歪斜斜靠着的身子，手肘从旁边的扶手上收回来。

她也没往那边看，感觉到旁边的人坐下，安静了下来。

过了两三分钟，那人忽然动了，把两人之间的扶手缓慢地推上去，扣上。

两个位置之间唯一的遮挡物瞬间没了。

这干啥? 有病吗?

电影院骚扰，或者认错人了?

林语惊皱着眉转过头去，看向那人。

坐在她右边的沈倦也正看着她。

电影院里漆黑一片，前面的电影屏幕是唯一的光源，画面转换间，光影打在他的脸上不停地变化，明明灭灭。

林语惊愣了两秒就反应过来了。

连宋志明和李林都来了，沈倦会来也不奇怪。

她还在奇怪，为什么周六这么好的时间，放映厅的最后一排还会有空的位置。

3D 眼镜太大架不住，她坐那儿不动还好，动一下就直接往下滑，林语惊不得不往上抬着头，试图阻止一下这个东西掉下去的势头。

沈倦借着明暗交错的光线，看着她冲着他仰起头，微微靠过来了一点。

两个人的肩膀贴上，触感软软的。

沈倦有点受不了。

两人之间的扶手被他推上去了，中间没有遮挡，沈倦侧着身子，小臂撑着她的椅背边，倾身靠过去，另一只手的食指抬起，钩着她脸上的 3D 眼镜往下拉了拉。

少女一双漂亮的眼睛从上方露出来。

林语惊似乎没料到沈倦会直接来钩她的眼镜，有点意外地看着他，仰着尖尖白白的小下巴，微张着嘴唇，冲他眨了眨眼。

沈倦眯了下眼："什么意思？"

他直勾勾地盯着她，声音压得很低，有点儿哑："索吻？嗯？"

"……"

林语惊过了好几秒才反应过来他为什么这么说，她有点庆幸电影院里光线昏暗，又被巨大的 3D 眼镜遮住了大半张脸，她看起来应该是面无表情的。

所以她淡定地说："你想得美。"

休息的时光总是比上学的日子过得快，一个双休日眨眼就过去了，周日晚上，林语惊接到了林芷的电话，约了吃顿中午饭。

林语惊应下。

幽静的私房菜馆，靠窗边的一桌，林语惊和林芷面对面地坐着。

林芷和孟伟国离婚后，林语惊没再见过她，女人穿一条黑色羊毛长裙，妆容精致，五官温淡柔和，气质却有些冷。

林语惊的眉眼像林芷，从小到大她不知道收到了多少"跟你妈妈长得一模一样"的评价。她还记得自己很小的时候，每次一有人这么说，她都会偷偷开心很久。

那时候林芷还是她的偶像。

那时候她可以跟班级里的小朋友骄傲地说"我的妈妈是世界上最漂亮、最厉害的人"。

那时候是多少年以前了？

林语惊早就不记得了。

太久没见，她有些尴尬，和她相比林芷简直若无其事，她吃饭的时候不怎么喜欢说话，两个人沉默地吃完午饭，林芷放下筷子。

林语惊的脑子里有一根神经瞬间绷起来。

她其实一直没怎么弄懂，林芷特地来找她吃饭到底是想干什么。

"我今天来，见了一下你们班主任，了解了一下你现在的学习情况，"

林芷终于开口道，"你们学校年级第一也是你们班的，是吗？"

林语惊戳着盘子里的食物，"嗯"了一声。

林芷问："他比你高多少？"

林语惊叹了口气："……两分。"

"月考、期中考，第一次我可以理解为你状态不太好，连着两次……"林芷平静道，"我觉得你不应该是这个水平。"

林语惊没说话，她开始觉得有点烦。

"还是上次电话里和你说的那个问题，我和你爸爸的事情，我不希望影响到你，你自己要调整好心态，你突然换了一个新的生活环境……"

林语惊忽然抬起头来，看着她："你算过吗？"

"什么？"

林语惊平静地说："你有多久没有跟我说过这么多话了？"

林芷愣了愣。

"妈，我下午还有课，午休时间没有多少，"林语惊垂眼，淡淡道，"你有什么话就直说吧。"

林语惊说出来这句话后，沉默的一方变成了林芷。

她看了林语惊一会儿，将手里的杯子稍微往前推了推："那我直说，我这次来，主要是想问问你有没有回来的打算。"

明明是很简单又好理解的一句话，林语惊听着却有一瞬间的茫然。

她实实在在地没听懂。

"什么？"

林芷直接道："我觉得你有些不太适应，你现在明显不能习惯这边的生活，成绩也受到了影响，你想不想跟我一起生活？"

这次她说得清楚明白。

林语惊看着她，微微歪了歪脑袋，似乎是依然没听懂的样子："我记得……"林语惊慢吞吞道，"你跟我爸离婚的时候，好像不是这么说的。"

林芷手指搭在杯口，沿着边缘轻滑了下："我跟孟伟国离婚的时候，没想那么多，我只想摆脱。"她目光很淡，"我跟他在一起二十年，相互折磨得够久了，我一分钟都不想再耽误下去。我想把他从我的生命里抽出去，所有关于他的事情、他的痕迹、他存在过的证据，所有我看到就能想到他的，我都不想留下。"

林语惊轻声道："包括我。"

林芷沉默半晌才道："包括你。"

林语惊点点头，说："恭喜你，你斩断了你和孟伟国之间所有的连接，你现在应该一点烦恼都没有了。"

林芷摇了摇头："小语，我和你之间是斩不断的。你姓林，你永远都是林家的孩子，林家以后的一切、我拥有的一切，最终都会是你的。"

林语惊勾唇："我以为你本来是打算给我生个小弟弟什么的呢。"

林芷沉默半晌，平静道："我以后都不会怀孕。"

林语惊愣了愣："什么意思？"

"字面意思，"林芷淡淡地说，"肌瘤，我最近会空出时间安排手术做切除。"

林语惊手指有些发凉："子宫……吗？"

林芷没说话。

林语惊自己也明白，她这个问题问得有多么多余。

所以，这是原因。

林芷回来找她、想要回她，这就是全部的原因。

因为林芷不能怀孕了，因为她现在是林家唯一的继承人。

她觉得心里好像有一团火，从见到林芷的那一刻开始，那团火因为她的话而一点一点往上蹿，越烧越旺。

燃料是难过，还有愤怒。

这当中愤怒占了极大比例，她甚至觉得自己藏在桌子下面的手开始发抖。

她笑了起来："我的新哥哥好像是姓傅，我需要改个名字吗？"

林芷微微皱了下眉。

林语惊从来没这么跟林芷说过话。

林语惊觉得自己是个挺矛盾的人。

有些时候，有些事情，她倔得要死，就算失败了一百次，也会毫不犹豫地尝试第一百零一次。

有的时候她又挺信命。

比如她觉得自己大概是个父母缘很薄的人，她也试图想要抓紧过，但每次都是徒劳。

那就算了吧。

小的时候想吃一块蛋糕，拼了命地想吃，却怎么也吃不到。

长大了以后这蛋糕终于摆在面前了，结果忽然就发现，好像已经没有那么想吃了。

所有的事都是会被习惯的，不被爱也会。

林语惊了解林芷。

或者说，因为她在林芷身上失望了太多次，所以她早就学会了不抱有任何期望。

她不想争执，不想争取，不想多费口舌。

偶尔一通电话，汇报一下学习成绩，再汇报一下近期表现，跟工作报告似的，不是也挺好的吗？

但是今天，她有点忍不住。

这种捧起来以后，又被人重新重重丢下去的感觉。

而林语惊的这种态度只让林芷微微皱了下眉，她的表情依然平淡："你是我的孩子，我当然是爱你的。"

林语惊脑子里一声轻响，理智被烧断了。

她肩膀垮了垮，整个人反而放松了下来。

林语惊觉得不可思议。

她不知道为什么，林芷可以在毫不犹豫地伤害了自己的孩子以后，又回过头来找，还那么理所当然地说"我还是爱你的"。

我当时不要你只是因为太冲动，我搞错了。

让你受委屈了吧？没事，我又打算要你了，因为我需要一个继承人。

"那你是什么意思呢？"林语惊好笑地看着她，"你今天来找我就是想说这个吗？"

"你想通了，你不想再钻牛角尖了，你忽然醒悟过来，发现你对我的爱要比厌烦更多一点了，所以你就跑过来对我挥挥手，然后呢？"她声音很轻，无波无澜，"你觉得只要你来找我了，我就应该摒弃前嫌，感动得一把鼻涕一把泪，乖乖地跑到你的怀里，然后和你演一场母女情深的戏吗？因为我不是没人要的？"

她这一番话过分得没样子，林芷终于开始不满，或者是终于忍不住了，皱起眉来看着她，冷冷道："林语惊，你现在说的这都是什么话？你以前……"

"我以前什么样你知道吗？你恐怕一直不知道吧。我从小到大，你有试图了解我一下吗？"林语惊站起来，椅子摩擦着地板，发出刺啦的一声。

她吸了口气："妈，如果你特地来找我吃饭，就是为了问这个，那我也直说。我没有回去的打算，也不想跟你一起生活，之前我确实觉得没办法适应，但是现在，我开始爱上这个城市了。"

林语惊平静地说："这里的人和事我都喜欢，天气我也喜欢，我还爱上了这儿的柏油马路和井盖儿，这辈子都不打算走了。"

林芷看着她，永远挺得笔直的背忽然塌下来，她语气软了一点，声音放得很轻："小语，你在怪我，是吗？"

林语惊没说话。

火苗噼里啪啦地烧到了最后，只留下一捧灰烬。火星明灭闪烁、苟延残喘着，然后一颗一颗消失得一干二净。

愤怒被燃烧殆尽，最后只剩下空落落的、站都站不稳的茫然。

怪她吗？肯定是怪过的。

甚至林语惊在刚来 A 市的很长一段时间里，尤其是她和孟伟国争执以后，她都想过林芷忽然出现在这儿，说要带她回去的画面。

林语惊低垂着眼，看着面前桌上没喝掉的汤。

砂锅小盅盛着的虫草鸡丝汤已经凉透了，爽口的鲜味消失殆尽，上面浮着一层凝固的黄色油脂，看起来腻得让人有些恶心。

"我现在不怪你了，妈妈，我对你的最后一丝期望是被你亲手掐灭的，"林语惊说，"在你们离婚那天，你说你什么都可以不要，包括我的时候。"

林语惊中午是红着眼睛进班级的，她一回来，沈倦就注意到她不太对劲。

虽然她看起来和平时没什么区别。

沈倦顿了顿，非常听女朋友话地没跟她说话，从外套口袋里抽出手机。

半分钟后，林语惊感觉到自己桌肚里的手机振动了一下，她抽出手机来，垂头看了一眼。

沈倦：中午吃了什么？

林语惊："……"

她没马上回。

她不知道自己今天中午这件事情要怎么说，虽然林芷最后也说只是想问一下，如果林语惊对现在的生活状态没有什么不满，那么她也不勉强。

林语惊私心，不太想让沈倦知道她家里的复杂关系，但是如果他真的问，她也不会瞒着他。

只是，她不知道该怎么说。

林语惊得承认，在林芷说出需要做切除手术的时候，她不知道自己应该是什么反应。

她对林芷的这个手术没有一个直观而具体的认知，再加上林芷过于冷静的语气和态度，在其他情绪到来之前，林语惊最先感受到的，是无边无际的难过和连绵不断的愤怒。

直到她冷静下来的现在，她才开始后知后觉地想，将一个器官从身体里摘除出去是什么概念，这个手术对身体会有多大的危害。

那种身体里忽然空了一块儿的感觉，会有多恐怖。

她有一点点的后悔，她刚刚说了一些有点过分的话。

无论如何，这人毕竟是她的妈妈，是孕育她、给她生命的人。

她会不会疼，会不会觉得害怕？

林语惊难受地揉了揉眼睛，看了沈倦一眼，重新垂头。

她顿了顿，手指的指尖点在键盘上，一个字一个字地打，动作有点慢：有个事儿跟你说，你想听吗？

两个人明明近在咫尺，却一句话不说，坐在一起靠发信息聊天。

林语惊想想都觉得有点傻，还是没忍住笑了笑。

沈倦读完短信，看了她一眼，才继续回：想。

林语惊慢吞吞地打字，一条一条地发过去。

林语惊：我刚刚做了一件有点不太好的事情，说了一些自私的话。

林语惊：我当时没控制住，也没想到那么多。

林语惊：我特别难过，特别特别生气。

林语惊连着发了好几条过去，沈倦还没回，她用余光扫见他盯着手机，手指停了下来，好半天都没动。

她不想显得自己太矫情，揉了下鼻尖，换了个语气：我，一个没人疼的小孩。

她还特地发了个很可爱的表情包过去。

沈倦还是没回，但是他动了。

林语惊瞥见他直起身来，就抬头看了过去。

沈倦没看她，拽着椅子边，把位置往她这边挪了挪，将两人的距离拉近，然后把自己校服外套的拉链拉开，拽着外套的一边往旁边扯了扯，露出里面的卫衣。

这个动作有点骚，林语惊看得蒙了一下。

下一秒，她感觉到有人顺着她的校服袖口摸进去，碰了碰她的手指。

沈倦手指有些凉，掌心却温热，摸到她的手，拽着她的手指往外拉，拖出袖口，然后拉进他自己的校服袖子里，藏进去。

两件校服外套的袖管相连，林语惊的手被拽进去，空间很大，足够两个人的手藏在里面折腾。

藏好了以后，他在袖子里轻轻捏了捏她的指尖，然后手指插进她的指缝，屈指扣住，十指交缠。

他指腹轻轻地、安抚似的蹭了蹭她手背上的骨骼。

校服外套本来就宽大，刚刚被他那么操作了一通，将两个人连在一起的袖子都遮住了大半。

就算有人一眼看过来，也只会觉得他们俩坐得稍微有点近。

他们明明只是坐在教室、藏在袖子里面、偷偷地牵了个手。

林语惊却觉得紧张得不行，心脏扑通扑通地跳得激烈又急迫。

耳朵发烫，呼吸也有点不稳。

牵个手而已，林语惊，你能不能有点出息呢。

她努力保持着若无其事的样子，侧头偷偷看了一眼，发现沈倦这货更能装，正在垂头假装玩手机，指尖还在屏幕上一点一点地单手打字，十分逼真。

林语惊感觉到他的手微微动了动，以为他是要松手，于是也松了松，往外抽了下手。

结果沈倦把手指收得更紧了，甚至好像还有些不满，扣着她的手又往里拽了拽。

同时，她的手机躺在桌肚里振动了一下。

林语惊一只手被他抓着，只能用另一只手拿出手机，单手滑开了屏幕锁，点了进去。

沈倦发过来的一条消息，四个字：

倦爷疼你。

林语惊跟沈倦说了一下自己家里的事情。

她说得很简单，三言两句地解释了个大概以后，林语惊发现其实她的家庭情况还挺大众的。

父母感情不睦，离异重组，小孩有点缺爱。

多么普通又平常的剧本呢。

讲到今天林芷这件事的时候，沈倦说了从开始听故事到现在的第一句话："你为什么觉得自己做了不太好的事？"

林语惊愣了愣，似乎没有想过他会问这个问题，或者说没有想过这个问题的答案是什么。

她趴在桌子上安静了片刻，皱着眉，说得有点艰难："我不知道该怎么说，我当时就是因为实在太不开心了，在听到她生病了以后第一个想到的还是她自己……我一点都没想到她生病了、要动手术这件事，我觉得自己有点自私。"

她叹了口气："虽然我们不在一起生活了，也没什么太多感情吧，但是我也不想看到她生病，希望她能过得好，她毕竟是我……妈妈。"

沈倦侧着头看她，没说话。

他唯一的想法就是：太温柔了。

林语惊这个人表面裹了一层，心里又藏了一层。

她用柔软的假象，把自己满身尖锐的棱角和刺伪装起来，筑起墙，架上枪炮，遇到危险或者敌人的时候，就会毫不犹豫地出击，也不会让任何人靠近。

可你凿开她铜墙铁壁的堡垒，掀开她的刺以后，会发现这里面还是柔软的。

世界待她不够好，所以她把自己的温柔藏了起来，不让世界看见。

她好得应该值得一切。

篮球赛这周复赛，十班之前作为黑马险胜七班进入复赛，那个势头猛烈得让人大跌眼镜，所有人都对十班今年的表现充满了期望。

尤其是他们班的替补还是个小姑娘。

有好奇的人去打听了一下，于是大家又知道了一个信息：

这个打替补打得很猛的前锋小姑娘，就是那个考了两次试全是第二名的万年第二林语惊，和大佬同桌的林语惊，顺便还传了个绯闻的林语惊。

一个和沈倦大佬的命运紧紧捆绑在一起的女人。

结果十班复赛当天，所有人都挤在这边的这个篮球场，想要一睹黑马风采的时候，发现不仅林语惊没上，连沈倦都没上。

十班之前的那几个人带着两个替补，虽然宋志明、于鹏飞他们球技都是在线的，但是架不住李林太菜。

李林同志临危受命，不负组织的重托，充分展现了自己菜得抠脚的篮球技术，成为了十班最简单的、是个人都能突破的突破口，以及敌方球队的第六名队友。

偏偏他还越打手越热，越菜越熟练。你永远都想不到，他为什么能够做到每一分钟都比上一分钟更菜。

到最后，十班以四十二分的"微小"分差，成功败下阵来，输给了三班。

好在十班的人其实对这个篮球赛没有什么求胜心，他们所有的求胜欲，全都在和七班的那场生死决战中消耗殆尽了。

球赛可以输，七班必须死。

这场输得很惨的复赛，最难过的大概还是刘福江。

林语惊没关注这场球赛，她的注意力放在了林芷的病上。晚上放学回到寝室后，她查了很多资料。

子宫肌瘤属于人体常见的良性肿瘤之一，如果不是怀疑恶变或者症状发展得比较严重，一般不太需要切除全部子宫。

然而今天听林芷的意思，她摆明了是已经准备好要做这个手术了。

她的情况已经严重到这种程度了。

林语惊叹了口气，一时间觉得心情复杂。

从她有记忆开始，林芷就一直工作很忙，她像是一个不需要休息的机器人。

如果她这个病真的已经严重到需要做这种手术的程度，那八成也是因为她自己根本没注意过，或者根本不在意，一直拖到了现在。

她犹豫了很久，考虑要不要给林芷打个电话。

两个人上次的见面不欢而散，最后还是林芷退了一步，林语惊头一次对她表现出了反抗的情绪。

一连几天，林语惊都有些心不在焉。

周五最后一节班会课被刘福江改成了自习，她趴在桌子上做物理试卷，沈倦忽然叹了口气。

林语惊没反应。

沈倦伸手，轻轻在她的桌子上敲了敲。

她回过神来，抬起头。

沈倦指尖点在她的卷面上："你这道题看了五分钟了，别看了，选C。"

沈倦平静道："初中生水平的电学基础题。"

林语惊"啊"了一声，勾了个C上去，也跟着叹了口气。

沈倦看了她一眼："今天回去？"

林语惊"啊"了一声。

"一起?"沈倦说,"一起走到校门口吧。"

林语惊特别认真地思考了一下,然后严肃道:"可以。"

不知道怎么形容,反正就是透着一股莫名的可爱。

沈倦忍不住想揉一揉她的脑袋,最后还是食指一屈,轻敲了下她的脑门儿:"写作业的时候认真一点,别老跟同桌聊天。"

林语惊被他这么不知是有心还是无意地一打岔,心情好了不少,重新集中起来注意力,一张卷子做完刚好放学。

沈倦没什么东西要收拾的,随手将桌上的几张卷子抓起来塞进书包里,然后站在旁边等着她。

放学时间,学校里格外热闹,走廊里熙熙攘攘全都是人,他们俩不紧不慢地走在后面,出了教学楼,沈倦等着她回寝室拿行李,然后两个人沿着路边往校门外走。

两个人没有说话,也不觉得尴尬。

八中有钱人多,校门口停着一排排的私家车。门前的马路上车辆也络绎不绝,路灯整齐明亮。

他们走到校门口停下。

沈倦背对着门口的光线,垂眼看着她,这会儿校门口闹哄哄的,每个人都在说笑着往外走,没人注意到门口的人在干什么。

沈倦终于忍不住,抬手揉了揉她的脑袋,指尖带着一点点的凉意向下探,轻轻捏了捏她软软的耳垂。

有点痒,林语惊缩了缩脖子,抬起头来,视线扫过他的身后。

沈倦感觉到面前的人愣了一秒,然后僵住了。

他还没反应过来,林语惊像猛地回过神来似的,忽然抬手推开他,然后后退了好几步。

沈倦错愕了两秒,然后抿了抿唇没说话,抬脚就往学校里走。

他几乎是在被推开的一瞬间就意识到了不对劲的地方,并迅速反应过来。

林语惊站在原地舔了下嘴唇,若无其事地和他擦肩而过,出了校门。

她一眼就看见了不知道为什么出现在这里的林芷。

林芷站在学校门口的人行道旁边，晚上能见度很低，隔着这么一段距离看不清楚她的表情，只能看见她抱着手臂看着这边、安静地站在那里的轮廓。

林语惊一边往校门口的方向走，一边思考了一下假装没看见她的可信度有多高。

思考五秒钟后，她侧头，朝林芷的方向看了一眼，发现林芷似乎是在盯着她看。

林语惊放弃了，叹了口气走过去。

她本来以为过了这么多天，林芷应该已经走了。

林芷表情平淡，直截了当，完全不磨叽："刚刚那个是谁？"

林语惊顿了顿："同桌。"

"同桌？"林芷眯起眼睛，她这个表情看起来和林语惊尤其像，"我看你们一起出来的，关系很好？"

"是啊，"林语惊佯装漫不经心，面不改色地说，"他成绩也还可以，我们偶尔会讨论一下学习。"

林芷笑了一声，意味不明。

林语惊强迫自己摆出淡定的样子，尽量不动声色，眼神真挚又无辜。

这个属于她比较擅长的领域，平时她都能做到由内而外的面不改色，但今天和平时不太一样，她有点心虚。

林芷何其敏锐的一个人，她的目光已经有些冷了："偶尔讨论一下？我看不止吧，你们讨论的跟学习有关系吗？"

林语惊没说话。

林芷眼神彻底冷了下来，又问："你不愿意跟我走，是因为这个男孩？"

林语惊没来由地慌了一下。

她抬起头来，深吸了口气，晚秋的风灌进肺里，冷意将她整个人浸得通透："不是。"

林芷冷笑了一声："你现在不仅没礼貌，连骗人都学会了。"

林语惊看着她："我不想跟你走只是因为我不想，我不会为了谁而决定自己的去留问题。"

林芷不耐烦道："去留的事儿先不说，你现在最重要的事情是好好读书！你看看你自己，自从到这儿来以后都干了什么！成绩下滑、顶嘴，现在书都不打算好好读了？"

林语惊犟道："我不会影响学习。"

"你说不影响就能不影响？！"林芷终于动怒了，"你才多大？你现在处于最重要的时候，你自己心里不明白？林语惊，我告诉你，我绝对不能允许。"

林语惊不说话。

两个人就这么站在学校门口保持沉默，直到李叔给林语惊打了电话才打破了平静，林语惊回家，林芷一言不发。

林语惊走到街口的时候回头看了一眼，人行道旁边已经没人了，林芷走了。

周末，林语惊胆战心惊了两天。

林芷强势了几十年，已经是刻进骨子里的性格，她不是会轻易妥协的人。

然而之前两次，她都沉默得太过轻而易举，让人觉得有点不安。

一直到周日中午，林芷都没什么动静，林语惊几乎已经放下心来的时候，林芷给她打了电话。

"我们谈谈。"林芷开门见山。

林语惊没说话。

林芷等了半晌没等到回应，她叹了口气，语气比刚刚柔软得些："小语，我明天的飞机。"

林语惊愣了愣："回去吗？"

"嗯，"林芷淡淡道，"走之前出来吃个饭吧。"

林芷的口味偏清淡，她吃东西也偏爱安静素雅的私房菜馆，又因为工作经常各地跑，对 A 市的餐厅也很熟悉，这次挑的是家素食餐厅。

林芷吃饭的时候不爱说话，林语惊也就闭嘴安静地吃，肚子填得差不多了，她才抬起头，犹豫地看着她："我之前查了一下，你这个病问题不算很大，其实也不一定要……全都切除。”

林芷顿了顿，抬起头来，表情有些意外："工作忙，之前拖了一段时间了。"

她低垂着头，吃掉了最后一口豆制鱼肉："而且保守治疗的复发概率高，麻烦，不如切了。"

林语惊一时间有些语塞，不知道该说些什么好。

林芷说这话的时候，那种风轻云淡的语气让人觉得有点冷，她就连对自己都是冷漠的。

"啊，这样。"她干巴巴道。

"这个问题你不用操心，我今天主要是想跟你谈谈你的问题。"林芷放下筷子，抬起头，"我这两天了解了一下情况，那个孩子，叫沈倦是吗？"

林语惊抿了抿唇。

无论林芷想要说什么，她都已经想好了要怎么应对。

她这两天思考了一千二百种说辞，就是为了林芷可能会找她说这件事而做的准备。

林芷看着她良久，忽然道："之前很多人说你像我，性格、样子都像，我自己从来没觉得，我觉得你跟孟伟国一模一样。"

林语惊愣了愣，一时间没反应过来。

林芷继续说："我第一次见到他的时候是大一新生报到，我到现在还记得那天，记得他穿的是什么样子的衣服，记得他跟我说的第一句话。"

这是林芷第一次跟林语惊说起孟伟国。

而以前，两个人就连对话都很少有，林芷基本不会跟她讲那些她认为"完全没有必要"的话。

林语惊几乎觉得不可思议。

"我那个时候觉得他就是我命中注定的人，我以为我们能在一起一辈子，结果怎么样，你也看到了。"林芷平静地看着她，语气很淡，"小语，很多时候、很多事情不会一直向着我们所以为的样子发展。你才十六岁，无论现在这个人让你觉得有多刻骨铭心，你们也不会有以后。"

第二十一章
一生最好的风景

　　林芷这话非常不符合她一贯强势的风格。她开始走怀柔路线了，出其不意地搞得林语惊差点没反应过来。

　　她其实不是很想听林芷说她和孟伟国的感情史，什么第一次见到他的时候，他穿什么衣服、说什么话，听起来再美好，到现在也已经全部破败。

　　那些回忆放在现在讲，听起来像是滑稽的笑话。

　　在这个想法出现的一瞬间，她没来由地慌了一下。

　　林语惊明白，林芷说得对。

　　老实说，其实不用林芷告诉她，林语惊自己都想不到和沈倦的以后。

　　不是没想过，而是想不到。

　　林语惊无法想象她跟任何人的未来是什么样的，她甚至根本不觉得这辈子会有一个人能够永远都陪着她。

　　但是她想看看。

　　她想知道，他口中的"有你的未来"究竟是什么样的。

　　沈倦给了她忐忑和期待，给了她幻想和勇气，让她生出了想要勇敢一点的欲望，既然已经迈出了这一步，她没有退缩的道理。

　　林语惊不想一而再、再而三地退，这不符合她的性格，她应该是一往无前的，决定了就去做，不管有没有路先往前走，开弓没有回头箭。

　　"这件事情我不可能允许，"林芷继续道，"我看这里对你也起不到什么好影响，现在高二还来得及，你马上给我转学。"

　　"我不。"林语惊说。

　　林芷将手边的杯子猛地往前一推。

　　她是说一不二的性格，习惯了强势和别人的服从，林语惊长这么大，从来没有违背过她的意愿，也没见别人违背过。

这么直接地顶撞和忤逆，林语惊是第一次。

在她这种强压的注视下，林语惊开始紧张。

林芷和孟伟国不一样。她对孟伟国可以完全不在乎，被惹怒了就开始管不住嘴巴，肆无忌惮地想说什么说什么。但对林芷，她总是做不到，像是从小到大养成的习惯，或者阴影。

林语惊小的时候，林芷每次都会在林语惊觉得妈妈根本不喜欢她的时候，又让她觉得好像不是这样的。

林芷会连着一个礼拜看都不看她一眼，跟她说话不超过三句；也会在某个夜晚，以为她睡了以后，悄悄打开她的房间门，从缝隙无声地看她一眼；还会在她考试没有拿到满分的时候，劈头盖脸地骂她一顿；又会在她通宵写作业的时候，跟保姆说自己饿了，要吃个夜宵。

这些久远的记忆被冷漠层层叠叠地覆盖起来，甚至让林语惊觉得是当时的自己，因为太缺爱了而自作多情产生的某种错觉。

餐馆里面安静、柔和的纯音乐在耳边回荡，林芷目光冷厉地看着她，声音压低："你以为你说了算？"

林语惊紧紧地抿着唇："你没有抚养权。"

"我如果想要你的抚养权，甚至都不需要打官司，我之所以没这么做，是因为想试着尊重你的想法，"林芷脸色很差，冷冷道，"我本来是想跟你好好谈谈，再给你一点时间，但是现在看来没什么好谈的了。"

她说的是实话。如果她直接去跟孟伟国要抚养权，孟伟国大概都不会跟她争，但她还是选择先来问问林语惊的意愿。

林语惊闭了闭眼："我不转学，我不走，我就在这儿，哪儿也不去。"

林芷没听见似的："手术我先不做了，我晚上回去退票，明天去找你们班主任……"

她话还没说完，林语惊就猛地站起来，椅子摩擦着地面，发出尖锐又刺耳的声音，她差点控制不住："我说了我不走。"

她站在桌前，垂着头，低声说："你凭什么管我？"

林芷："什么？"

"说实话，我真不知道你凭什么觉得你还可以管我，"林语惊稳了稳呼吸，抬起头来，"凭什么你说回来我就得回来，不让我干什么我就不能干，你说的话我就都要听，你想怎么样就一定要怎么样，你永远都活得那么自我。"

她眼圈发红，声音还是平静的："是你先不要我的，是你放弃我的，我不明白，你现在到底有什么资格决定我的人生？"

林芷愣住了。

林语惊抓起椅背上的外套，转身就往外走。

这家餐厅是林芷带她来的，林语惊从来没来过这边，完全不认路，她穿过长廊绕过喷泉出了大门，沿着人行道快步往前走。

她开始觉得慌。她知道林芷说到做到，她一直都是这样的人，只要她想做的事情，她就一定要做到。

惊慌、害怕、难过，还有愤怒混杂在一起，让她控制不住自己的情绪。

她的手指都忍不住在抖。

等她猛然回过神来，才意识到自己的牙齿一直在不停地打战，不知道是不是因为临近初冬，夜里太冷。

林语惊一直走出了几条街才敢停下脚步。

她茫然地站在街角，发了两分钟的呆，开始思考接下来要怎么办。

林芷会找刘福江、会找孟伟国，可能还会找沈倦。

她不知道该怎么办。

她强忍着想哭的欲望拦了辆出租车。

出租车司机从后视镜里看了她一眼，说了一串方言，听着语气和偶尔几个熟悉的音，司机像是在安慰她。

林语惊说了声"谢谢"。

这家餐厅很远，晚上这个时间点又堵车，下车已经是一个小时以后了，林语惊犹豫了一下，不敢回学校取行李，直奔沈倦的工作室。

夜色空蒙，她一路小跑进黑暗的窄弄堂里，一直跑到黑色的铁门前，跑进院，跑到小小的门口，急切地推门而入。

沈倦抱着画板，靠着沙发扶手坐在地毯上，听见声音抬起头来。

林语惊站在门口大口地喘气，刚刚跑得太急，上气不接下气。

沈倦看见她愣了一秒，而后诧异地扬眉："嗯？"

屋子里很温暖，暖色的光线柔和，一股熟悉的、沈倦的气息将她包裹。

林语惊过来的时候没有想太多，就只是单纯地觉得不安，想看见他，想看着他。

现在真的看见他，人就在眼前了，林语惊刚憋回去的眼泪又开始盈盈欲滴，她从来不知道自己的泪腺也能这么发达。

沈倦看着她，没有说话，林语惊甚至能感觉到他那一句下一秒就要脱口而出的"怎么了"，然而他还是没问。

他这种不自觉的、纤细又敏锐的温柔，可能连他自己都不曾察觉。

这么好的沈倦。温柔的、细腻的、骄傲肆意的、张扬闪耀的沈倦，是她长这么大对她最好的人。

林语惊关上门走过去，走到他的旁边后，蹲在他的面前屈腿坐下，她垂头拉过沈倦的手，将他整个手臂都抱进怀里，然后把头埋进去。

"沈倦。"她声音发闷。

沈倦反手牵住她，指腹在她虎口的地方，安抚似的轻轻蹭了蹭："嗯。"

林语惊没说话，她不知道该怎么说。

林芷今天说的话不是对她完全没有影响，她的每一句话都像是一把锋利的刀，每一刀都割在她心里最敏感、最在意、最不安的那些点上，一下一下地试图割断她脑子里那根紧紧绷着的弦。

林语惊几乎要被说动了，她差点就放弃了。

她不能被影响，不能在现在这个时间点出任何差错。现阶段最重要的事情，她再清楚不过——她的成绩、她的高考，剩下的无论什么事情都应该往后面排。

她现在急需一点能够让她坚持下去的东西。

一点她也不知道是什么的东西。

林语惊没抬头，她固执地用额头顶着膝盖，将头深深地埋着，晃了晃脑袋，蹭了蹭鼻尖。

她声音哑哑的，带着一点点鼻音，又叫了他一次："沈倦，你跟我说一句什么，随便说句什么。"

你说点能让我继续相信的话。

沈倦没说话。

半晌，林语惊感觉到他松开了牵着她的手，将手臂从她的怀里抽出来。

她怀里一空，慌了一下，还没来得及反应过来，沈倦的手指就抵着她的下巴捏住，抬起她深埋的头。

林语惊听见他叹了口气，将怀里的画板放到一边，倾身靠近，垂头凑过去。

她下意识地闭上了眼。

沈倦轻轻碰了下她薄薄的眼皮、湿润的眼角，声音很低，叹息似的："不哭了，宝贝。"

入冬，凉意呼呼地顺着窗缝门边往里灌，屋里没开空调，阴冷。

沈倦的手指和唇瓣都是凉的，一接触到皮肤激得人想打哆嗦，他的另一只手在她的后脖颈处安抚似的捏了捏。

林语惊整个人都被温柔包围了。

她闭着眼睛，迅速调整了一下情绪，感受到他的手指、他的气息、他的味道，混合着消毒水和烟草味，有种混沌的清洁感。

她睁开眼睛，沈倦正看着她。

沈倦将身子往后靠了靠，拉开一点距离，手从她的后颈移开，揉了揉她的头发。

他的状态不太好，眼底有淡淡的青黑，眼皮微垂着，有些疲惫。

她刚刚都没注意。

林语惊抬手，用手背抹了两把眼睛，只用了几分钟，刚刚那种茫然无措、近乎绝望的状态就控制得七七八八。

她清了清发哑的嗓子，犹豫了片刻，问道："你去医院了？舅舅还……"

她说到一半顿住了。

沈倦抬手，摸了摸她还有点红的眼角："不太好吧，我其实都想不到还能怎么差了，他躺了挺久了，免疫力什么的都比正常值要低，身体本身也不太好，肺部感染，心脏开始衰竭了。"

林语惊僵硬地坐在原地，张了张嘴说不出话，她嘴唇发白，不知道该说什么好。

沈倦继续道："我遇到了聂星河。"

林语惊后颈的汗毛都竖起来了，聂星河这个人的存在，完全超出了她所能接受的最大范围，甚至一听见这个名字她都觉得遍体生寒。

"他是不是又打算干坏事？他跟你说什么了吗？"她紧张地去抓他的手，"无论他说什么你都别听，你不要被他影响。"

"我不会那么容易就被谁影响，你别操心这个。"沈倦揉了下她的额角，然后手指顺着她软软的头发滑下去，缠着她的发梢，拽过来一绺缠绕在指尖，一圈一圈地把玩，"我跟你说这些，是因为我想让你知道——我什么都可以告诉你。"

林语惊愣了愣。

沈倦垂着眼，声音显得有点疲惫、沙哑："你也是，让你高兴或者不高兴的事，只要你跟我说，我就都听着。"

林语惊没说话。她根本不可能跟沈倦说。

林语惊从小到大都是这样，她不擅长倾诉，也已经早就习惯了，不是说变就能变的。

而在沈倦跟她说了这些以后，她更开不了口。

他自己也有很多事，舅舅的、聂星河的，一件一件压着他。

林语惊不想让沈倦再加上一个她，她自己的事情得自己处理，没理由交给他来扛。

更何况，她和林芷之间的矛盾和问题，不单单只是因为一个沈倦。

沈倦有他的事情，林语惊也有，就像是一个小小的、带有刻度的表格，至少到目前为止，每一件事的重要性，都排在"他们这段关系"的前面。

没有什么人能抛弃生活本身，为所欲为地活着。

至少现在不能。

林语惊做出了决定。

她深吸一口气，站起身来："我走了。"

沈倦没说话，直直地看着她，眼睛黑沉沉的。

林语惊抿了抿唇，低声说："你早点睡觉，我走了你就睡，不许熬夜。"

沈倦还是没说话，从茶几上摸到烟盒，抽出一根来，咬在嘴里，乌黑的睫毛压下来，看不清他的情绪。

林语惊吸了吸鼻子，转身往外走。

沈倦抬起头，看着她走到门口拉开门，他牙齿咬着烟磨了两下，又抽掉，丢在一边。

沈倦气得直接笑了出来。

他感觉自己用尽了这辈子的耐心，他一点一点探入她的世界，却还是没能撬开她的壳。

每一次，在他以为自己即将成功了的时候，她就又缩回去了。

"林语惊，"他抬眼，身子往后仰了仰，靠在沙发扶手上，"你打算就这么把我往外推一辈子？"

林语惊顿了顿，转过身来看着他，忽然叫了他一声："沈倦，我可能要回家了。"

沈倦眯了下眼。

"我要回家了。"林语惊重复了一遍。

沈倦终于意识到了什么，手指无意识地抬了抬，他坐直了身子，沉沉地盯着她："什么意思？"

"意思就是，你可能得换个同桌，我要走一段时间，"林语惊努力想让自己的声音听起来轻快一点，"其实也没有很久，最多一年半，我会回来的。"

沈倦听明白了。

她之前在学校门口的异常、今天的事情，和她想说的话。

其实他应该早就察觉到了。

沈倦闭了闭眼睛："我不同意。"

林语惊轻声说："沈同学，有些事情不是你能决定得了的，我也不能，你就当我提前用掉了你给我的机会。"

"我这个人不太勇敢，很多时候都会想逃避，我也不知道我会不会哪天就跑丢了。"林语惊顿了顿，继续说，"但是我记着你说过的话。"

沈倦看着她，眼神有些浑，嗓子发哑："什么话？"

"你可以允许我离开一会儿，但是你会把我抓回来，"她眨眨眼，强忍着眼泪掉下来，"你不会抛弃我，不会放手的。"

林语惊回去的时候，孟伟国和关向梅都没在，傅明修下午就回学校了。

她上楼坐在床上，眼神放空。

在见到沈倦那一刻起，林语惊所有丧失的理智都开始回笼，她整个人慢慢地冷静了下来。

林芷的强势和固执，她比谁都清楚，也不可能犟得过她。

帮她办个转学、要回抚养权、带她走，这种事情对林芷来说轻而易举。

一个十六岁的小姑娘能做什么呢？歇斯底里地反抗、绝食、逃学离家出走吗？

毫无办法。

其实冷静下来想想，事情也还没有那么糟糕。

她现在高二，转个学、度过这个高二的下学期、过了高三，最多也只需要一年半的时间。

林语惊不能现在就把林芷惹怒，林芷现在的反对，只是因为她年纪小，林芷要求的是她现在必须心无旁骛，无论什么事情，只要是有可能耽误到她成绩的，她都会阻止。

但是一旦她跟林芷这样鱼死网破地闹下去，不仅不会有任何结果，林芷甚至会开始反对沈倦这个人。

她不能意气用事，现在必须得暂时服个软。

一年半而已，没什么大不了的，林语惊之所以这么抗拒，是因为她觉得不安。

一年半的时间说长不长，说短不短，但对她来说，简直太漫长了。

她没有信心，能够隔着距离维持任何一种脆弱的联系，她不知道沈倦会不会变，她甚至不知道一年半以后的自己是什么样的。

林语惊闭着眼睛从床上摸起手机，漫无目的地翻了好半天，才翻到林芷的手机号。

林语惊拨过去，林芷接得很快，她那边安静得没什么声音。

"我想好了，"林语惊轻声说，"我也不想跟我爸生活在一起，我跟你回去。"

林芷沉默了半晌，低声道："小语，你现在可能会怨我，或者恨我。我承认，这些年作为一个母亲，我没有尽到应尽的责任，但是我毕竟是你妈妈，我不可能坐视不理。

"我也年轻过，很多事情都是会淡的，你现在觉得重要的人或事，时间久了你就会发现，没有什么是忘不了的，等你以后遇到了更好的男孩，你会发现自己年轻时候的坚持有多幼稚。"

林语惊平躺在床上，安静了片刻。

"嗯，"她说，"我知道了。"

林语惊没想到林芷的办事速度有这么快，就像是生怕林语惊反悔一样。

她迅速跟孟伟国说明了自己来的目的，孟伟国装腔作势地和她大吵了一架，最后当然没有拒绝，于是事情就这么定下来了。

林语惊像是一个皮球似的，被人踢过来又踢过去。

在想到这个比喻的时候，她甚至还有点想笑，连难过的欲望都没有，哭都已经哭不出来了。

抚养权的手续没有那么快下来，林芷先帮她去学校办了转学的一系列手续。

而这全程，林语惊都没有出面。

林芷在 A 市有个房子，林芷将她所有的东西都搬了过去。

门被反锁，手机被没收，她就这么与世隔绝地被锁在家里两天。

林语惊不作不闹，第二天晚上，她趁着林芷洗澡，从她卧室的衣柜里偷偷翻出了自己的手机。

家里没网，SIM 卡也被卸掉了，但是手机里面的东西还在。

林语惊先是打开了她和沈倦的聊天记录，他们俩其实聊天不多，平时在学校整天都待在一起，双休日又各自有事情要做，彼此都不是那种太黏人的人，最多晚上睡觉前会聊上几句。

林语惊飞速跑回房间里，翻出拍立得，将他们的聊天记录一张一张地拍下来，然后打开手机相册。

她的照片也不多，最近的几张都是吃的。

再往上翻，是她和沈倦被刘福江叫到办公室里那天拍的。

照片里的少年站在走廊里，身上穿着白色的校服外套，拉链没拉，有些吊儿郎当，下巴上贴着天蓝色的卡通小熊创可贴，懒懒散散地耷拉着眼皮，神情茫然困倦，微微偏着头看向屏幕。

他瞳仁漆黑，眼角稍扬，连睫毛垂下的弧度都好看。

林语惊在看到这张照片的时候终于崩溃了。

她拿着手机蹲在地上，眼圈一点一点地红了。

第三天，林语惊说服了林芷，她可以自己去八中整理自己的东西。

林芷送她到学校门口，下了车，林语惊没心思想其他的，她一路从校门口飞奔进教学楼，三步并作两步地跑上四楼，跑到走廊的尽头。

想见他。

总得见他最后一面。

教室门开着，里面鲜少地没人说话聊天，正在进行物理随堂小测。

林语惊站在门口的墙边，忽然有些不敢了。

她深吸一口气，往前走了两步，走进教室，轻轻敲了下门。

王恐龙转过头来，看着她点点头："去吧。"

林语惊转身，朝自己的座位那边看过去。

沈倦的位置没有人，桌子上面还是他周五离开时候的样子：放着两本书，一支笔。

林语惊想起当时的他，指尖抵着她的额头勾唇角看她，笑得有点痞："写作业的时候认真一点，别老跟同桌聊天。"

明明就发生在几天前的事情，为什么忽然之间就不一样了。

林语惊吸了吸鼻子，咬着嘴唇，竭力控制住想哭的欲望，走到自己的座位旁边，慢吞吞地将自己的书一本一本整理起来。

她翻出之前那本，被他夹过申请宿舍回执的书。

林语惊将那本书放在沈倦的桌上，然后偷偷抽走了他的那本，翻开书第一页，上面是大大的两个字——沈倦。

她还记得沈倦写名字时的样子，懒洋洋地斜坐着靠在墙上，唰唰唰地提笔写在纸上，写字的姿势不太标准，拇指的指腹会轻轻扣着食指的指尖。

林语惊将他的那本书塞进自己的书包里，翻出桌肚最里面、一根被她忘记了的棒棒糖。

她之前为了哄徐如意买了一大把棒棒糖，全都塞在了桌肚里面，没事的时候自己就叼一根吃。

她以为自己全都吃完了，结果不知道怎的，竟然落下了一根。

白色的棍，玻璃纸包裹着糖球，粉粉嫩嫩的颜色，水蜜桃味。

她本来以为没有水蜜桃味的了。

她记得自己每样只挑了一根，水蜜桃味的那根被她给了沈倦。

林语惊眨了下眼睛，眼泪忽然就啪嗒一下砸在了桌面上。

她捏着那根棒棒糖，放在沈倦的桌子上。

教室里一片安静，初冬的上午，阳光薄而艳，照在人的身上几乎感受不到温度。

她来 A 市的时候是八月底。

南方的夏天长，林语惊踩着夏天的尾巴来到这个陌生的城市，在不安和慌乱中，在炎炎烈日下遇见了一个少年。

懒散肆意、张扬又温柔的骄傲少年。

他会在看见小朋友在马路上跑过来的时候，下意识地微微弯弯腰抬起手来，很自然地虚虚护一下，温柔而细腻；也会站在灯光明亮的篮球馆里，倒退着笑着对她说"倦爷无所不能"，满身桀骜。

他永远发光，永远无往不胜。

他有最坚定的灵魂。

林芷当时跟她说，她以后会遇到更好的人，林语惊没有开口反驳。

其实她心里怎么想的，她自己知道，林芷也明白。

在短短几个月的时间里，沈倦让她觉得自己遇到了这辈子最好的风景。

她再也遇不到这样的人了。

不会有比他更好的。

林芷没有回帝都，她带着林语惊去了怀城。

林家的新分公司这几年在怀城发展，林芷现在的重心全都放在了这头，她托了关系将林语惊送进了怀城一中，省理科试验基地。

怀城一中是出了名的监狱式应试教育，升学率和重点本科率都非常恐怖，八中的学习氛围跟这里肯定是不能比的，甚至连附中都略逊色一些。

学校强制住校，每周回一次家，晚自习上到晚上十一点，早上六点钟出操，高二就已经早早地进入了高三的学习氛围中。

这里又是一个新的、陌生的、需要重新适应的环境。

林语惊觉得自己对新环境的适应能力还挺强的，至少表现出来的那一面会很自然，但这么快又换了一个新的环境，她多多少少还是有些不适应。

林语惊在校长室里，听着她的新班主任和林芷严肃又正经地说着这些的时候，忽然想起自己第一次去八中那天，她站在刘福江的办公室里，那个看起来一点也不适合做班主任的班主任兴高采烈地跟她说："你知道咱们学校的升学率有多少吗？百分之九十八！"

她在看到那一班同学的时候，就觉得刘福江是唬人的。

那一教室的人，除了学习干什么的都有，让她当时有一瞬间觉得，这个高中所有没考上大学的人可能都在他们班了。

沈倦跟刘福江请了三天的假，第三天早上准时去了学校。

他在校门口遇见了啃着早餐、一起往学校里走的宋志明和王一扬。王一扬被宁远撞了腿以后，坑了宁远各种检查费用一大笔，浑身上下都查得十分齐全，甚至还做了个脑CT，非说自己好像有点脑震荡。

检查结果出来就是膝盖扭伤，王一扬早就活蹦乱跳了。

王一扬看见沈倦以后第一时间飞奔过来，边跑边高声呼喊着他的父亲，嘴里的香芋包喷了一操场，校园里的人纷纷回头看过来，成为了清晨一道亮丽的风景线。

沈倦对他的乖儿子视若无睹。

直到王一扬和宋志明跑到他的身边，王一扬一手勾上他的肩膀："爸爸！您去哪儿了啊？电话不接、信息不回、工作室也没人，我急得差点得了痔疮。"

沈倦抬眼，没什么意义地"嗯"了一声，声音像是掺了沙。

王一扬和旁边的宋志明直接愣住了，愣了两秒，王一扬反应过来："你这嗓子是喝油漆去了？"

沈倦笑了笑，脸上全是睡眠不足的疲惫，藏都藏不住。

王一扬皱着眉："你多久没睡过觉了？"

"不知道。"沈倦哑声说。

宋志明马上将自己手里的豆浆递给他："先润润。"

沈倦接过来，说了声"谢谢"，咕咚咕咚将整袋豆浆都喝完，随手丢进旁边的垃圾桶里。

塑料的豆浆袋子擦着垃圾桶边划过去，掉在了地上，没扔进去。

王一扬看了他一眼，跑过去把豆浆袋子丢进垃圾桶，又跑回来。

沈倦站在原地叹了口气。

看到没有？低调的神射手沈倦，你也不是百发百中的。

林语惊最后走的那天，他被医院一个电话叫过去。

沈倦本来以为事情不会更糟了，他这辈子都没想过自己会有这么颓废的时候。

他不知道自己以前是不是对生活太乐观了。

洛清河的情况不太好：心脏衰竭，肺部感染严重，这次抽了很多积液和脓出来，医生最后说洛清河还有两个月到六个月的时间。

沈母接到消息以后，放下手头的工作飞回国，连着哭了好几天后，又开始发烧。

工作室那边还有几个客户，沈倦全都推后了，又强打起精神来一个个打电话重新约时间。

事情一件一件、一层一层不停地涌进脑子里，他根本没有静下来的时间，沈倦回忆了一下，自己到底有几天没好好睡过觉了。

好像从周日晚上她走后到现在，他一共就没睡几个小时。

她最后走的时候："你早点睡觉，我走了你就要睡，不许熬夜。"

"……"

头一蹦一蹦地疼，太阳穴像是下一秒就要跳出来了一样，沈倦垂下头，单手捂住右边的眼睛，缓了几秒，抬起头来："走吧。"

王一扬和宋志明对视了一眼，没有说话，跟着一起往前走。

走到教学楼门口，王一扬终于忍不住："爸爸，林妹上个礼拜走了，我听老刘说好像是转学……"

王一扬没说完，宋志明在他身后踹了他一脚，王一扬闭上嘴，回头瞪着他。

宋志明无声做口型：你是不是傻？

王一扬没理他，重新扭过头来："沈倦，我这人性格什么样你也知道，我真憋不住事，我忍不住。"王一扬叹了口气，"你跟林妹到底怎么回事，我看她回来收拾东西的时候还哭了。"

王一扬只有在这种正经的时候，才会叫沈倦的全名。

沈倦抿着嘴唇："嗯，"他哑着嗓子，"我也不知道。"

我是真不知道。

林语惊就像一个渣男，她没有解释，也没有跟他商量的打算，自己做出决定以后，直截了当地告诉他：我要走了，我回原来的地方了。

她让人毫无准备，连一点缓冲和适应的时间都没有。

沈倦当时都没反应过来。

好几个小时后，他坐在医院的病房里，听着各种仪器的轻微声响，意识才开始渐渐回笼。

沈倦给她打了不知道多少个电话，那边始终是关机状态。

他心里是憋着火的，是真的火了。

沈倦差点把手机给砸了，等这股火过去以后，他又有点茫然。

她不肯跟他说，但沈倦也不傻。她家里的情况、周五晚上的反应，还有她那天的话，结合在一起，他多多少少也能猜出来几分。

这个不是问题。

她要走，他可以等。现在不行，那就等她长大。

他生气的原因在于——他不知道林语惊这种极度没有安全感的性格到底是怎么养成的，她好像无论如何都觉得，自己只能是一个人。

一个人哭，一个人笑，一个人解决任何问题，一个人就随意做出决定。她没有想过，有什么事情他可以和她一起承担。

她连和他商量一下，两个人一起做出决定的念头都没产生过。

沈倦忽然有种前所未有的无力感。

他觉得自己有足够的耐心，他能够不厌其烦地一次一次拽着她，把她从自己的壳里拉出来。

但是这没用，沈倦发现自己忙活到最后，完全是徒劳。

她自己不愿意出来。

她从来都没有真的信任过他。

沈倦进班级的时候，李林他们一窝蜂地涌过来，所有人都有一堆问题，可看见沈倦的状态，最终一个也没问出来。

还是第一排靠着门边的那个座位，两张桌子并在一起，但外面的那张已经空了。

桌面干干净净，桌肚里什么都没有。

林语惊什么东西都没留下。

沈倦抬手，将她的椅子推了进去，在自己的位置上坐下。

他的东西没人动，上周五走的时候什么样，现在还是什么样，除了这几天每个科目老师发的卷子，王一扬都帮他留了。

卷子一张一张地往上叠，厚厚的一沓子铺在桌面上。

卷子的正中间鼓起来了小小的一坨，似乎是下面有什么东西。

沈倦捏着厚厚的卷子边，把那一沓卷子掀起来，看到了下面压着的东西。

一根棒棒糖安安静静地躺在桌面上，粉红色的包装纸，还是桃子味的。

记忆一下子蹿回到几个月前，两个人还不太熟的时候，他帮她写了封回执，她甚至别扭得连一句"谢谢"都说不出口。

女孩子抿着唇看了他好半天，最后还是没说出来，叹了口气，吞吞吐吐地让他伸手，给了他一根棒棒糖就想打发他。

画面太清晰，像上一秒刚发生过一样。

林语惊给他的第一样东西，也是留下的最后一样东西。

这种告别的方法。

之前一直被太多事情压得严严实实的情绪，毫无预兆地翻涌着蹿上来。

沈倦闭了闭眼睛，咬着牙，气得笑了出来，笑得眼睛发酸。

这可真是有始有终啊。

怀城一中是全封闭式的，学校在郊区，并且极力反对家长给孩子配备手机。

用林语惊新班主任的话来说，孩子是抵挡不住诱惑的，所以千万不要将诱惑摆在他们面前。他们一旦松懈下来，想要再绷紧就很难了。

林芷根本没打算把手机给林语惊，林语惊在意识到这点的时候，终于忍不住跟她闹了一场。

然而无论林语惊怎么闹，林芷甚至连表情都没太大变化："给你手机，让你跟那男孩联系？那我带你走还有什么意义？"

"我不会总跟他说话的，"林语惊闭着眼睛，觉得很累，"我就是想告诉他一声，我走的时候也没看见他。"

林芷不为所动。

林语惊终于崩溃道："我都已经跟你走了，你还有什么不放心的？我都已经放弃了。"

林芷抬起头来，淡淡道："你不是放弃了，你是怕我找他。"

林语惊僵了僵。

"小语，你觉得你了解我，我也了解你，你心里怎么想的我清清楚楚，你想保护他，就在这里好好读书，"林芷说，"怀城一中的教学质量，我个人觉得应该比附中还要高一些，我给你找了实验班，这三年的省状元全是从这里出去的。"

林语惊漠然地点了点头，迅速投入到一段新的生活当中。

她住校，每周五林芷会来接她，这次不再是一个人一个寝室了，寝室里一共四个人，每一个人都符合这里的学生形象——眼里只有学习。

她的银行卡是林芷的副卡，而且学校也出不去。林语惊还特地观察了一下，她的室友和新同学都没有手机，他们的心中好像只有学习。

怀城一中的题量和难度，比起之前的八中翻了不止一番，每天睁开眼睛是卷子，闭上眼睛是习题，这里的人看起来好像不知道什么叫疲惫，最不缺的就是聪明的脑子。

林语惊开始频繁地在年级前三名浮动，时常拿不到第一，前十几名的竞争很激烈，甚至有很多时候会出现同分的情况，她必须榨干自己脑子里全部的东西让自己进步，因为别人也在进步。

高二当成高三来过。

林语惊发现，一旦全身心地投入到一件事情里的时候，人真的可以忘记很多事情。

她变得越来越沉默，开始很少想起沈倦。为了保证在最短的时间里达到最高的效率，她做题的时候不再每一道都详细地写，简单的题目直接两笔带过，时间主要都用在后面相对比较难的大题上。

她的新同桌是个脸圆圆的女孩子，看起来软软的，讲起话来像在撒娇，跟徐如意有点像。

大概是缺什么就喜欢什么样的，林语惊自己不软，对这种可爱类型的女孩子始终很有好感，所以两个人的关系还不错。

这姑娘大概是一中少数不会每天都玩命学习的人之一，成绩中上游，考个一本完全够了，人也还算是比较活泼，有时晚自习做完作业还会开会儿小差。林语惊做卷子，她就转过头来看林语惊，大眼睛眨巴眨巴："哎，林语惊，你大题怎么都不写过程？"

"嗯？"林语惊没抬头，"节省时间。"

"但是老师说练习的时候过程也要写，不然等真的考试了，习惯了就忘了，"小软妹侧着头看了看她的卷子，又说，"不过你应该忘不了，你们这种学霸都这样，画画题目就能得出得数来。"

"而且你握笔姿势好像也不太对。"小软妹抽出自己的笔，拇指往食指上扣了扣，试着写了两个字，"这样写字会比较快吗？"

林语惊笔尖一顿，愣住了。

她抬眼，看上面的两道大题：题目给出的关键信息下面画了线，标出来了重点，图上随手画了两道辅助线，直接写了个得数。

沈倦做题一直是这样的。

在她自己都没意识到的时候，她把自己变成了他的样子，就好像这样能证明些什么似的。

她明明现在都很少能想起他。

一年半而已，过去了她就回去了，有什么大不了的。

没什么大不了的。

林语惊埋头，重新提笔将最后一道题写完："不会，"她吸了吸鼻子，声音有点哑，"这样写字丑死了，你别学。"

当天晚上，林语惊做了一个梦。

梦很长，也挺短。她醒来以后是凌晨三点，已经想不起来自己梦见什么了。

寝室里面一片安静，所有人都在熟睡，窗帘没拉严，露出外面漆黑的天空和半轮暗淡的月。

林语惊没了睡意，坐在寝室床上。来到这里以后，她头一次回忆了一下自己在八中的那几个月。

一点也不适合做班主任的班主任，却是她这辈子遇见的最好的班主任。

李林的浓汤宝菊花茶就没有断过。

第一次月考的意料之外。

智障又养生、回回拿倒数第一的黑板报。

运动会二到不行的队列口号。

拼尽了全力才赢回来的篮球赛。

林语惊刻意绕过所有带有沈倦的回忆，努力去想那些他不作为主角发生的事情。

结果她发现她的每一分一秒、每一个点滴瞬间，其实都有他的参与。

她根本不是在避开他，而是在自己所有的记忆里拼命地寻找他。

第二十二章
养不熟的小野猫

来怀城一中一个月之后，林语惊觉得自己有些不太对劲。

她开始频繁地失眠了。

林语惊觉得自己现在挺淡定的，她是真的什么都没想，每天脑子被卷子和课挤得满满的，没时间想别的。

她也不知道为什么，就是睡不着。

失眠是一件痛苦的事，和熬夜不同，那种躺着、闭着眼睛试图放空大脑却翻来覆去怎么也睡不着、一分一秒地等着时间过去、等着天亮的感觉，时间久了会让人非常焦虑。

她把沈倦的那本书放在了枕头下，竟然还真的有些效果，不知道是不是心理作用。

但是她睡着以后也不踏实，经常做一大堆乱七八糟的梦，早上醒来的时候什么都不记得，只觉得心里闷得慌。

随之而来的是厌食。

她什么都不想吃，胃里翻江倒海地难受，强迫自己吃下东西以后要干呕上半天，一直吐到什么都吐不出来为止。

就这样，她平均每天只睡两三个小时加上厌食的情况持续了差不多半个月，连同桌小软妹都看出来了，问她："你最近是不是瘦得有点太快了？"

林语惊有的时候觉得，她这个心大到不可思议的小同桌，简直是这种令人压抑的学习环境下一朵盛放的太阳花，听着她说话，心情能放松不少。

她低头写着英语卷子，眼睛跟着笔尖迅速扫过阅读题文章的一行行，没停下："我不知道，我很久没称过体重了。"

她有的时候觉得自己现在很厉害，无论晚上睡眠质量有多差、睡几个小时，或者胃有多不舒服，白天只要坐在教室里，手里拿着笔，打开试卷，精神和注意力就能完全集中进去。

小软妹叹道："你也不照镜子吗？我觉得你的脸色也不太好，这里……"她捏捏自己肉嘟嘟的脸，"都瘦没了。"

林语惊抬起头来，看着她："下节英语课。"

小软妹："我知道啊。"

林语惊问："你单词背完了吗？"

小软妹安静了一秒，然后哇哇叫着去翻英语书，嘴里念叨着"完了完了完了完了"。

晚上下晚自习回了寝室，林语惊洗好澡，擦了擦满是水汽的镜子，认认真真地看着镜子里的自己。

她好像确实瘦了挺多，眼睛看起来好像比之前大了点，眼底的青黑很重，下巴尖得像是打了瘦脸针，憔悴得像是个吃了上顿没下顿的流浪儿童。

林语惊叹了一口气，去食堂买了一份生滚粥，硬逼着自己吃了小半碗下去，没过两分钟，她丢下勺子冲进厕所，抱着马桶，开始了新一轮的呕吐。

高二每周还可以回一次家，等以后到了高三就是周六周日都要上课了，半个月休息一天。

周末，林芷来接她回家。

这两个礼拜，林芷的脸色一直很难看，今天尤甚。之前她在车上都会问一下她这一周的学习情况，周考成绩怎么样，多少分，今天却一句话都没说，两个人一路沉默。

一直到快到家，林芷忽然甩手打方向盘，车子发出刺啦的一声，猛地停在路边。

林语惊还看着车窗外，过了十几秒，才回过神来，慢吞吞地转过头去。

林芷从后视镜里看着她，目光很冷："你作给谁看？"

林语惊有些茫然地看着她，似乎是没听懂。

"你看看你现在把自己搞成什么样子了？什么意思？报复我？"林芷冷笑了一声，说，"你不会以为这样管用吧？我什么性子你也知道，你觉得你这样能影响到我？我告诉你，林语惊，你不用这么作，跟我没用。"

林语惊听懂了。她漠然地重新转过头去，扭头看向车窗外。

车窗外是冬天的怀城，街上的人裹着厚厚的大衣，贴着墙边垂头往前走。

她不知道 A 市这个时候是什么样的，但是怀城的冬天温度要比帝都高上不少，但还是冷。那种潮湿透骨的冷，隔着厚厚的一层车门都能让人感受到。

"妈，"林语惊看着窗外，说，"我吃不下东西，也睡不着。"

林芷没说话，抿着唇，眼睛有点红，像是在极力克制着愤怒还是什么。

"每天都这样，我挺努力地想让自己好，但是没什么用。"林语惊淡声说，"您给我找个心理医生吧。"

林芷找的心理医生叫言衡，看起来四十岁左右，戴着副眼镜，英俊温和，说话的语速很慢。

言衡开了一家私人心理诊所，诊所在一栋写字楼的顶层，林语惊推门进去，男人放下手里的书，抬起头来："林语惊？"

林语惊礼貌地问了声好："您好。"

言衡笑了笑："你跟你妈妈长得很像。"

林语惊愣了愣，不知道该说些什么。

"你跟她十六七岁的那会儿长得一模一样，不过性格差很多。"言衡说着合上书，站起身来，"你妈是不是很烦？"

"？"林语惊觉得，这人说的话怎么听起来有点莫名的微妙。

她清了清嗓子，不知道说什么好。

言衡指了指落地窗前的单人沙发："坐吧。"

林语惊走过去坐下，看着他从墙边的柜子里拿了个杯子出来："你喝咖啡吗？我这儿有之前别人送我的瑰夏咖啡，我刚刚煮了一壶，"他转过身来，朝她眨眨眼，"我还没喝过这么贵的咖啡，据说能喝出水果味。"

林语惊笑了笑，心情放松了一些，看着他端着两杯咖啡过来，没忍住说："高钙片，水果味。"

言衡愣了下，而后笑着说："你比你妈妈有意思。她像你这么大的时候，是个唯我独尊的大小姐，还有公主病。"

林语惊终于没忍住："您跟我妈妈……"

"高中同学，"言衡在她的对面坐下，"不过你不用担心，你今天跟我说的事情，我一句话都不会跟她说，这点职业素养我还是有的，而且我也挺讨厌她的。"

林语惊没说话，捧着那杯咖啡喝了一口，好像还真有股水果味。

"你妈妈简单跟我说了一下你的情况。你之前是在 A 市，是吗？"言衡将咖啡杯放在桌上，说了句方言。

林语惊愣住了，抬起头来。

"我是 A 市人，"言衡笑了笑，"高中在帝都那边读，后来又回来了。"

林语惊没听清他后面说了些什么，听到那句熟悉的方言时，她的脑子有点蒙。

沈倦有的时候也会说方言。

他的声音很好听，比起同龄人有种偏沉的性感，讲起方言来会比普通话多一点点柔软，低沉又温柔。

沈倦之前还教了她几句日常用到的话，她说得不标准，他就背靠着墙，撑着脑袋笑，听着她蹩脚的发音，懒洋洋地调侃："你是个从外国来的 A 市人？"

小姑娘就瞪着他："校霸，你很嚣张啊，我有一百种方法让你在八中待不下去，你信吗？"

林语惊迅速垂头，抬手蹭了一下鼻子。

言衡是个非常容易让人产生亲近感的人，也许心理医生都这样，他们有自己的办法让人在很短的时间内对他们产生信任。

林语惊简单地说完，这期间言衡没怎么插话，偶尔会提一两个问题。

直到最后，他看着林语惊，温声问道："你想给你的那个小朋友打个电话吗？"

林语惊没说话。

想。刚去一中的时候，她发了疯地想。

现在呢？

寝室里面虽然没有电话，但是其实每栋寝室楼一楼、宿管阿姨的房间里面都有个座机，平时学生也会用它跟家长通个电话。

林语惊来到这里没多久就发现了，室友每周都会给家里打电话，她却没有去打。

言衡凝视着她："你害怕吧？"

林语惊垂眼："我不知道，我觉得我听到他的声音，可能就坚持不下去了。"

听不到他声音的时候，觉得听听声音，能打个电话就好。

但欲望是会膨胀的。

等她真的听到了声音，是不是就会开始想见他这个人？是不是就会拼命地想逃离这个监狱一样的地方？

"我还是希望你能跟我说实话，"言衡说，"你怕的不仅是这个吧？"

林语惊没说话。

"你也害怕你那个小朋友的态度，对吗？"言衡说，"你们从那个时候到现在没有见过面、没有联系，你觉得这个时间已经长到足够让一个人发生一些变化了。从始至终，你对你们的这段关系都非常没有信心。再加上你现在学校里偏压抑的环境，几方压力加在一起，导致了你现在这种焦虑的状态，你压力太大了。"

林语惊沉默地抿着唇，还是没说话。

言衡往沙发里一靠，最后还是没忍住："林芷到底造了什么孽？好好的孩子被她弄成这样。"

林语惊喝了一口咖啡，听到这句话竟然还很有心情地笑了："我就是不太相信这个，我没办法相信这个世界上真的有人会……一直喜欢我，人总是会变的。"

连父母的爱都得不到的人，怎么能奢求别人的爱。

"我很少见到有孩子在你这个年纪，想法这么……理智又消极。"言衡叹了一口气，说，"你想听听我的建议吗？"

林语惊深吸了一口气："您说吧。"

"我反而觉得，你们分开这一年半其实很好。"

"你有没有发现，你和你那个小朋友之间，最主要的矛盾点不是你妈妈，不在于你们现在是不是分开，而在于你。就算你现在没有转学，但你一直都抱着这种想法，你们之间的问题就会一直存在，早晚有一天会爆发。

"你没有安全感，他一直拽着你，你却不肯动，时间久了，他一定会觉得累。

"所以你不能既胆怯又期盼着他能始终拉着你，直到有一天终于把你拉出来。他可以拉着你，但是最后还是要你自己愿意走出来。"

言衡语速很慢，眼神温和地看着她："小朋友，你得试着去相信，自己是能够一直被爱的。"

八中的贴吧和论坛，一段时间以来一直都很精彩，平均每隔几分钟就会出现一个新的帖子，讨论的主题还是校霸的爱情故事。

其实也没什么别的，主要是某沈姓不能够透露姓名校霸的绯闻女友转学了。

八中失去了一个能够冲击省状元——至少是市状元的苗子，教导主任等一众老师都失落了好一段时间。

尤其是十班班主任刘福江，简直可以用悲恸欲绝来形容。他一向喜欢林语惊，最喜欢的学生说走就走了，对这个年迈又崭新的班主任来说，打击不可谓不大。但他还是决定相信沈倦，自从上次"沈林CP同人文事件"以后，刘福江老师学会看贴吧和论坛了。

在"某沈姓不能够透露姓名校霸恋爱事件"发酵后，刘福江把沈倦叫到办公室里来，失魂落魄地说："沈倦啊，你不用有压力，老师相信你。"

沈倦垂着眼没有说话，有些走神。

刘福江愤愤地继续道："你和林语惊都是好孩子，你不用听那些人的话，我就一点都没看出来，你和林语惊之间有什么不能见光的关系！"

刘福江拍着桌子："你们俩是多么要好又纯洁的同桌关系！啊？每天互帮互助学习！他们这些人天天就知道造谣！"

沈倦："……"

何松南算是少数有脑子的人，他开始怀疑自己的兄弟是不是沾了什么不干净的东西，最近这段时间好像过于倒霉。

"你看你啊……"午休吃饭，何松南捏着勺子扒拉了两口炒饭，抬起头来，"女朋友现在走了，下落不明。"

宋志明左手往右手上一敲："拉闸。"

餐馆小，不禁烟，沈倦坐在里边靠着墙，嘴里咬着烟，面前的炒饭一口没动。

一截烟灰挂在烟上，沈倦也没管，垂着眼不知道在想什么。

他最近时常是这个状态，虽然没有表现出太明显的颓废之情，但是基本不怎么说话，看人冷淡又漠然，眼神里像是有什么东西沉了下去。

何松南和宋志明对视了一眼，何松南叹了一口气："倦爷，先吃饭吧，咱没了女朋友也不能天天这么水米不进地冥想啊。"

沈倦抬了抬眼："谁告诉你没了？"

"那你告诉我，她在哪儿呢？"何松南说，"你意念里？"

沈倦捏了嘴里的烟取下来，烟灰敲进旁边已经堆了四五个烟头的塑料烟灰缸里，摁灭："我在用意念和我没良心的女朋友谈异地恋，不行？"

宋志明："……"

何松南抱了抱拳："太行了。"

林语惊走后一个多月，八中放寒假，沈倦开始每天工作室和医院两头跑。

洛清河的状况依然不乐观，沈母把国外的工作全都推了，回到 A 市。

到底是亲妈，沈母几乎是一眼就看出了沈倦的不对劲。

医院里安静，沈母坐在床边，看着靠站在窗前的沈倦，低声问："除了你舅舅，你最近还发生了什么别的事情吗？"

沈倦靠着窗台，头斜在雪白的墙面上，看着躺在床上的洛清河，表情淡然，半晌才道："没什么事，跑了只猫。"

沈母愣了愣："你养了猫？"

"嗯，捡的。"沈倦直了直身子，垂头想起那天下午，满脸茫然站在工作室门口的少女，"自己蹿到工作室里来了。"

"跑了就跑了吧，喜欢的话你去猫舍挑一只，"沈母说，"野猫大多养不熟，跑了也正常。"

养不熟？

沈倦眯了眯眼："养不熟就等以后抓回来绑着。"

林语惊走后三个月，年后，八中开学。

沈倦上学期的东西基本都放在学校里没有拿走，新学期换了新的书，他将上学期那些不用的书都从桌肚里抽出来。

书本加上卷子，厚厚的一大堆，沈倦全都叠在一起放在桌子上，高高的一摞。

王一扬像风一样，从教室门外冲进来，第一件事就是过来，准备给他一个拥抱："爸爸！好久不见啊！"

王一扬往上一撞，沈倦桌子上那高高一摞书，有几本被撞下去，啪嗒啪嗒掉在地上，还有一本掉在旁边空着的书桌上，书页翻飞。

沈倦叹了一口气，扫了一眼王一扬："你什么时候能让爸爸省点心？"

王一扬撅着屁股捡掉在地上的书，沈倦将掉在旁边桌面上的书拿过来，书页折起，露出第一页，上面没有他的名字。

沈倦一顿。他的书，他是一定会写上名字的，倒没有什么别的原因，就是他的东西，他习惯性地必须做上记号。

沈倦垂眸，随手翻了翻那本明显不属于他的书：里面也有字，偶尔出现在书边的空白处，懒散随性的、很熟悉的字体。

沈倦怔了怔，站在那里又翻了两页，里面一张白色的笔记纸掉了出来。

沈倦垂眸，捏着那张纸捡起来。

纸上面写了一首词，字迹有些潦草，飘得很，看得出来写得急。

斗草阶前初见，穿针楼上曾逢。罗裙香露玉钗风。靓妆眉沁绿，羞脸粉生红。

流水便随春远，行云终与谁同。酒醒长恨锦屏空。相寻梦里路，飞雨落花中。

晏几道的《临江仙》。

沈倦觉得林语惊的语文单科年级第一，全是抄出来的吧？这么词不达意的玩意儿也敢留给他。

这是不打算回来了？

他看着那张纸良久，肩膀忽然塌下来，心里那股火就这么一直一直地烧，越烧越旺，发不出来，憋着难受。

他一闭上眼睛，脑子里浮现的全是少女红着眼看向他的脸。

"你可以允许我离开一会儿，但是你会把我抓回来。"

"你不会抛弃我，不会放手的。"

"我会回来的。"

脑子里浮现的，连眼睫毛都是清晰的。

沈倦身子往后一靠，瘫在椅子里，仰着头，手背搭在眼睛上笑了一声："老子上辈子欠你的。"

他又气又无奈。

还能怎么办？

等吧。

怀城一中从高二下学期就开始减了假期，寒假掐头去尾各少一半，最后只剩下过年的那十几天。

到了高三就连十几天都没有了，除夕当天开始放假，放到初三上课，寒假凑都凑不够一个礼拜。

高三那年寒假，林语惊和林芷没有回帝都，直接在怀城过的年。

年前，林芷刚做的手术，子宫摘除。

她这个手术又拖得久，前前后后过了差不多一年才终于去做，林语惊觉得林芷有的时候真是完全不把自己的身体健康当回事，好像完全不在意这个。

但毕竟也是个不小的手术，林芷住了小一个月的院，直到拆线才出院。

除夕那天，家里的阿姨全都给放了假，让她们回家过年。烧饭的阿姨是怀城本地人，知道她们北方过年都吃饺子，临走之前特地包了满满一冰箱的饺子冻着，又把烧好的菜放在冰箱的保鲜层。

林芷平时挺忙的，除了每半个月雷打不动地亲自去学校接她，两个人很少见面，话也没有多少。

林语惊本来以为今年她得自己一个人过年。结果十一点，门外响起有人开门锁的声音，林语惊正捧着自己热好的一盘饺子，蹲在沙发上看春晚。

林芷进门后站在门口，两个人大眼瞪小眼地对视了十几秒。

电视里蔡明和潘长江正跳着广场舞版的探戈，互相"小拖鞋""小螺丝"地叫，打破了一屋子的安静。

最后还是林语惊清了清嗓子，姿势从蹲在沙发上改成了坐下："妈，您新年快乐。"

林芷匆匆垂头换鞋："嗯，新年快乐。"

母女俩就这么尴尬又不失礼貌地过了一个一时之间描述不清楚到底算是复杂还是简单的年。最后春晚结束的时候，林芷从电视里一片红红火火的"难忘今宵"中转过头来，看着林语惊，直到林语惊也转过头来。

林芷长久地盯了她一会儿，似乎是想要说些什么。

林芷盯到林语惊觉得她已经从盯变成瞪、自己快被她的视线射穿了，她才终于动了动嘴，冷道："考试准备得怎么样了？"

"啊，"林语惊把吃空了的盘子放在茶几上，"还行吧。"

林芷点点头："上次……"

"离校最近的那次周考是第一。"林语惊赶紧说。

又是一阵沉默。林芷没再说什么，转身走进卧室，偌大的客厅只剩下林语惊一个人坐在沙发里。

林语惊回过头来，继续看电视。

这首《难忘今宵》终于快唱完了。

这个年两人过得安安静静，大年初三那天，林语惊回了学校。

她到得早，进教室的时候还有一半人没来，一进门刚好看见学习委员抄课程表的时候，顺手把黑板前面的倒计时牌子连着翻过去好几页。

教室前面有两个倒计时牌子：一个一模倒计时，一个高考倒计时。

——距高考仅有 110 天。

鲜红的大字刷满了存在感。

林语惊看到上面的数字，愣了愣。

时间过得又快又慢，每一天都像是前一天的复制。

林语惊有时会有些恍惚，觉得自己像《穿越时空的少女》里的绀野真琴一样，时间每天都在不断地回溯，她在早上醒来又回到了前一天的时间点。

年后回来是第二轮总复习、周考、月考，紧接着是一模、二模。

在铺天盖地的卷子下，连她的小软妹同桌在自习课都不发呆、不偷懒了，教室里从早到晚静悄悄的，只能听见笔尖划在纸上的沙沙声，还有偶尔书页翻动的声音。

林语惊有时会抽出一点点时间来休息，想一下十班那边现在是什么样子的。

李林的数学还是六十分吗？

他们那一群人都不怎么爱学习，全是保及格争一百的选手，不知道高三了是不是多多少少开始努力起来，稍微长点心，不那么混了。

沈倦跟他们关系已经挺好了，应该也会帮帮他们吧？

沈倦……

林语惊叹了一口气，不知道为什么忽然莫名其妙地想到：她现在走了，终于没人和沈倦抢一等奖学金了。

她抬起头来，又看了一眼黑板旁边挂着的那个倒计时牌子。

——距高考仅有 33 天。

日子像是假的，每天都在枯燥地重复着；模拟考试和倒计时却是真的，不断地提醒着所有人时间的流逝。

她在这里，已经度过了比和沈倦在一起那几个月翻了几倍的时间。

高考前一天，怀城全市的高三统一放假，让高考考生休息、调整。

林语惊去了一次言衡的心理诊所。

林语惊之前的焦虑症不算很严重，发现得及时，而且她自己很清楚地明白自己的状态不对劲，对各种治疗、调整都十分配合。

刚开始是因为需要看医生，后来状态一点一点地好起来，她也依然隔一个月来一次，聊聊天。

言衡非常善于引导别人讲故事，是个很好的倾诉对象，而林语惊从小到大，最缺少的就是倾诉。

小的时候她没有可以倾诉的人，她的身边没有能够扮演倾听者这个角色的人存在，所以她从不说到不会说，十几年过来早就习惯了。

她到心理诊所的时候，言衡正在逗鸟。两个人已经挺熟了，言衡只回头跟她打了个招呼，就继续逗鸟。

一只小白鸟安静地站在笼子上，头上两撮小黄毛立着，大眼睛圆溜溜的，还有两坨红脸蛋。

林语惊好奇地走过去："这是什么鸟？"

"玄凤鹦鹉。"言衡用手指摸了摸小鸟的翅膀，才转身，"明天考试了吧？"

林语惊点点头："嗯。"

言衡走到沙发前坐下："感觉怎么样？紧张吗？"

林语惊笑了笑："您看我紧张吗？"

"我当然觉得你考试不会有什么问题，"言衡也笑了，"我是问，你马上要见到你的小朋友了，紧张吗？"

林语惊眨眨眼："其实我已经想出了一千八百种和他见面的方式。"

"还是你们这个年纪的小姑娘有想法。"言衡笑着问，"有没有什么你目前为止最满意的选项？"

"有。"林语惊说。

她其实没那么多想法，就想冲到他的工作室去，直接去见他。

"其实……"林语惊顿了顿，说，"我今年年前有给他打过一个电话。"

她那会儿身体状况转好，林芷又做了手术，就抽了个周日晚上的时间，给沈倦打了个电话。

言衡问："嗯，然后呢？"

"没接，可能是因为在忙什么吧，他周末一直挺忙的。"她垂着眼，好半天后叹了一口气，有点沮丧地撇撇嘴，"他是不是生气了？"

第二十二章 养不熟的小野猫 109

她停了一会儿，又小声嘟哝一句："他怎么这么小气……"

言衡笑了起来。

林语惊抬眼，面无表情地看着他。

男人笑得不行，过了一会儿才轻咳一声："对不起。我只是觉得，好像只有提起你那个小朋友的时候，你看起来才比较符合实际年龄。"

"他没接，然后呢？"言衡问。

"我发了信息给他。"林语惊侧头看着落地窗的窗外。

六月的阳光热情猛烈，有些刺眼，她眯了眯眼睛："如果他真的不理我了，我就……"

"你就？"

小姑娘长长地又叹了一口气："我也不知道，我没有哄过他，一般都是……"

他哄着我。

他哄着她、宠着她，明明应该是个脾气挺不好的人，和她在一块的时候，真的无比耐心，就算心里有火也会压着，什么都听她的。

校霸没个校霸的样子，成何体统呢，沈同学？

言衡在旁边又开始笑。

林语惊忍不住看向他："言老师，您今天心情很愉快啊。"

"我是挺高兴的，你这一年多的变化真的很大，"言衡说，"我第一次见到你的时候，你那个状态，怎么说呢？让人想把林芷拉过来打一顿。"

林语惊最后在诊所吃了午饭才走，走的时候言衡把她送到电梯口："你高考后应该会回 A 市吧？我有时候也会回去，有空可以吃个饭，顺便带着你的小朋友一起。"

林语惊站在电梯里，按了按开门键，转过头来："这一年多我真的……"她朝着言衡低低地鞠了个躬，"我不是特别会说谢谢，但是谢谢您。"

男人还是第一次见面时的样子，眉眼温和："不用谢我，我也没做什么，最重要的还是你自己，勇敢些，有些事情在没尝试之前别总想着逃避。"

六月盛夏，蝉鸣聒噪。那年高考的理科试卷，据说是 2003 年地狱级别的试卷后最难的。

九号考完试的那天，林语惊回了怀城一中。

即便是这样的学校，在这一天，高三的教学楼也是锣鼓喧天、鞭炮齐鸣。

走廊里有抱着书、号叫着飞奔的，有把试卷顺着就往操场上哗啦哗啦丢的，教学楼下面年级主任一声怒吼："哎！几班的你！说没说不让把卷子往下扔？！你们班主任是谁？！"

那男生扒着走廊边、伸着脑袋，胆子大得不行："您找我们班主任去吧！"

年级主任又着腰、仰着头往上瞅，还没等说话，另一头又是一沓子卷子哗啦啦地飘下来，直接就气笑了。

一个班的同学多多少少有些感情，毕竟相处了一年多，平时低头不见抬头见的，更何况大家一起走过了高三这段最难的时光。

林语惊一进教室，直接被小软妹一把抱住，小姑娘挂在她身上号啕大哭："我以为我要死了呜呜呜呜……鲸鱼，我终于活过来了吗？我是熬过来了吗？你打我一下，现在是真实的吗？呜呜呜啊啊啊啊。"

林语惊好笑地拍了拍她的脑袋，转过头去，看见一边的学习委员一脸狰狞的喜悦，手里捏着厚厚一沓子卷子站在桌子上，对着窗外咆哮了一声："去死吧物理！！！"

"……"林语惊才知道原来学习委员也不是真的特别热爱学习。

学校里面就有旧书本、卷子的回收，林语惊没拿这些书本，回寝室里又收拾了一圈，她东西不多，来的时候一个行李箱，走的时候也一样。

她把桌面上的东西装好，上床又摸了一圈，从枕头下面摸出一本书来。

林语惊坐在床边，垂头。

那本书已经有点旧了，每天都被这么磨着，书角泛起了一点毛边，被她用透明胶带小心地粘上了。

林语惊翻开第一页，上面是黑色中性笔签的名字，下面夹着一张拍立得的照片，白色的照片边缘也已经有些泛黄。

那照片她是对着手机拍的，还拍到了手机两边窄窄的框，画面里一个少年神情倦懒，眉眼都好看。

林语惊已经想不起来有多少个日夜，是这张照片支撑着她坚持下去。

她站起身来，走到寝室阳台外，站了好一会儿。

天空湛蓝，树影摇曳，风暖而轻，耳边是欢呼和哭泣。

高三啊。她都不知道自己这一年半是怎么过来的，但终于还是过来了。

没有什么过不去的。只是过去的，再也回不来了。

出高考成绩以后，林语惊用了三天的时间和林芷周旋。

林芷的意思很简单：要她报 B 大，回帝都。

林语惊拒绝得也很明确：她要报 A 大。

她从来没有问过沈倦以后去哪个学校，但是她知道。

林语惊始终记着少年的那句"我走不掉，我一辈子都得在这儿"。

每一次想起，她的心里都泛着酸。

沈倦不会走的。

他一定会留在 A 市。他会在 A 市最好的学校。

A 市很好，A 大也并不比 B 大差多少，林语惊几乎是毫不犹豫。

林芷在某些事情上有很强的掌控欲，两个人僵持了三天没有任何结果，林语惊这次完全豁出去了，半分都不肯动摇。

她没办法说服林芷，最后还是偷偷联系了林清宗。

林老爷子今年七十不到，身子骨硬朗，每天在家里养养花、逗逗鸟、和林奶奶下下棋，几乎不问世事，林芷爱怎么折腾怎么折腾。

林语惊从小到大没见过他们几次，也没什么太深的感情，所以这次她电话打过来，林清宗还觉得挺意外的。

"你性子倒是比你妈软多了，我一直以为你俩一个样儿，得自己犟到底，什么事儿都不会来找我呢。"林爷爷悠悠道，"我也老了，就你妈这么一个闺女，现在也就你一个小孙女，你给我一个不回来的理由，让老头子听听。"

"爷爷，您有奶奶陪着您了，不能这么自私，不如让我去给您找个孙女婿回来吧？"林语惊毫不犹豫道。

"你这小丫头还敢跟我提这个呢，"林清宗道，"你知不知道你妈为了追爱，跟那个姓孟的小子在一起，我跟她打了多少次？"

当年林芷和孟伟国在一起这件事，父母都是极力反对的。

孟伟国的家庭情况不好：他家在农村，父亲进了城以后再也没回来过，母亲带着他，上面还有一个哥哥、一个姐姐。

林清宗当时就两句话——"寒门再难出贵子"和"这小子眼神浮，不能嫁"。

林芷从小性格就那样，这么多年没变过，想做的事情就一定要做到。

她那时坚信孟伟国就是她这辈子遇到的最好的人，无论如何就非他不嫁。

林清宗也是个强硬的人，在商场打拼这么多年，从来都是说一不二，用林奶奶的话来说，父女俩像一个模子刻出来的，因为这事闹得很凶，甚至到了差点断绝父女关系的程度。

最后还是做父母的妥协，林芷和孟伟国结婚，还生下了林语惊，只不过从那以后，林清宗就再也不管她的任何事了。

她爱怎么折腾怎么折腾去吧，过得好或不好都是造化。

这件事，林语惊小时候听林奶奶提起过一次，她顿了顿，说："我妈眼神不好，您看不上的她就喜欢，您这孙女婿她也看不上，我当时就觉得您肯定会喜欢。爷爷，您看人的眼光我特别相信。"

林清宗："……"

林芷和林语惊闹腾着的这个事，他倒是也知道，老爷子快七十岁了，什么样的没见过，这种程度的事情对他来说就是小打小闹。

林家的小孩，这点事情要是自己都过不去，那也太丢脸了，趁早别姓林。

结果林清宗今天一听，觉得他这个小孙女跟她妈确实不一样，歪理一套一套的，一本正经地胡说八道，胡搅蛮缠的话都能说得让你觉得有理有据、令人信服，最重要的是，还说得让人怪高兴的。

林清宗当即就给林芷打了个电话："孩子成年了，想在哪儿读书就随她去。"林爷爷声音悠悠然，却不手软，专门往自己女儿的痛处戳，"你当年连嫁人我都不管了，现在你闺女去哪儿上大学你怎么还想插一脚呢？"

"……"林芷最终妥协，挂了电话，看着她："你一定要去找那个男孩，是吧？"

林语惊没说话。

林芷说："你一定会后悔的。"

林语惊看着她，心平气和地说："妈，我不是你，他也不叫孟伟国。"

林语惊心道，我也不瞎，我俩眼睛都 5.0 的呢。

林芷没再说什么。

林语惊终于松了一口气。

她一口气松下来没一会儿，又提了起来。

林清宗当年不同意孟伟国和林芷在一起，有很大一部分原因是孟伟国家里穷。

那现在沈倦怎么办？沈倦也没钱……

林语惊长长地叹了一口气，愁得有些头疼。

这可如何是好？

拿到录取通知书以后，林语惊没有马上回 A 市，她先回了一次帝都。

她所有东西都没带走，一个箱子里面空空如也，装了一本书，书里夹着张照片。

她换了一部新手机，又去办了张新的卡，微信什么的密码早都不记得了，绑定的又是旧的手机号，于是林语惊弄了一个新的微信，想了想，用沈倦的手机号搜了一下，没搜出来他的微信。

她坐在机场的候机室里，给沈倦打了个电话。

这是件挺奇怪的事情：她跟沈倦其实之前好像没怎么通过电话，她也从来没有注意过沈倦的电话号码到底是多少，但她还是记住了。

林语惊把这归功于自己的学霸脑袋。721 分的林语惊同学，原来在不知不觉中，你已经掌握了过目不忘的本领。

机场里人来人往，一个漂亮的小姑娘拽着个银白色的登机箱走到她的旁边坐下，林语惊侧了侧头，把自己的登机箱往旁边拽了拽，然后继续打电话。

这次响过三声以后，对面接了起来。

林语惊的呼吸都停了一拍。

对面一个男生上来就大咧咧的一句："喂，你好，哪位？"

明显不是沈倦的声音。

林语惊愣了愣，一时间没反应过来，还没来得及说话，对面又问了一句："谁啊？"

林语惊眨了下眼："您好，这是沈倦的电话吗？"

"对啊，他现在在忙，没空接电话，你有什么事？急事我帮你转达，不急的话你……"男生顿了顿，大概看了眼表，"晚上六点以后再给他打。"

对方的声音有一点点耳熟，但林语惊也没听出来是谁。

"没什么急事，"她抬头，看了眼机场上的电子表，"没事，让他先忙吧，谢谢你啊。"

"哎，没事没事，为女孩子服务……"说到一半，对面忽然寂静了，半点声音没有。

下一秒，林语惊就听见这男生吼了一嗓子，声音很闷，像是在捂着电话怕被人听见："不对啊，倦爷！是个女的！！你……"

林语惊没忍住笑了一声，把电话挂了。

登机口的屏幕上航班号在滚动，机场广播的声音响起，林语惊把手机关了机，起身登机。

A市，蒋寒举着手机冲到工作间的门口，瞪着眼睛："沈倦，女的。"

沈倦手上戴着黑色手套，正在割线。

这男生选的地方很骚，在腰窝；图也很骚，一个烈焰大红唇。

这人刚拿过来图的时候，蒋寒都不想吐槽了，三十年前的既视感。沈倦估计也是看不下去，帮他改了改，改成了在火焰里燃烧的红唇，火苗青蓝，泛着冷。

蒋寒说完，趴在那里的那个男生转过头来，一脸调侃："有女生给沈老板打电话，不是挺正常的吗？我要是女生我也追啊。"

"不是这么回事，兄弟，你不懂，"蒋寒笑道，"咱们老沈皈依佛门了，凡心不动，他的手机号基本上没有女生知道，除了……"

他这句话说到一半，自己愣住了。

沈倦手上割线的动作倏地一顿。

蒋寒还举着手机，看着他，犹豫地开口："倦爷，刚刚我还没听出来，现在一想，你别说，声音还真有点……"

沈倦将手里的机器放下，直起身来，伸直的长腿屈起。

他垂眸，声音挡在黑色的口罩后面有点闷，显得沉冷："疼不疼？"

那男生也感受到了气氛的异常，但他没明白是怎么回事，实话实说："还行，没什么感觉，就是有点麻酥酥的。"

沈倦点点头，拽着黑色的手套摘下来，丢进旁边的垃圾桶里，手指勾下口罩："那先休息一会儿。"

男生有点儿蒙："啊……行。"

沈倦起身，从蒋寒手里抽走了手机，径直出去，回头关上门。

那男生还没反应过来，侧头问蒋寒："我刚刚说的是'不疼'吧？"

"不关你的事，"蒋寒拍了拍他的肩膀，安慰道，"这个故事里，你注定无法拥有姓名。"

男生一脸茫然："啊？"

门外，沈倦点进通话记录里找到刚刚那个电话号码，一边拨了出去，一边推开屋门，站在小院里。

电话那头女声冰冷——关机。

电话里面忙音三声，然后重回寂静。

沈倦长出了一口气，垂手放下手机，从裤袋里摸出烟来咬着，点燃。

他身子往后靠在门上，头抵着门板往上看，眯了眯眼。

破败又沉默的小弄堂上空，露出的半块天空被浓云糊了满眼，又让杂乱的电线割得四分五裂。

今天天气不怎么好。

洛清河走的那天，天气好像也不好，阴潮地憋着人，是不是还下了雨，他不太记得。

第二十三章
女朋友热情似火

林语惊买的下午的机票，之前那个拖着行李箱的漂亮小姑娘就坐在她旁边。

看着安安静静、非常甜的一个小软妹，没想到特别乐于助人，一上飞机，就抿着唇举起林语惊的行李箱，啪叽给塞上头了。

两个人聊了几句，小姑娘是一个人去帝都旅游，看着小结果比林语惊大了好几岁，学医的。

林语惊随口问："以后做医生的话应该挺忙的吧？而且现在医患关系什么的都挺紧张的。"

小姑娘大眼睛眨巴眨巴地看着她："我不给活人看病。"

"啊？"林语惊说，"法、法医啊？"

小姑娘点点头："人死了才归我管。"

林语惊："……"

这班飞机没晚点，晚上五点半准时落地。

林语惊从机场出来后，一眼就看见了等着她的程轶。

好像也就两年没见，这人还是那么贱，手里举着个大大的牌子，上面还画了个粉红色的桃心，中间明黄色的大字——林语惊，爸爸永远的宝贝女儿。

这配色怎么村怎么来。

林语惊翻了个白眼。

林语惊能留在 A 市全靠林清宗，老爷子没什么要求，就让她暑假回来一趟，陪着待一段时间。

大概是近乡情怯之类的原因，林语惊现在反而不急了，反正一年半都等了。

她每天被林清宗拉着下围棋、种花、遛狗，听林老爷子教鹦鹉说话，几十天就那么一句——谈恋爱有什么好！

临近开学前的一个礼拜，林语惊听着鹦鹉在那里"谈恋爱有什么好"，麻木道："爷爷，您是故意的吧？"

老头笑得可欢乐了，灿烂的笑容让他看起来年轻了至少十岁："你这臭丫头没良心，你从小到大，我见过你几次？怎么不见你想我、来看我几回？"

林奶奶斜了他一眼："也不知道当初是谁，死活不承认自己这个小孙女的。"

林奶奶是江南人，说起话来不急不缓、温温柔柔的。她转过头来，看向林语惊："你小时候，就刚会走那会儿，我给你织了个小毛袜子，被你爷爷看见了，哦哟不得了，一把给抢走了，还发火，死活不让我给织，晚上我偷偷过去一看——"

林奶奶抬手，比画了一下："那么丁点大的小袜子，自己套在指头上，举着看得美呢。"

林清宗冷着脸，耳朵有点红："瞎扯！"

林语惊怔了怔。

老宅这边除了过年过节她基本上很少回，一年都见不到几次爷爷奶奶的面，小时候就记得每次回来，林清宗对她始终冷着脸，有的时候看都不看她一眼，在小朋友看来爷爷严肃又可怕，很有距离感。

林语惊一直以为林清宗也是不喜欢她的，长大以后基本也没主动联系过。

"你爷爷这人啊，一辈子都这样，从来不肯主动去服个软、承认个什么。"林奶奶继续说，"年轻的时候他穷，我家里条件好，后来谈个恋爱后就要跟我分开，还说什么不喜欢我了，还要我追着他跑。"

"我不是舍不得你跟我吃苦吗？"林爷爷有些无奈，摸摸鼻子，"哎，以前的事怎么又计较上了？"

林奶奶白了他一眼："我一直计较着呢，你坏得很。"

林语惊："……"

年近古稀的两个老人，当着孙女的面，旁若无人地打情骂俏，究竟是道德的沦丧还是人性的毁灭？

林语惊靠在沙发里，看着两个人说起那些尘封往事里的埋怨和委屈，无意识地弯起了唇角。

哪有什么长久的感情是一帆风顺的？对的人也是经历了别离和争吵，若干年后我白发苍苍、垂垂老矣，而陪伴在我身边的人依然是你。

回 A 市的前两天，林清宗把林语惊叫到书房里，和她聊了很多。

老人站在书柜前，身形有些佝偻了，却依然可以窥见他年轻时的气势："你妈性子像我，太硬、好强、固执，还容易走极端，反正我不好的地方都让她随去了。

"但她没我幸运，我碰上了你奶奶，你奶奶当时家里条件好，从小娇生惯养的，什么都不会，这么一个小姑娘，愣是自己一个人偷跑到北方这边来找我。那时候什么电话啊全没有，她也不怕，说来就来了。我当时就想，我得对她好一辈子，我什么都听她的。

"有你奶奶领着我、带着我，我也不至于走得太弯，你妈不一样，她这辈子没遇到那个人。

"没人带着她走，没人告诉她什么是好、什么是坏，所以她就这么一直错下去。她对不起你，我呢，我当初说了不管，我就一定不管，我就想等她服个软，这么多年硬着这口气始终冷眼看着你，也对不起你。"

林语惊垂着眼，心里不知道是什么滋味："我没怪您。"

"你倒是不怎么像我和你妈，你跟你奶奶一个样，能软得下，骨子里也硬气，小丫头年纪小，主意倒挺正。"林清宗看着她，叹道，"想干什么就去干，别怕，也别躲，咱们林家人，就算什么都没了，也得带着这股冲劲儿一直往前走。"

林语惊在新生报到那天乘坐早上的飞机，回了 A 市。

她到 A 市的时候是中午，在机场里吃了个面，然后坐在面馆里查去

A 大要怎么走。

倒是有地铁可以转到 A 大门口，大概要两个小时。

林语惊叹了口气，拖着她的大行李箱艰难地上了地铁。

开学日，机场和地铁上人都多，外面闷热得快要窒息了，地铁里的空调一吹，又冷得起了一层鸡皮疙瘩。

两个小时后，她从地铁口出来，看见校门口站着一堆穿着志愿者 T 恤的学长学姐，他们手里举着个手绘的大泡沫板，上面写着——欢迎 A 大新生入学。

绘画水平和李林的菊花牌黑板报有得一拼。

A 大报到分两天，昨天一天，今天一天。

沈倦是 A 市人，应该不会昨天就来报到，所以林语惊今天来了。

在看到了林爷爷和林奶奶的相处，并且林爷爷找她聊完天以后，她忽然产生了一种谜之宿命感。

林爷爷当时和林奶奶分手，林奶奶毅然决然地跑到帝都去了。

他们没有手机，没有办法联系，林爷爷甚至都不知道林奶奶来了。

可是林奶奶最后还是找到了林爷爷，在那么大的帝都。

而她现在只在一个小小的 A 大！

林语惊排队报到完以后，把行李放回到了宿舍。

宿舍四人寝，上床下桌。除了她以外，剩下的三个人已经到齐了。

她的床位在靠阳台左手边的一个，林语惊放下行李，简单地打了个招呼，四个人互相认识了一下，什么都没整理就直接出了门。

她决定先找一下沈倦试试。

一个小时后。

高考考了 721 分、省第四名的小林同学蹲在树下，开始真心实意地怀疑自己的脑子是不是让豆浆给泡了，或者高考完，那点智商全都跟着试卷一起跑没了。

她不知道是什么给的她自信，让她觉得自己能在这个"小小的"、"小"到从女生寝室绕出来都用了二十分钟的 A 大里，在这一群新生、学长学姐志愿者的人群中，和她一年半没见过面的同桌来一次命运的邂逅。

林语惊放弃了，她觉得宿命论还是不靠谱，决定相信科学。

她掏出手机，给沈倦打了个电话。

大概是因为之前几次打电话过去都没能成功和沈倦说上话，她拨电话的时候动作流畅、无比自然，举到耳边的时候甚至还在想"这什么破天儿热死个人了"，直到电话响了两声，对面接起来了。

林语惊一顿。

对面也没说话。

周围声音嘈杂，来来往往的始终有学生路过，行李箱滚在路面上传来骨碌碌的响声。

过了几秒，沈倦的声音顺着话筒传过来，微沉的、低而淡："林语惊。"

啊。

是我。

好久不见。

林语惊手里抓着手机，仰起头。

树影剪碎了阳光投在地上，风过，她的脚下像一潭波光粼粼的水。

这声音她太熟悉了，穿透了一年零八个月的时间，熟悉到她甚至还没反应过来，眼泪就像是长了腿，自己就顺着眼角往下滑。

林语惊也不知道自己为什么会哭。

她走的时候、最后一次见他的时候没哭。

她焦虑到整晚整晚失眠、吃什么吐什么、半个月暴瘦的时候没哭。

高考倒计时冲刺，整个寝室的人都因为压力太大哭鼻子的时候，她都没哭。

甚至在听到他的声音之前，她一点想哭的感觉都没有。

她是冷静又理智的、很酷的林语惊。

但是现在很酷的林语惊就是没办法控制住，像是有什么支撑着她的东西，在听到他叫她名字的那一瞬间，忽然就塌掉了。

眼泪停不下来，也收不回去。

"沈倦，"林语惊蹲在树下低着头，脑袋顶在膝盖上，带着哭腔叫他，

"我找不到你了，你为什么还不来接我？"

小姑娘的声音听起来委屈得不行，沈倦听见一声很小的、几乎能融入到杂乱背景音里的啜泣声，闷闷的带着压抑不住的哭腔。像是有只手，拽着他的心脏，一点一点地往外拉。

"你在哪里？"他竭力压着声。

"图书馆……"林语惊一边哭一边语无伦次，"我在图书馆门口，这个破学校怎么这么大啊，我找了你一个小时。帝都那么大，奶奶都能找到爷爷。沈倦，我们是不是没有缘分？"

沈倦听不懂她在说些什么，只觉得那句"没有缘分"异常刺耳，他顿了顿，低声道："你在 A 大？"

林语惊吸了吸鼻子："不然我能在哪儿？"

沈倦转身，快步出了宿舍门往外走："在那里等我。"

在老宅待着的那段时间里，林语惊想了很多。

高考之前那些她没有时间分心考虑的、不敢想的事情，现在终于闲下来后，她从头到尾地过了一遍，当然也想过他们会怎么见面。

林语惊本来是想去他的工作室找他，给他一个惊喜：小林老师光芒万丈、漂漂亮亮地推门而入，看着愣在原地的沈同学。

开学的时候见到他也可以：在 A 大种满了法国梧桐的林荫道上，身边的学生和家长来来往往，他们隔着人山人海遥遥相望，于是周围的一切都成为了背景板，他们眼中只有对方。

少女十几年都没出现过的浪漫细胞，开始蠢蠢欲动了。

但林语惊是真的没想到他们会这么见面：她蹲在图书馆门前的树荫下，脑门顶着膝盖、哭得稀里哗啦、肯定很丑的时候。

她觉得自己不能这样。

久别重逢，女孩子必须得是美的。

她长长地吐出了一口气，一边调整了下心情，一边用手背抹掉脸上的眼泪，刚抬起头来，就看见眼前的一双长腿。

林语惊仰头，眼角还有没擦干的眼泪。

沈倦站在她面前，低垂着眼，看着她。

林语惊发现她之前那些期待又不安的担忧全都消失不见了。

她脑子有几秒钟的空白。

这一年多以来，无数次在她的梦境中、在她的记忆里徘徊的少年，此时就站在她的面前。他瘦了很多，轮廓棱角分明，嘴唇抿着，线条冷冷的，从下往上看睫毛低低地覆盖下来，整个人的气质也沉稳了不少。

林语惊有些恍惚，总感觉这还是个梦，下一秒她就会被闹钟叫醒，然后起床上早自习、背课文。

直到沈倦在她的面前也蹲了下来。

两人的距离拉近，沈倦看着她，漆黑的眼，眼神深沉："你胆子是真的大。"

他的声音有些哑。

林语惊看着他，神情还是茫然。

她在脑内迅速思考了一下能说什么，两秒钟后毫无结果，她发现自己完全不知道该说些什么，于是脱口而出："你高考考了多少分？"

看看，什么叫学霸的自我修养？

这就是了。

林语惊同学，你可真是一个优秀的人才。

沈倦："……"

沈倦都没反应过来，林语惊却已经回过神来了，在这句话说到一半的时候，她就反应过来了，差点没咬到舌头。

她觉得自己像个傻子。

所以，为了弥补一下，好显得自己不是那么智障，她反应很快地继续说："我考了721。"

"……"沈倦差点被她气笑了，"考得挺好啊。"

这句台词有点耳熟，仿佛一瞬间穿越到她还在十班、第一次月考成绩下来的时候，只不过现在，说这句话的人从她变成了沈倦。

林语惊绝望地闭上了眼睛，也自暴自弃了："啊，还行吧。"

他没再说话。

林语惊等了两秒，睁开眼和他的视线对上。

"林语惊，"沈倦漆黑的眼睛直勾勾地看着她，"你为什么来Ａ大？"

林语惊用手背揉了一下哭得有些发红的眼睛，把脸上没擦干净的眼泪都擦干了后，才说："来找你。"

"你怎么知道我一定会在Ａ大？"沈倦眯了眯眼，"我如果不在呢？"

林语惊觉得沈倦的这个问题有辱她的智商，因为想知道他在哪里简直太简单了。

她眨眨眼："我就是知道。"

填志愿的时候她就知道他会报Ａ大，但是多多少少会有一点不确定。

所以最后一天，提交志愿表之前，林语惊去看了一眼八中的官网。

首页红彤彤一片，喜气洋洋的，第一个专栏的标题就是黑体加粗的大字——热烈祝贺我校沈倦同学以723分的优异成绩荣获省高考理科状元。

省理科状元。

不知道为什么，林语惊在看到这个标题的时候，竟然一点都不意外，就好像这完全是一件理所应当的事情。

他就应该是这样。

他怎么都耀眼，永远都发光。

该怎么形容那种感觉呢？

自豪吧。

有一种自己儿子考了省状元的自豪感。

唯一让721分的林同学心里不爽的是：就连高考，沈倦都高她两分。

林语惊不知道这到底是个什么样的邪门玄学，或者是不是用"诅咒"之类的词更标准一些，她就算远到怀城去读书，都死活摆脱不了这个"2"了。

她这边走神走了好一会儿，那边的沈倦已经站了起来，居高临下地看着她，忽然勾了勾唇，缓声道："是啊，你什么都知道。"

高考以后，暑假那会儿，林语惊打过来那个电话，沈倦在冷静下来后，考虑过了无数种可能。

林语惊从始至终都太狡猾了。

一直以来都是他追着林语惊的。

她逃避，她退缩，她给自己留足了后路。然后时隔一年多，突如其来的一个电话，让人没办法不多想。

这个电话过来，她会说些什么，沈倦不想再继续往下想。

他连问都不想问，好像这样就能始终保持下去、阻止什么发生一样。

现在林语惊回来了，站在他的面前，来找他。

她回来了，她没走。

这个认知让他刚刚连手指都在抖。

然后呢？

他回过神来以后，心里的那根导火线直接被点燃，那种掺杂着慌张、茫然和无力感，硬生生地憋了十几个月的火终于一冲而上，压都压不住。

沈倦这一年半过得实在是太憋、太委屈了。

他闭了下眼，声音压得很低，像是在竭力克制着什么："你什么都知道，你想走就走，一年半一点消息都不给我，现在想回来就回来，是这样？"

林语惊愣了愣。

"我什么都不知道，我就活该一直像个傻子似的，我就得始终站在这里等你，是这样？"沈倦轻声说。

林语惊仰着脑袋看他发火，有些不知所措。

这是沈倦第一次跟她发火。

林语惊赶紧也跟着站了起来，因为蹲得有点久，腿都麻了，她垂头撑着膝盖，缓了好一会儿，先是道歉："对不起。"

这一声"对不起"又激起沈倦一股火。

她垂着头，低声说："我不是……不想给你打电话，我最开始没有手机。"

沈倦沉默地看着她。

"后来……"林语惊顿了顿，有些犹豫。

她不想把自己看过心理医生的事情告诉沈倦，也不是什么大问题，她不想搞得自己像是在卖惨一样。

林语惊继续道："去年年前那个寒假，我给你打过电话，但是都没有打通。"

沈倦一顿："去年年前？"

"我还给你发了短信，你也没有回我。"林语惊撇了撇嘴，有些委屈，"你为什么不回我？你不回我，我都不敢发了。"

沈倦没说话，有点发愣。

去年寒假那会儿，洛清河去世了，沈倦的状态始终浑浑噩噩的，沈母不放心他一个人在这边，带着他回了英国，直到开学前才回来。

他沉默地抿唇看着她，半晌，低声道："高考完，你给我打的那个电话，蒋寒接的，我当时在忙。"

"我知道，"林语惊眨眨眼，"我那个时候要回帝都，在机场。我想告诉你一声，但是你没有空。"

"当时太想你了，就什么都不想，只想给你打电话。后面冷静下来，我发现我电话打过去，你接了，我也不知道该说些什么。"林语惊说。

一年半的时间太久，当时因为想他，没多思考就直接打了电话，结果没说上话。

等她下了飞机、回了老宅，闲下来也冷静下来以后，林语惊有些茫然，也有点害怕。

她忽然发现，她好像不知道能跟沈倦在电话里说些什么。

因为真的太久了。

两个人之间，这么长时间的空白是实实在在的。要说什么呢，会不会尴尬，会不会已经没了共同语言，会不会就这么举着电话沉默了？

林语惊压低了声音，实话实说："我不知道过了这么久……见不到面就只通电话，会不会聊不起来。冷场怎么办？尴尬怎么办？我就想着反正没多久就见面了，见面再说也可以。"

她顿了顿，垂着眼，试探性地抬手碰了碰沈倦的指尖："其实包括在见到你之前，我都有点害怕，怕你会不会变得不一样了，怕见面会不会尴尬什么的。"

沈倦垂眸，他始终没说话，也没动。

林语惊放开他的手指，又蔫巴巴地戳了戳他的手背："我这么说你别生气，我就是想……把我心里想的全都告诉你。"

言衡说：你不能让他一直拉着你，你得自己朝他走过去。

林语惊也想试试看，拉着他，朝着他往前走。

林语惊深吸了一口气："课文里都写'一鼓作气，再而衰，三而竭'呢，第一次你都没理我，第二次也没成，我就不敢了。

"我没故意不理你，也不是故意不告诉你。"她仰起头来看着他，又重复了一遍，小心翼翼的，"你别生气。"

没等到他的回应，林语惊在心里叹了一口气。

她这辈子都没哄过人。

怎么哄个人这么难呢？早知道应该跟程轶取取经，这种事情他最会了。

林语惊顿了顿，又叹了一口气："好吧，你生气也是应该的。小林老师哄你，小林老师现在长大了，可以谈恋爱了，你要不要当我男朋友？"

因为她的话，沈倦整个人僵住了。

她往前走了一步，靠得近了一点。

盛夏里她走了一个小时，又在这里站了太久，小姑娘的手温度有些高，热乎乎地贴过来。

她小心翼翼地钩着他食指的指尖拉过来，捏在手里拽了拽，然后又钩住，声音里还带着一点点刚哭过的鼻音，软软的："男朋友，我好想你。"

沈倦喉尖一滚。

他最见不得林语惊这样了：委屈巴巴地撒个娇，能要了他的命。

他们当天下午要去教室领书，再去体育馆领军训的服装，时间挺紧的，林语惊和沈倦的叙旧对话也就没能进行完。

林语惊虽然能猜出沈状元去了哪个学校，但也不能精确到他读了哪个专业。

于是，林语惊就靠着"盲狙"。

A大的王牌专业就那么几个，筛选一下其实还是挺好猜的。

林语惊选出几个王牌专业，又按照自己的兴趣，在金融和计算机里面挑了半天，最后她觉得沈倦的气质和计算机好像比较搭，没太犹豫就选了这个。

结果丫沈倦去学了金融。

林语惊差点气到心梗。

不过既然是"盲狙"，肯定是有风险的，她气了一下以后也就没太在意了，反正能在一个学校就行，专业同不同这事林语惊不强求。

当务之急是，沈倦现在生气了。

她里子面子全都没要，豁出去撒了个娇，结果沈倦不为所动，竟然毫无反应。

看来他是真气得不轻。

A大的军训隔天开始，前一天晚上，林语惊和室友一起去吃了个饭，顺便去周边的商圈逛了一圈，买了一大堆日用品回来，顺便一人买了一支防晒霜。

林语惊买了两支，想着晚上去找沈倦，给他送去。

这人颜值高，黑不黑倒是不影响他，但是军训成天这么晒着，红、紫外线太伤。

晚上，寝室里几个刚认识的小姑娘一起聊天，互相熟悉熟悉，林语惊不好不参与，就先和她们聊着。

几个小姑娘天南海北的哪里都有，一起吃了个晚饭后彼此也熟悉起来了。她们性格各异，倒也聊得来。

中途，林语惊给沈倦发了个微信：你们经管院明天在哪里集合？

沈倦回得倒是挺快的，也没有和她搞冷战。

林语惊在点开这条消息、看到内容之前，心情还是雀跃的。

沈倦：嗯？

林语惊："……""嗯"个屁啊你。

林语惊自己翻译了一下，他这一个字加上一个问号的意思——有事吗？

林语惊耐着性子，一边苦恼地琢磨着说点什么，好打破这个死亡对话的僵局，一边听着对床聊天。

对床的小姑娘是本地人，很好相处，留着可爱的齐肩短发，性格也活泼，像一朵蹦蹦跳跳的小蘑菇。

小蘑菇正在跟两个外地来的姑娘科普今年的本省状元沈倦。

"对，就本市嘛，八中的。我有个初中同学在八中，跟我说过一点。反正就是他们学校校草级别的那种，成绩又好长得又帅，"小蘑菇说，"不过我朋友跟我说，沈倦这人有点可怕，高二的时候还留级了一年。"

林语惊微信发着一半，捕捉到熟悉的名字后，停下来抬起头。

小蘑菇看着她，凝重而肯定地点了点头："我也是听我朋友说的，毕竟风云人物嘛，好像还有个绯闻女友。"

"……"

林语惊清了清嗓子："你知道他那个绯闻女友叫什么吗？"

小蘑菇转过头来，眨巴着眼："不知道，我朋友跟我说过一次，我给忘了，好像是姓林吧。"

"是姓林，"林语惊点点头，"叫林语惊。"

小蘑菇："……"

曲诗涵："……"

一直在旁边涂着指甲油、冷漠旁听的另一个室友顾夏，手里的指甲油刷子一歪，大红色的一道画到了骨节上面。

她抬起头来，张着嘴："你啊？"

林语惊说："好像是我吧。"

安静了三秒钟后。

"好的，"顾夏指甲油一推，"往事不必多提，咱们来进行下一个话题。"

A 大的军训比起高中的时候丰富了不少，先是在体育馆里开的动员大会。

小蘑菇的生物钟特别准时，五点钟就爬起来了，轻手轻脚地洗漱完，到六点准时叫醒林语惊她们。

林语惊其实是有点起床气的，没睡够的时候心情会很躁，但是这么多年她早就习惯了，压也压得住，就是刚醒的那段时间气压很低，也不想说话，得发会儿呆。

寝室里的人一个一个去洗漱，林语惊最后一个爬下床、洗漱好，穿的衣服里面是迷彩半袖，外面外套、长裤，下面胶鞋，她还研究了半天皮带怎么扣。

她到体育馆的时候时间还早，馆里还空着一半，她们顺着边缘一直往前走，找到计算机系那边坐下。

林语惊坐在靠过道的那边，坐下以后伸着脑袋看了一圈，远远看见经管院的金融系好像在斜对面。

林语惊看了一眼时间，离指导员说的集合时间还有一会儿，她把帽子摘了放在椅子上，跟旁边的顾夏说了一声，一阶一阶地跳下去，穿过体育馆往斜对面走，去给沈倦送防晒霜。

动员大会时间不长，说了一下军训期间每天的训练内容和时间安排。

军训为期十五天，内容包括队列、军体拳、实弹射击、急救和防空疏散。每隔一天晚上，训练结束以后还会有消防安全的知识讲座。

军训正式开始。

八月底，连着三四天始终艳阳高照。最开始的几天，训练内容倒还简单，但顶着烈日站一上午军姿，也晒得一群"小油菜"苦不堪言。

林语惊不急不缓地哄着沈倦，今天给他送个防晒霜，明天发条信息提醒他，第二天的紫外线等级有点强。

她每天就这么循序渐进着。

白天在操场上，她几乎都看不到沈倦在哪儿，沈倦也不主动找她。

他现在都不主动找她了！

林语惊叹了一口气，从寝室里出来。晚上有关于消防安全的知识讲座，时间还早，她去买了个奶茶。

南校区这边有几家奶茶店，其中有一家每天的人最多，林语惊一边垂着头看手机一边排队，忽然感觉到有人拍了拍她的肩膀。

她抬起头来。

一个挺高的男生站在她旁边，没穿军训的迷彩服，身上简单的白T恤、牛仔裤，应该不是大一的。

他看着林语惊，笑眯眯的："同学，你好。"

林语惊微微点了下头："你好。"

她说这话的时候其实没什么语调，但声音轻软好听。

男生笑了笑："我看你经常在这里买奶茶，所以想给你推荐一下，他家的乌龙玛奇朵味道还可以。"

林语惊这几天已经遇到好几个过来搭讪，或者直接要电话号码的了，她余光一扫，熟悉的人影一晃而过，林语惊愣了一下，侧了侧头。

没人。

男生也跟着侧头："怎么了？"

"没什么，"她重新转过头来，"我平时不怎么喝这个，我男朋友喜欢。"

"这样啊……"男生愣了愣，"好吧，你男朋友喜欢喝奶茶啊？"

"是啊，"林语惊漫不经心地说，"我男朋友是个小甜甜，我不给他买他要不开心的。"

男生："……"

她的态度非常直接明显，那男生也很识相，没说两句就走了。

林语惊捧着杯芋圆奶茶，慢悠悠地往听讲座的礼堂那边走。

夏日的傍晚，校园里热闹。三三两两穿着迷彩服的大一新生也在往礼堂那边走，林语惊一边咬着吸管，一边抽出手机给沈倦发了个消息：问你个问题，你喜欢喝奶茶吗？

沈倦没回。

林语惊撇了撇嘴。

礼堂在图书馆的旁边，从这儿绕过去就是。她走过林荫道，走到图书馆，打算直接从侧门推门而入，从里面穿过去，她一侧头，就看见图书馆前站着的沈倦。

这几天以来的第一次偶遇。

可真是太不容易了。

她转过头的时候，沈倦也刚好抬起头来，两个人的视线对上，林语惊眨眨眼，吐出奶茶的吸管，跑过去："嗨，帅哥，等人吗？"

沈倦没说话。

林语惊往前凑了凑，笑得眼睛一弯，微扬的眼角带上了点媚气地看着他："等我吗？"

沈倦垂眸。

夏天这会儿温度高，小姑娘的迷彩服外套没穿，挂在她的手臂上，身上薄薄的短袖，露出白皙的手臂和领口一段细白的脖颈。

她的衣服下摆塞进裤子里，腰带一扎，纤细的腰肢尽显曲线美好，勾得人心痒痒的。

小姑娘长大了。

怪不得买个奶茶都有人惦记。

沈倦始终不说话，林语惊磨了这么多天，半点成效都没看见，也有点脾气。

但是这次确实是她不对，她得耐心一点。

她笑容塌了塌，耷拉着唇角看起来有些蔫巴，还是耐着性子："沈同学，我都这么哄你了，你打算生气到什么时候？"

沈倦平静地说："你怎么哄我？"

"我给你送了防晒霜、给你买过水，每天还准时给你播报天气预报，"林语惊掰着手指头给他算，"我尽心尽力。你好冷淡，真的不理我。"

沈倦眯了眯眼，往图书馆的柱子上懒懒地靠了靠，看着她："林语惊，谁告诉你哄人是像你这么哄的？"

"……"

林语惊也来脾气了，面无表情地看着他："那我就只会这样，谁会你找谁去吧，我也没跟别人谈过，也没人教过我要怎么哄男朋友。"

两人沉默了两秒。

沈倦"啧"了一声，忽然抬手，拽着她的手腕往前拉了拉。

林语惊没来得及反应，就被他拉过去，贴着他。

她只穿了一层薄的迷彩短袖，身子就这么贴了上来。

小姑娘的身子柔软、温热。

沈倦一顿，垂眸，手指缓慢地蹭过她嫣红、柔软的唇瓣，低声说："我教你。"

他的手指有些凉，指腹蹭着敏感的嘴唇，激得林语惊下意识地往后缩了缩。

沈倦感觉到她在躲，另一只手轻轻捏在她的后颈处，扣着她往自己的身前带过来，忽而垂头。

嘴唇上有个软软、凉凉的东西压下来。

触感柔软而陌生。

林语惊的眼睛还睁着，人都没有反应过来。

直到她清晰地感觉到下唇被含住、被轻咬了一下，然后又被放开。

一点点痛感夹杂着其他的东西，让林语惊的脑子有点转不过来，整个人发僵。

沈倦稍稍撤开一点距离，用额头顶着她的额头，黑眸沉而暗，直勾勾地盯着她："会了吗？"

他扣在林语惊后颈的手指穿过发丝，轻轻地摩擦了一下她颈侧细腻的皮肤，声音沙哑："不是要我当你男朋友？那以后都得这么哄。"

林语惊觉得，沈倦这个人越来越要命了。

怎么一年多没见，她自己还在原地踏步，他的功力就一天比一天见长了？

少年的额头贴着她的额头，鼻息温热，指尖贴着她脖颈的薄薄一层皮肤摩擦，动作轻缓，每一下都带得人一阵战栗。

林语惊的脑子还有点蒙，嘴唇上湿湿的触感还停留着。

她靠在沈倦的身上，仰头，回过神来以后下意识地吞了吞口水："哎，不是，你这人怎么回事儿啊？"

沈倦扣在她颈后的手轻轻用力地捏了捏："嗯？"

林语惊抿了抿唇。

人家都教你了。

学习嘛，小林老师对这个最拿手了。

她一手还拿着杯喝了一半的奶茶，忽然整个人往上蹿了蹿，只单手勾着他的脖颈往下拉。

沈倦还靠在柱子上，被她往下拉得身子微弓，还没来得及反应，林语惊就直接亲了上去。

沈倦猝不及防，有些错愕。

他刚刚都没敢怎么亲，克制着、隐忍着小心翼翼地碰了碰，生怕吓着她。

但她不。

林语惊单手勾着他的脖颈，唇瓣贴合了几秒，然后探出舌尖来，一点一点地触及他的唇缝，寻找到空隙，软软的舌尖探进去小心翼翼地舔了舔。

她亲得生涩而大胆。

沈倦被她的动作撩拨得整个人绷紧，扣着她的手不自觉地用力收紧，手指往上挪到她的后脑，穿过她柔软的发丝。

林语惊"没吃过猪肉，但见过猪跑"。基本的理论知识她还是有的，不过实操起来还是有一些难度。

她小心而谨慎地往里探，碰到了个软软的东西后，僵了僵，又缩回来，停在边缘，不敢再动了。

她模糊中听到沈倦低低地叹息了一声，然后他的头微微后撤，很轻地躲了一下。

林语惊感觉到了他躲的动作，睁开眼，勾在他身上的手松开，拉开了一点距离后，耳朵开始发热。

她眨巴了下眼，仰着头看他，胆子大，声音却小，又有些不满似的："你不亲我吗？"

沈倦刚压下去的一股火，就因为她这么一句话唰地烧起来了。

沈倦克制地闭了闭眼，指尖一下一下地摸着她的头发，不知道是在安抚她还是安抚自己。

静了几秒，他睁开眼睛，视线落在她湿润的唇瓣上，哑声说："地点不太好。"

什么地点？

林语惊愣了愣，忽然反应过来他们现在在哪儿。

图书馆门口，旁边就是礼堂。

而一会儿要开始消防安全知识讲座，基本上所有的大一新生都会路过这地方。

她整个人僵了僵，单手抵着他的胸口猛地推开，撤远了一点距离。

沈倦看见她通红着耳朵、张了张嘴，然后后知后觉地慌张、害羞了起来。

他勾唇。

这姑娘就这点，无论多羞耻，脸色都不变，看起来若无其事，但耳朵绯红绯红的，好玩又可爱。

林语惊迅速调整情绪，佯装镇静："你刚刚为什么不提醒我？"

"女朋友热情似火，"沈倦舔了下嘴唇，笑着说，"我没来得及反应。"

"你闭嘴，"林语惊恼羞成怒，"那不是你让我这么哄的吗？"

沈倦靠在柱子上，笑得肩膀一直抖，停不下来。

她指着他，平静地警告道："沈倦，你别笑了。"

"行。"沈倦点头，忍着笑直起身子来，抬手理了理衣服。

他的迷彩服外套没扣，她刚刚整个人靠过来，蹭得有点乱。

不知道是不是因为刚刚做了点不可描述的事，林语惊现在看什么都觉得不纯洁。

他这一套明明看起来挺正常的动作，硬是让她看出了点不可言说的事后味道。

林语惊长叹了一口气，别开头去不看了，觉得自己思想有问题。

沉默了几秒，她抬了抬眼："那你还生气吗？"

沈倦垂眼看着她，半晌，叹了一口气。

他往前走了两步，轻轻抱了抱她："我生气不是气你走了，而是你什么都不愿意跟我说。"

"林语惊，我希望你能再相信我一点。"沈倦低声说。

林语惊任由他抱着，脑袋埋在他的胸口，犹豫了下，鼻尖蹭了蹭，声音轻轻的："好。"

第二十四章
校霸的笨拙伎俩

时间一天一天地往前爬，最后两天的军训内容是实弹射击。

Ａ大有自己的射击队，操场旁边、隔着个体育楼有一栋独立的射击馆，是Ａ大射击队的训练基地，每年新生军训的实弹射击项目也是在这儿。

对于这个训练项目，所有人都很热情。毕竟比起每天站军姿、走方阵、顶着大太阳晒着，这个就太好玩了，而林语惊在听到Ａ大有射击队的时候眼睛都亮了。

她之前是真的不知道。但是沈倦知不知道，她就不清楚了。

她当天晚上查了一堆资料，发现Ａ大的这个射击队竟然还很出名。

他们有专业的教练团队和很多免试入学的射击运动员，去年还在世界大学生射击锦标赛上拿到了银牌。

第二天照例是那个时间，只是集合的地点从往常的操场换成了射击馆门口。

教官还没来，门口一堆"小油菜"乱哄哄地凑成一堆说话，有男生一边吃着早餐一边给旁边的女孩子科普枪械知识。

林语惊反正是听不太明白，她只知道那么几种枪，还是高二的时候李林他们带她玩游戏，她才知道的。

不同系大概安排的时间也不一样，林语惊直到进去也没看见沈倦。

她上一次进射击俱乐部还是他领着的，只不过玩的是弓，原因是她未成年。

林语惊十月的生日，还有一个多月，非要算的话，她现在也没成年。

她一边跟着队伍往里走，一边扫视了一圈：Ａ大这个射击馆，和上次那种娱乐性质偏重的射击俱乐部不一样，气氛也不一样，这边更像一个训练基地。

馆里冷气开得很足，一进去大厅的两边挂着一堆照片和介绍，走廊的墙上全是枪械知识的长图。

从后门出去是一片很大的室外射击场，几百把 56 式半自动步枪和 95 式自动步枪立在一旁，每个靶道上都摆着个小木板凳，旁边站着一个男孩子，穿的大概是 A 大射击队的队服，红白的运动外套，袖子手肘的地方有两条红色的斜条纹。

男孩子看起来非常年轻，跟林语惊差不多大，个子不算高，眼睛挺大的，像个白面小唐僧。

实弹射击有一定的危险性，射击队的人也都会来帮忙，做一些协调、组织以及指导工作。

白面小唐僧就一直站在林语惊他们班的旁边，刚刚射击队的教练还过来给他们做了介绍，这位小唐僧竟然还是个很厉害的选手，各种各样的奖牌得了一大堆的那种。

林语惊手里拿着枪趴在地上，枪体架在木板凳上，小唐僧就蹲下身来，纠正她动作错误的地方。

小唐僧一开口，声音出人意料，清清透透的声线，稍微有点冷。

但是无论他怎么教，林语惊依然保持着和一年前一样的优秀发挥，子弹全部脱靶，在墙上打出了一堆坑。

白面小唐僧深深地看了她一眼，最后长长地叹了一口气。

林语惊觉得，自己在这小孩的眼里看出了一点掩饰不住的鄙夷。

干什么？这种充满了无力感的眼神是什么意思？

林语惊觉得自己被瞧不起了。

这个室外射击场的空间很大，一个班一个班过得快，林语惊他们班是计算机系的最后一个班，她趴着的时候别的系的人已经进来了。

沈倦一进来，视线就被容怀的声音拉过去了。

结果这一眼扫过去，就看见了在那里拿着把 95 式自动步枪、趴在地上的林语惊。

容怀此时正蹲在她的旁边，斜歪着身子，微低着头，凑到她的旁边跟她说话。

沈倦眯了眯眼，就看这两个人这么近距离地靠着，一个说、一个听，她还点了下头。

画面和谐非常，和谐得沈倦非常不爽。

沈老板看了一眼旁边的教官，从队伍的后面绕了过去，走到计算机系那边林语惊的身旁，也跟着蹲下："手，抖什么？板凳都给你了还能抖成这样？"

这一声突如其来，林语惊砰的一枪出去，再次脱靶，子弹在墙上打出了一个新的弹坑。

她趴在地上转过头来，眨了眨眼，不明白他怎么突然出现了："嗯？"

白面小唐僧听见这声音也转过头去，看见沈倦后愣了愣，道："师哥？"

林语惊："咦？"

沈倦看都没看他，像是没听见他说话一样，抬手握住了林语惊的手，修长的手指覆盖在小姑娘白白的手背上，垂头："稳点，晃什么？力气小成这样，枪都握不住？我平时是不给你饭吃了，还是虐待你了？"

"……"林语惊不知道为什么，她从这句话里听出了点很微妙的不爽和火气。

怎么又莫名其妙地和她发火了？

她侧头，白了他一眼："我力气已经不小了好不好，你知道这枪有多沉吗？"

沈倦蹲在地上，这会儿室外射击场人多，有的趴，有的蹲，他在林语惊身后的斜侧方，倒也不显得突兀。

"不知道，"他随口漫不经心道，"多沉？"

"就是我握不住的那么沉，我现在手都酸了。"她小声说。

沈倦一顿，抬眸看了她一眼，还没来得及说话，旁边被冷落了许久的小唐僧终于忍不下去了。

林语惊最后一枪脱靶，从地上爬起来，刚好教官过来，白面小唐僧跟着站起来，上一秒的冷静荡然无存，他像一个小尾巴一样，跟在沈倦的屁股后面："师哥！师哥你去哪儿了？你这几年去哪儿了？"

沈倦没说话。

小唐僧也不气馁："我那天一回去，他们就说你不在了，我哭了好久。你都没告诉我你去哪儿了，我就有一张跟你的合照，我把你的照片单独剪下来，贴在床头，每天三叩九拜……"

三个人走到队尾，林语惊脚步一顿，差点没笑出声来。

沈倦也停下脚步，转头面无表情："我是死了？"

"师哥，你别瞎说。"白面小唐僧严肃地皱着眉，又说，"你怎么瘦了这么多？"

林语惊闻言，抬了抬眼。

沈倦看了她一眼，又转过头去，抬手敲了敲小唐僧的脑袋："话怎么还那么多？"

林语惊已经开始仔仔细细地打量起了沈倦。

之前她一直没什么机会仔细观察他，只觉得少年的棱角变得锋利，整个人气质沉稳。

林语惊当时想着他们一年半没见，而且他那时候又生着气。

久别重逢以后，老实说，两人之间多多少少有一点说不清的疏离感和陌生感。

她尽量忽略它们，让自己主动一些、活跃一些，慢慢去淡化这种感觉，磨合着找回两个人以前的那种相处模式。

脑子里需要思考的东西塞得多，很多问题就滞后了。

比如沈倦这一年半是怎么过的、他遇见过什么、工作室怎么样了、舅舅怎么样了。

还有之前程轶说，去年他去 A 市，见到沈倦很颓废的样子，那是怎么回事。

她都没来得及问。

小唐僧还在说话，嘚吧嘚的嘴巴像个加特林，后来说到一半，小唐僧看了她一眼，又把沈倦拉到旁边说了两分钟的悄悄话。

林语惊也没太注意，有点走神。

这个实弹射击项目是按连进行的，好像还有比赛一说，沈倦被唐僧拖了一会儿，又被他们班的人叫走，小唐僧眼睛亮了亮，跟着跑了过去。

林语惊也跟着过去。

沈倦正举着枪趴在地上，他的动作很标准，一双大长腿很吸引人眼球地舒展着，一身绿色迷彩服，看起来像是一只蹬直了腿的青蛙。

林语惊不知道自己刚才是不是也这样。

可能要更丑一点，毕竟她的动作不标准。

小唐僧在这个时候的眼睛还是亮的，直到沈倦前两枪打出去。

小唐僧愣了愣，然后嘴唇抿起。

林语惊看了他一眼。

小少年的脸色不太好，他叹了口气，后退了两步。

林语惊低声问："怎么了？"

少年看了她一眼，忽然朝她伸出手，特别严肃地自我介绍道："你好，我叫容怀，很高兴认识你。"

"……"这自我介绍正经、郑重，又尴尬。

林语惊也配合着他的画风，很尴尬地自我介绍了一下，犹豫了片刻，问道："你管沈倦叫师哥，你们俩是什么时候认识的啊？"

"队里的时候。"容怀说了跟没说一样。

他大概也意识到了，慢吞吞地补充："我进市队的时候师哥就在了，我那时候小，小学五六年级吧，都是师哥照顾我的。"

林语惊有些惊讶："小学吗？"

容怀点点头："射击是讲究练童子功的项目，都得从小就练。师哥是里面最厉害的，一年后他就被省队要走了，"容怀的眼睛又亮了起来，"你想不到他当时有多厉害。"

"他现在也厉害。"林语惊忍不住说。

"现在不行，他几年没训练过了，"容怀摇了摇头，又皱眉，"你们看着厉害，我们看着不行，而且他现在看起来不一样了，我说不上来，反正就是和以前不一样了。"

林语惊发现，她是真的听不得别人说沈倦不行。

沈倦给她洗脑洗得太成功了，导致她现在盲目地觉得他好、他厉害，他真的是无所不能的。

林语惊眯了下眼："几年怎么了？别人可能几年不行，他又不是别人，说捡起来也不是捡不起来的。"

容怀愣愣地看着她。

林语惊叹了一口气："对不起，语气有点重，不过我没有别的意思。"

容怀忽然道："你说得对。"

林语惊眨眼："什么？"

容怀已经跑走了。

少年步子欢快得像一阵风似的，擦着迎面走过来的人的肩膀，蹦跶着跑出室外射击场。

顾夏揉了揉自己被他撞到的肩膀，走过来："这小唐僧看起来好快乐，他跟你告白成功了？"

林语惊笑起来："你这什么跟什么啊，这我男朋友的师弟。"

"你真的是个很有故事的女同学啊，"顾夏看了她一眼，"不是绯闻男友了？"

"嗯，"林语惊笑了笑，"不是了。"

沈倦刚出室外射击场，就被容怀堵在了门口，拉着他到旁边的走廊边上："师哥，我们谈谈。"

小少年强行要跟他谈话。

沈倦："……"

沈倦其实刚刚第一眼看见容怀的时候有些感慨。

当年那个挺高了还哭鼻子、训练累晚上还躲在被窝里偷偷摸摸哭、被家里宠大的小屁孩现在也都长这么大了。

容怀多大来着？

他好像和林语惊同年，小沈倦两岁，虽然他当时哭起鼻子来幼稚得像只有两岁。

沈倦想起小少年当年软乎乎的小朋友样子，忍不住开始想那时候的林语惊是什么样的。

这小姑娘一身的叛逆藏得深，那个时候应该就挺嚣张的。

沈倦脑补了一个扎着个双马尾、长得萌萌的小姑娘，抄起家伙跟人家打架，然后在看到有人来了以后，一秒变乖蹲在地上哭的画面，他没忍住笑出了声。

容怀就看着他尊敬的师哥站在门口，忽然垂头笑了两声。

"师哥……"容怀弱弱道，"我刚刚给薛教练打了个电话。"

沈倦一顿，抬眼。

"我没说别的，"容怀忙道，"我就问了一下他：中间空了几年，回来重新训练有没有机会找回状态。你当时走得急，你都没等我比赛回来，我也不问你为什么走了，我估计我问了你也不会告诉我，但是你现在不是回来了吗？"

沈倦看着他："你想说什么？"

"我就是想说……"容怀语速很快，"我觉得你还来得及。而且我问了，也不是没有先例，几年前有个崔师哥，回来重新训练了两年，前年城市运动会上还拿了铜牌。"

容怀的声音有些期待和急切："师哥，你也就走了几年，你要是回来继续训练……"

沈倦打断他："你也说了是铜牌。"他笑了笑，"你为什么会觉得我愿意要一个第三名？"

容怀张了张嘴，说到一半的话被硬生生地堵了回去。

"你不一样，"容怀犟道，"你跟他当然不一样。"

"容怀，我走了四年，"沈倦平静地说，"四年对一个运动员来说意味着什么？我能有几个四年？时间很公平，每个人都是一样的。"

容怀哑然。

"你自己也明白自己在说什么，"沈倦说，"过去的事情就过去了，就这么变成人生经历也挺好。人向前走，别回头，也别异想天开。"

沈倦说这话的时候表情淡然，没什么语气起伏，让人觉得他真的就是过去了，再也提不起兴趣了似的。

容怀忽然觉得有点慌。

容怀第一次见到沈倦的时候在上小学，刚要升初中，还是个小屁孩。

沈倦那时候也不大，他发育晚，个子比现在矮了几头。他手里一把手枪，单手插着口袋，侧着身，拿枪的手臂绷得直直的，微微抬起一点，枪口在面前的台子上轻轻点了点。

小容怀眨了眨眼的工夫，少年抬起手臂，对着面前一排的五个靶子，连着五枪开出去。

他很专注，甚至完全没注意到站在旁边看了好久的容怀，他神情淡淡的，有种漠然的傲气。

容怀觉得自己被他帅到了。

容怀转了项目，毫不犹豫地投入手枪速射的怀抱，他刚好又跟沈倦分到了一个寝室，从此以后沈倦收获了一个跟屁虫小迷弟。

沈倦这人脾气不怎么好，现在已经好了很多，中二的那个年纪简直傲得不行，看所有人的眼神都好像在说"你们这群垃圾"，非常一视同仁。

容怀也不介意，沈倦冷着脸看垃圾似的看着他，他也不在乎，热情地扮演着小迷弟的角色，跟在沈倦的屁股后面"师哥师哥"地叫。

后来，他发现沈师哥会在他半夜躲在被子里哭鼻子的时候，一把掀了他的被子给他灌毒鸡汤，然后带他去训练场上跑圈。

沈师哥是个温柔又骄傲的、很厉害的人。

可是现在不一样了。他像是被什么东西压着，整个人都站不起来了。

容怀咬了咬牙："我不甘心。"

沈倦侧头，看着射击馆长廊上挂着的运动员照片，漫不经心道："我自己都没什么不甘心的，你不甘心什么？"

"我就是不甘心，你都没去山顶上看看就放弃了，"容怀看着他，眼睛发红，"师哥，你看都没看过，为什么就不上去了？"

沈倦侧头看着他，没说话。

半晌，他叹了一口气："那上面现在没有我的位置了，"沈倦说，"我得在山下压着。"

林语惊背靠着墙，站在走廊安全门旁边的阴影里，她头抵着墙面，盯着角落里一张细细软软的蜘蛛网，眨了眨眼。

她听见容怀问为什么。

容怀不知道为什么，他不知道压在沈倦身上的东西是什么，但林语惊知道。

她本来想今天或者明天，军训结束以后两个人去约个会，他们坐下来好好聊一聊。

她以前不敢说的、不能说的，她愿意告诉沈倦所有他想知道的事，也想问问他分开后的那段时间，他好不好、累不累，有没有别的不开心。

她想参与她错过了的他的人生。

林语惊现在知道了，他过得一点都不好。

午饭过后，下午还是实弹射击训练。

林语惊上午已经饱受脱靶的摧残与折磨，而且被沈倦搞得现在一看到枪，就多了点奇思妙想，她再也不想多碰一下。

她坐在射击场的角落里发呆。

下午阳光正足，没死角地照下来，烤得人的帽子顶滚烫，好像下一秒就要化了。

她却像没感觉到似的，直到一片阴影笼罩她，日光被严严实实地遮住。

林语惊抬起头来。

沈倦站在她的面前，居高临下地看着她。他帽檐压得低，又背着阳光，林语惊只能看清他下颏的轮廓线。

林语惊愣了愣。

这种上一秒还在想的人下一秒就出现在眼前的感觉，实在是有点好。

这种感觉她已经很久没体会到了。

林语惊心情好了一点，仰着头，看见沈倦在她的面前蹲下，手里捏着一瓶矿泉水，拧开递过来："想什么呢？"

她接过来，喝了两口，唇瓣沾了水，湿润润的："我在想——"

她拉着长声，好半天才说："我们现在其实有点尴尬啊，到底算是'老夫老妻'，还是'新婚燕尔'？"林语惊继续说，"我们虽然认识了很久，但是都没培养感情呢。"

沈倦有点好笑地看着她。

他发现他这个小女朋友还真是挺有想法的，她经常会考虑一些别人根本想都想不到的、奇奇怪怪的问题。

他沉吟片刻，思考着怎么回答，还没来得及说话，林语惊忽然将矿泉水盖子拧上，瓶子撑在地面，手心按着瓶盖探过身来，凑近地看着他："沈倦，我们这算不算'先婚后爱'啊？"

沈倦低下头，没忍住舔着唇笑了一声，又抬眼："我觉得算。"

他故意也往前靠了靠拉近距离，垂眸看着她，缓慢悠长地说："'先婚后爱'不是说说的，那还得来点夫妻之实。"

这句话说完，沈倦不动声色地欣赏了一下效果。

他满意地看见林语惊藏在头发和帽子里的耳尖轻轻动了一下，估计又红了。

小姑娘身子往后蹭了蹭，目光无语又谴责地看了他几秒。

然后，她眨了眨眼，忽然说："我提醒你个事。"

沈倦懒懒地应了一声："嗯？"

林语惊的长睫毛扑闪扑闪的："我的十八岁生日，现在还没过。"

沈倦："……"

"所以请你对未成年说话的时候注意一点，不要有那么多不干不净的想法，"林语惊说，"我吧，现在只想和你接个吻。"

林语惊把关键内容重复了一遍："单纯地接个吻。"

沈倦眼皮子一跳。

林语惊还没完没了了，她放轻了声，柔声地问他："行吗，哥哥？"

小姑娘的声音本来就轻软，嗓子再故意这么一压，柔得沈倦从后脖颈一路酥到了尾椎骨。

沈倦垂下头，声音很低地说了句脏话。

林语惊终于忍不住了，身子一仰，靠在墙边开始笑。

她帽子往墙上一压，帽檐往上翻了翻，露出好看的眉眼。她一笑，眼睛弯弯的，漂亮又勾人。

沈倦被撩拨得没有脾气，眯了眯眼，低声说："我发现你现在胆子很肥啊，光天化日就敢这么勾引我？"

林语惊四下偷偷摸摸地瞅了一圈。

这会儿气氛松散，几个班的教官趴在那儿比赛，旁边的一圈学生围着给自家教官加油，"九环""十环"地喊。后面还有学生拿着没上子弹的枪，高举过头顶，腾空一跃，激情摆拍。

没什么人注意这边。

林语惊重新扭过头来，伸手，悄悄将沈倦的手指往前拽了拽，把自己的指头一根一根塞进他指缝里，与他自然弯曲着的修长手指交叉。

十指相扣。

林语惊的指腹贴着他的骨节，轻轻蹭了蹭："这怎么是勾引，我这不是哄你吗？"

她动作小心得跟做贼似的。

"中午的时候我想等你一起吃饭，然后不小心听见了你和你师弟说话。"林语惊握着他的手上下晃了晃，主动道歉，"对不起，我没想偷听，但是听到以后，我想了很久。"

沈倦任由林语惊扯着他的手摆弄。

"就觉得你们聊这么沉重的话题，你肯定不高兴，"林语惊叹了一口气，"我想哄哄你，想让你高兴。"

沈倦怔了怔，他没想到林语惊会这么说。

不是什么"不甘心看着你这样"，什么"你不应该是现在这个样"，而是很单纯的"我想让你高兴"。

他的心里像是被什么东西严严实实地塞满了，然后一片柔软。

沈倦才意识到，林语惊是真的变了。

一年多以前，那个始终把自己关在小世界里的姑娘，现在笨拙又小心地、一步一步朝他走过来，然后伸出手牵住他。

有点喧闹的室外射击场，砰砰的枪声和说话声、欢呼声不绝于耳，角落里的两个人互相沉默着。

沈倦没说话，但是林语惊能感觉到，和她相握着的他的手，从指尖开始发凉。

良久，沈倦轻声开口："洛清河不在了。"

林语惊愣住了。

她抬起头来，用五秒钟的时间听懂了这句话，然后整个人从头僵到尾。

她握着他的手在抖，沈倦用拇指的指腹安抚似的蹭了蹭她的虎口处："其实也没多突然，你走的时候医生就说过了，肺感染很快，还有三到六个月，他多撑了挺久了。"

他说到"你走的时候"这五个字时，林语惊觉得心里像是被什么东西扎了一下。

"我做好了心理准备，"沈倦侧头，看着墙角一棵干巴巴的野草，淡声说，"但是一个人躺在那里存在着，和从此以后彻底消失，总归还是不一样的。"

林语惊说不出话来。

她的手冰凉，她感觉自己的脑子都冻住了。

她其实从中午到下午一直在想：沈倦要怎么办。

林语惊不在乎沈倦做什么，他想干什么就去干什么，但是首先得是他想干的事。

她和沈倦不一样，束缚着她的是不怎么健康的原生家庭，和一个控制欲很强的妈妈。这些东西等她长大了、等她有力气能挣一挣，早晚有一天是挣得开的。

但是沈倦怎么办呢？

他身上有挣不开的东西，以前有，现在好像缠得更紧。

就像他自己说的，他明知道这件事情跟他无关，不是他造成的，他不必为此埋怨自己什么，但是他依然没有办法毫无心理负担、若无其事地想怎么样就怎么样。

不可能会没有影响。

这种事不能急，得慢慢来，也需要时间去淡化。

林语惊忽然垂头，唇瓣贴上他的手背，轻轻亲了一下。

她长长的睫毛垂下去，细细密密覆盖眼底。

虔诚又怜惜的一个吻。

她抬起头来，学着那时他的样子，握着他的手捏了捏："小林老师疼你。"

沈倦怔了两秒，忽然笑了。

他干脆坐在地上，长腿一伸，一手和她牵着，另一只手撑着被阳光烤得发烫的地面："小林老师，你很嚣张啊。"

"你打算怎么疼我？"沈倦似笑非笑地看着她，"金融系的考试提纲要不要也来一份，嗯？小林老师？"

"……"

林语惊也明白沈倦是想转移一下话题，逗逗她，不想她再去想这个。

他总是这样，风轻云淡地说完这些，自己像个没事人一样，还能跟你开玩笑。

而且他这玩笑，简直是林语惊人生中最大的污点，没有之一。

万万不能忍。

林语惊手一抽，拒绝和他牵手了："沈倦，咱们俩现在还处于不尴不尬、摇摇欲坠、岌岌可危的磨合阶段，更别说现在找个我这样的女朋友有多不容易，我建议你珍惜。"

沈倦决定挽回一下，虽然隔着年头有点久了："其实你那个提纲真的挺有用的，我那次月考物理全靠它才能……拿满分。"

沈倦还没说完就反应过来了，心道：我是不是缺心眼？

果然，下一秒林语惊猛地站了起来，面无表情地看着他："从现在开始，你都别跟我说话了，咱们俩分手到今天夜里十二点，明天再和好，你有意见吗？"

沈倦大咧咧地敞着怀坐在地上，一条长腿屈起，两只手撑着地面后仰着抬头看她。

日头足，他被照得微眯着眼，看起来懒懒散散、吊儿郎当，像是回到了高中的时候："能不能少分两个小时，"沈倦提议道，"十点和好行不行？"

林语惊转身就走，用一个背影回答了他，冷漠又无情。

关于林语惊今天那几句磨合期之类的话，虽然中间她用"先婚后爱"之类的皮了皮，但是沈倦大概能明白她的意思。

沈倦本来还没想到这些，他自己没觉得有什么问题。无论隔了多久，她变或者没变，她都是林语惊，只要是她就行。

但是女孩子的想法可能跟男人不一样。

他们才刚确定了关系就分开那么久，乍一回到这种朝夕相处的状态里，女生有些时候是需要一点时间来找回感觉的，就像是废弃了太久的发条和齿轮需要重新咬合。

沈倦本来就不是个特别有耐心的人。

沈倦觉得需要加点"润滑油"。

他想了想，掏出手机来打了个电话。

当天晚上，林语惊还在和沈倦"分手"的时候，收到了老同学李林的消息。

许久未见，李林同学依然是那么热情，手速惊人的消息一条接着一条地过来，热情得有些聒噪，热情得让林语惊强忍着想要拉黑他的欲望。

宿舍里面几个人各干各的事，林语惊把手机平放在桌面上，看着屏幕里李林的消息满满当当地挤着，忽然就笑了。

李林那边还在说话：你是真回Ａ市了？

李林：唉，林妹。虽然咱们就相处了几个月吧，但我真觉得我们的感情比金坚，你回了Ａ市竟然都不跟我们说一声，你刚走的那会儿闻紫慧还掉了金豆子呢，晚自习躲在窗帘后头偷偷摸摸哭。

李林：还有倦爷，倦爷那时候的状态我都不想说。

林语惊一愣，拿起手机打字问道：什么状态？

李林：就是那种被抛弃了的小野狗的状态，玩命学习，疯狂考第一。

林语惊听见这个就来气：我在的时候他也疯狂考第一！

李林直接发了个语音过来："不是，跟那时候不一样。我高考语文九十分，我形容不出来。反正就是，基本不理人，基本上只要我看到他，他从早到晚都是在做题，人瘦得我看着都想哭。"

林语惊把手机放在耳边听完，愣了愣，还没来得及回话，李林又是一条语音发了过来。

李林："而且倦爷家里好像挺困难的吧？周末好像还得自己打工赚钱，家长会也没看有人来给他开过，我看他有的时候午饭都不怎么吃，就省吃俭用、节衣缩食，又要赚钱，又要学习。"

沈倦家有多困难，林语惊当然知道。

她皱着眉，心里有些不好受。

李林："他用的那个钥匙扣，看着都特别旧了，就是那种只值几块钱的一个小玩意儿，一个小兔子的，还穿着粉裙子，特别少女，和沈倦的气质很不相符，我感觉像是哪个小孩不要的，被他捡回来用了。"

穿着粉裙子的兔子钥匙扣……

林语惊愣愣的，下意识地抬头，看了一眼放在自己床上的那个熊。

她在怀城一中的时候学校不让带这个，她就把它放在林芷在 A 市的那套房子里，大学一开学回来，林语惊报到完就坐了一个小时地铁去那套房子，把它抱到学校里来了。

她每次一看见它，就能想起那时少年戴着个小恶魔头卡、无奈地看着她的样子。

林语惊发了会儿呆，再回过神来一看手机，李林又好几条语音发了过来，每条都很长。

如果换平时，这么长的语音她都懒得听，听语音这事本来就麻烦。

程轶不止一次骂过她："语音从来不听，不知道是什么毛病。"

但李林说的是沈倦的事。

林语惊点开一条，再次把手机举到耳边。

"我说我送他一个，他还不要！非得要那个兔子！"

电话那头，李林对着纸上记着的满满的内容，一边酝酿着感情，一边流利地朗读，感情饱满、一字不差。

有时候他还自己给加点语气词："一个钥匙扣都买不起！你说这日子过得是有多惨！"

"唉，林妹，我以前真的不知道沈倦家里条件这么差。"

李林悲痛道："他高三这一年过得实在是太苦了！大学要是再没个女朋友对他热情似火一点可怎么办？"

林语惊："……"

林语惊总觉得这最后一句话听着，怎么好像有点不对劲呢。

李林接到沈倦电话的时候很激动，他认识沈倦两年，这人第一次主动给他打电话。

尤其是在林语惊走了以后，沈倦基本上微信、QQ全不回，处于一到周末就失联的状态。

李林一直以为沈倦的手机换成了小灵通，下载不了微信的那种。

电话接通，他一声饱满的"倦爷"刚来得及喊出来，沈倦那边直截了当，第一句话："来，我说你写。"

第二句话："什么都别问。拿笔，记，一句话都不许差。"

李林二话不说就开始唰唰唰记笔记，记得比高三冲刺的时候还认真。

一页笔记纸写完，沈倦又让他给林语惊发了个信息。

李林也不是傻子，沈倦想干什么这会儿他已经明白了。

沈倦这一年多什么状态，所有人都知道，差不多也都知道为什么。

他随便跟林语惊说说，都能直戳人心窝子。

结果沈倦现在让他写的那些，偏偏全都是些不痛不痒的。

那些真戳心的内容，一句没有。

李林挺纳闷的。他也不明白为什么他得跟林语惊说沈倦穷得吃不起饭，还把一个从别的小孩手里捡来的破钥匙圈用了两年。他根本见都没见过那个钥匙圈。

其实沈倦有的时候也纳闷。

他被林语惊明里暗里地示意了这么长时间，在拿着手机给李林念演讲稿的时候，竟然自己也有一瞬间的恍惚，他感觉自己家里好像真挺困难的。

那就配合着吧，这种事反正也无所谓。

沈倦自觉文字功底深厚，稿子写得很完美，从"你知道吗？沈倦的状态有多差"开始，到"沈倦这高三一年过得是真的不好"结束。

林语惊刀子嘴豆腐心，这是非常到位的一桶"润滑油"。

可他丝毫不知道李林帮他加了一句生死攸关的台词这件事。

所以，当他在寝室里面伸着腿、瘫坐在椅子里，收到林语惊消息的时候，心情实在是挺不错的。

他拿起手机来，滑开锁屏，看了一眼。

林语惊：军训结束是不是有两天休息，然后才上课呢？

沈倦回：嗯。

林语惊这回发了个语音过来，应该是在走廊里，声音有一点点回音，还是软软的："男朋友，军训完要不要约个会？"

林语惊在主动约他。

沈倦心情实在是太好了。

自从林语惊走了以后，他太久没有感受到这种轻飘飘的、愉悦的、放松的、让人忍不住就莫名其妙想笑的感觉。

他勾唇，手指叩在桌面上，指尖不停地、富有节奏感地、嗒嗒嗒嗒地敲着桌边，旁边室友于嘉从转过身来："咱们寝室里进耗子了。"

沈倦放下手机，身子往后一靠，转过头来微笑："你们饿吗？"

这个笑容很是温柔，但是出现在沈倦这么个人的脸上，寝室里剩下的三人总觉得有些惊悚，孙明川疯狂摇头："不了不了不了……吧。"

沈倦二郎腿一跷，拿起手机，开始找外卖："不饿？不饿也吃点，我点个小龙虾吧，四盒够不够，你们都喜欢什么味？"

一个月只有一千五百块钱生活费的孙明川同学嗫嚅道："四……四盒吗？"

"一人一盒。"沈倦没抬头，指尖在手机屏幕上滑着，不太满意地说，"这小龙虾怎么这么便宜？再加点别的吧。你们吃大闸蟹吗？"

于嘉从抬手做阻止状："哎，沈倦……沈老板，不用，就小龙虾吧。"

"没事，我今天就想花钱。"沈倦又点了大闸蟹，看了看还是觉得不太满意，他抬起头来，心情愉悦地看着他们，又问，"要不出去吃吧，你们吃不吃品福楼的雪蛤烩鱼翅？"

室友："……"

最后一天军训结束，上午汇报表演以后送走了教官。

十五天的军训下来，所有人都累得胳膊、腿抬不起来，林语惊也不例外，她现在只想洗个热水澡，然后在寝室里舒舒服服地睡一觉。

军训结束刚好是周五，周六、周日休息两天用于调整状态。

林语惊和沈倦约了周六出去玩，传说中的"约个会"。

林语惊没定时间，她本来想着睡到自然醒，几点起来了就几点互相打个电话准备，反正都在一个学校里。

结果一大早，她就接到了沈倦的电话。

沈倦声音疏懒，听起来心情不错："还没起？"

林语惊默默地摸到枕头边的小闹钟，看了一眼时间——早上八点半。

沈倦说："都八点半了，怎么还没起，早饭不想吃了？"

谁家约会是从吃早饭开始的？！

林语惊本来就有点起床气，闭着眼睛打了个哈欠，不想说话。

沈倦知道她这个毛病，高中的时候中午午休补个觉，她坐起来都是三分钟不说话的。

沈倦也不急："清醒清醒，去洗漱，顺便想想早饭吃什么。"

林语惊没搭理他，把电话挂了。

寝室里室友都在睡，只有小蘑菇一个人醒了，坐在书桌前看英语，她看见林语惊下来有点诧异："这么早。"

林语惊应了一声，拉开窗帘往外看了一眼，沈倦站在女寝楼下的树旁，低着头玩手机。

周六的早上寝室楼这边没什么人，偶尔有本地的、昨天懒得动、今天才拖着箱子回家的女孩子，路过沈倦身边的时候明显的、不明显的，视线都会在他的身上停留一会儿。

倒也没人上去搭讪，早上站在女生寝室楼下的男孩子，八成是在等女朋友。

林语惊淡定地转身进了洗手间，再一出来，顾夏蓬头垢面地站在桌前，手里抓着一个美妆蛋："来，坐。"

林语惊："？"

"你知道我高考的时候想报什么吗？"顾夏进了洗手间简单地洗了个手，又出来，"我想去高级技师学校学美容美发，我觉得自己天赋异禀。"

林语惊："……"

"但是我忘了高考志愿是从一本线开始录的，"顾夏抽出自己的一堆护肤品，开始往林语惊脸上抹，"莫名其妙就来学这个破计算机。"

顾夏确实天赋异禀，动作熟练、迅速，林语惊甚至觉得她不用去学，就能直接开个班了。

林语惊最终拒绝了顾夏要给她粘个假睫毛的强烈意愿。她皮肤挺好的，没做太多修饰，画了个细细的内眼线，眼尾微微往上勾了勾，修了下眉形，最后涂了个唇膏提气色。

将近九点半，林语惊不紧不慢地下楼去。

沈倦的站姿变成了歪歪斜斜地倚靠着树，他没在玩手机，头靠在树干上打了个哈欠。近一个小时过去，他的神情七分懒散、两分不耐烦，还有一点昏昏欲睡。

余光扫见有人从寝室楼里出来，他抬了抬眼皮子，看见林语惊后，微扬了下眉。

林语惊走到他的面前，仰头问："我好看吗？"

沈倦看了她一会儿，缓声道："好看。"

确实好看，但是重点不在这儿。在沈倦看来她怎么样都好看，就是她身上套着麻袋、冒着鼻涕泡也好看。

重点在于，林语惊愿意牺牲睡眠时间，为了今天的约会去化个妆这件事，让沈倦莫名感受到一种无比的快乐。

他那天晚上本来还觉得，自己的心情不可能会更好了。

但是他的女朋友，怎么可以这么可爱？

沈倦看着她，没忍住又重复了一遍："好看。"

林语惊点点头，忽然说："我给你听个东西。"

沈倦当然说好，现在林语惊让他去天上给她摘个星星他都得一炮轰下来。

林语惊抽出手机、解锁，点开了和李林的对话框，然后开了外放模式，一条一条地放，一直放到最后。

李林的声音沉痛又凄凉："大学要是再没个女朋友对他热情似火一点可怎么办？"

沈倦："……"

沈倦怀疑李林高考这五百来分全是作弊抄来的。

他怎么考上的大学？就这智商，还好意思自己加戏？

语音全都放完，林语惊好整以暇地看着他："男朋友，解释解释？"

沈倦沉默了两秒，忽然道："你今天涂唇膏了？"

林语惊愣了愣："啊？"

沈倦问："什么味道的，你们小姑娘的这些东西不都是香香的？"

"水蜜桃味的吧，好像。"林语惊反应过来，眯了眯眼，"沈倦，你不要转移话题，我本来听李林说到前面我还……"

"是吗？"沈倦打断她，忽然往前走了一步，勾着她的下巴往上抬了抬，拇指的指尖压着她的唇角，垂眸凑近，低声说，"我尝尝……"

他吐息温热，林语惊僵了僵。

虽然现在这会儿没人，但是在青天白日的女生寝室楼下……

林语惊抬手抵着他推了一把，急道："哎，你能不能注意一下场合，这又不是在图书馆门口不能亲的时候了？"

沈倦被她推开，重新靠回到树上，看着她笑。

他一笑，林语惊就更有点火。

沈倦笑着朝寝室楼那边扬了扬下巴："那个是不是你室友？"

林语惊跟着侧头。

小蘑菇正在阳台上晾衣服，手上一件滴着水的白 T 恤。她拿着 T 恤，一脸呆滞地看着他们的方向。

下一秒，阳台门口出现了顾夏的半个身子。顾夏伸手，一手捂着小蘑菇的眼睛，一手拽着她的胳膊，把她从阳台拽进了屋内，顺手还关上了阳台拉门。

林语惊："……"

第二十五章
无所不能的倦宝

账得算清，会也得约。林语惊确实还挺想跟沈倦出去玩、充分利用休息时间的。

A大毕竟是在全国都排得上号的名校，两个人的课程表林语惊都看了，课排得挺满，估计开学以后他们大部分时间都要在图书馆约会了。

他们这个约会从早上开始，两个人去了一家很有名的茶餐厅吃了个早茶，然后去了最近的商圈。

林语惊琢磨着得有点仪式感，提议想去看个电影。

沈倦当然说好，虽然他本来的安排不是这个，但是既然林语惊有想干的事，他可以跟着她的节奏来。

电影院在商场顶楼。两个人先去饮品店，沈倦给林语惊买了个奶茶，然后往商场里走，一边走林语惊一边翻出手机来查电影票。

最近上了不少大片，而且上午的场次本来就没下午人多，虽然人也不少，但最近的时间还有一些空位可以选。

林语惊本来想问沈倦他想看哪个。结果他们上了电梯一进电影院，沈倦就直接往排队买票的地方走。林语惊眨眨眼，用两秒钟思考起来。

临走之前，经验丰富的顾夏同学给她做了个科普。

第一次约会，男生要付钱之类的千万不要跟他抢，也别AA，可以事后送他礼物，但是当下就让他花钱。而且他们也不爱用团购或者任何手机软件订餐和订票。

这是男人的执着和浪漫。

林语惊虽然不太懂这是什么脑回路，但还是决定听顾夏的。

她犹豫了一下，收起了手机。

早上吃的那顿早茶就是沈倦结的账，她虽然没问一共花了多少钱，但是单价不便宜。

林语惊忽然又想起了李林昨天跟她说的那些话。虽然有目的性，但真实程度还是有的。林语惊一边想一边走过去，跟在沈倦的后面。

沈倦垂头问她："想看什么？"

林语惊飞速看了一眼屏幕上滚动的排片表，以及后面的价格。最新上映的大片居然全都要六七十块钱一张！这到底是看电影还是抢劫！！

她扫了一圈，排片表滚到了第二页，林语惊目光一滞，迅速有了决断。

她往上一指："那个吧。"

电影院大厅的声音有点嘈杂，沈倦微低身，凑近她："嗯？哪个？"

"就最后一个，最后一排，9号厅那个。"林语惊真挚地说，"不知道为什么，我今天就特别想看老片子。"

沈倦抬眸，看了一眼那个最后一排的老片子——《高粱地里的故事》。

片子确实老。不只老，这片名还怎么看怎么让人觉得很是有点深意，起得有点像蒋寒天天撺掇着他一起看的小黄片。

沈倦福至心灵，忽然领悟到了点什么，视线往后一扫，再一看票价：十九块九毛九。

沈倦："……"果然如此。

沈倦明白了什么叫"搬起石头砸自己的脚"。

这可咋整？这是说呢，还是不说呢？说要怎么说？

女朋友体贴又勤俭持家，善解人意又充分照顾了他的自尊心，一口咬定自己就是想看老片子。他还能说点什么？

周六上午，排队在柜台买电影票的人居然还不少，还没轮到他们，沈倦沉默了几秒，委婉道："最近的新片子也上了几部，你要不要从里面挑一个？"

"没有想看的，"林语惊说，"我就想看老片子。"

林语惊说着，心里还叹了一口气——我怎么这么好！

她把自己感动到了，觉得自己是世界上最体贴的女朋友。

沈倦看着她，目光复杂，确认道："那就这个？"

林语惊坚定地点头："就这个吧。"

前面的一对情侣正好买完票，沈倦走过去，售票员小姐姐抬了抬眼，没忍住多看了他两眼，微笑着露出八颗牙齿，声音都比刚刚甜美了不少："您好，请问您要看什么电影？"

沈倦沉默了，他忽然觉得有些难以开口。

他第一次意识到，自己也是有包袱的人。

沈倦抬眼，淡淡道："《高粱地里的故事》。"

售票员小姐姐依然保持着甜美的微笑，看着他："嗯？"

"《高粱地里的故事》。"沈倦平静地看着她道，"要两张。"

"……"售票员小姐姐的微笑有些僵硬。

在这个大片云集的电影月，一个人模狗样的大帅哥，带着他的女朋友买了两张全场最便宜、只要十九块九毛九的——《高粱地里的故事》。

他面无表情地说出这几个字的时候，售票员觉得画面有些崩塌。

林语惊看电影喜欢坐最后一排，本来打算挑最后一排靠右一点的位置，但是看到售票员略有些奇异的眼神，又觉得有点心虚。虽然她也不知道到底在心虚些什么。最后他们挑了横着、竖着都是最中间的位置，特别光明正大，特别正直。

距离电影开场检票还有一会儿，两个人坐在大厅里的长木桌前，等了没几分钟，就开始检票了。

临进去之前，林语惊和沈倦凑在一起，查了一下这个电影演的是什么，主演是谁。沈倦觉得很惊奇，就这名字像是个小黄片似的电影，讲的竟然是劳动人民奔小康，多么正能量。

他们起身进去检票，和3号厅某部新上映的大片检票时间一样，进去以后所有人都往左转，只有沈倦和林语惊两个人往右转，朝9号厅走。

林语惊扭头看了一眼，身后只有一对小情侣和他们是同一个方向。

十九块九毛九也是有道理的，这电影根本没人看。

这个厅大概是这个电影院里最小的厅了，只有六七排的样子，而且全是情侣座，两人座的沙发，柔软而舒适，沙发背高高的，林语惊坐上去只能露出一个脑瓜顶。

林语惊坐在里侧，沈倦坐在靠外侧，除了后面跟着进来的那一对情侣，还有一个秃顶了的老大爷。没了，一共五个人。

那对情侣嘻嘻哈哈地走到了最后一排。老大爷在第一排，往沙发里一躺，开始了家庭影院一般的享受。

灯光暗下来，影片正式开始。

伴随着激昂澎湃的山歌，投影仪投射出大片金黄金黄的高粱地，高粱穗火红，随风摇摆。摇着摇着，镜头里出现一个扎着花头巾的女人回眸一笑，女人还有圆圆的红脸蛋。

平心而论，忽略她身上的大红花布衣裳和花头巾，女人长得确实挺好看的。

下一秒，片名七个毛笔字砸下来，巨大鲜红、遒劲有力的——高粱地里的故事。

林语惊听见旁边的沈倦轻轻笑了一声。她的心情有些复杂，侧头看见沈倦斜歪着身子靠在沙发里、手肘搭在沙发扶手上、手背撑着脸地看。

大概注意到她的视线，他转过头来，漆黑的眼睛在荧幕光线下显得亮亮的，光影轮转。

林语惊开始后悔为了省钱挑了这么个片子。沈倦愿意花钱就让他花吧，跟她到底有什么关系？

林语惊叹了一口气，转过头去，抱着"看都看了，完美无敌的林语惊就算是看个电影，也一定要带着一颗学术的心，用探索文学作品的眼光来看待它"的念头，准备认认真真地看完这部《高粱地里的故事》。

影片开始后十五分钟，男女主角在高粱地里偶遇，然后对唱山歌。

影片开始后二十五分钟，男女主角相约在高粱地里，然后对唱山歌。

影片开始后三十五分钟……

林语惊耷拉着眼皮，瘫在沙发里，打了大概第十个哈欠。

她有些意识模糊、昏昏欲睡。正在她快要睡着了的时候，她听见后面有什么动静响起，又被电影的声音掩盖，几乎听不见。

电影里声音安静下来的一瞬间，林语惊听见女孩子很轻地叫了一声。

她迷迷糊糊地往后侧了侧头。

一直坐在旁边没动静的沈倦忽然动了，他迅速坐直了身子靠过来，一把捂住了她的眼睛。

林语惊愣了愣。

沈倦捂着她的眼睛，勾着她的脑袋往自己身前一带，扣进肩窝，低声道："这么好奇？"

通过他的这个反应和后面的声音，林语惊也反应过来后面的那对情侣在干什么了。她的睡意瞬间跑掉了大半，她额头抵在他的锁骨上，愣愣地张了张嘴。

沈倦还是那个姿势坐在沙发里，看着屏幕，另一只手扣在她的后脑上，手指穿过她的发丝轻轻地揉了揉。他感觉到她靠在他的身上，听着后面窸窸窣窣的声音，整个人都有点僵。

沈倦低头，亲了亲她的头发："咱们不看了。"

林语惊埋在他的怀里狂点头。

这都什么事啊？青天白日的，干什么呢？！

林语惊迅速坐起身来，目光炯炯地盯着电影屏幕，尴尬又僵硬地、几乎同手同脚地一阶一阶往下走。

走到最后一阶台阶，她迅速跑向门口，全程目不斜视。

她等了几秒，沈倦也从后面出来，抬手拍了拍她的脑袋："走吧。"

林语惊偷偷看了他一眼，沈倦面色如常、懒散平淡。但是林语惊非常尴尬，跟女性朋友也就算了，跟男朋友在电影院里遇到这种事……

就简单地在后面接个吻不行吗，那对情侣朋友？！非得这么激进，当午夜场来看吗？！我们这是部劳动人民奔小康、时不时对唱山歌的浪漫励志片啊！

一直到走出电影院、站在商场专柜前，林语惊都还是尴尬的状态。她都不敢再侧头看沈倦了。

沈老板不愧是见过大风大浪的人，他像是个没事人一样看了一眼表，然后走到这一层的导视图前，平静地问她："先吃个饭吧，想吃什么？"

林语惊保持一脸淡定、一副也是个见过世面的少女的样子，清了清嗓子，随手指了一个日料店："这个吧……"

沈倦没什么意见。

这家店的招牌是寿喜锅，两个人点了个牛肉寿喜锅和两盘刺身，吃得不紧不慢。

其间沈倦挑起了数个话题，林语惊跟他天南海北地聊，之前的事也忘得差不多了，一顿饭吃完也没了尴尬的感觉。

即使过了这么久，这个人的温柔神经也还在。

沈倦帮她去自助台拿水果的时候，林语惊夹了块刺身、蘸了芥末和酱后，塞进嘴里，她忽然想起来什么，偷偷翻开菜单看了一眼。

刚刚点菜的时候心不在焉，都忘记看价格了。商场里的餐厅哪有特别便宜的？林语惊叹了一口气，有些发愁，顺便开始了新一轮的思考。

按照顾夏的说法，她之后最好送沈倦一个小礼物。

但是送什么礼物还是有讲究和说法的：不能太便宜，太便宜显得不重视又敷衍，好像随随便便送的一样；也不能太贵，太贵了会让他心里有压力。

毕竟她男朋友家的条件摆在那里，而且沈倦又是这么骄傲的、自尊心这么强的一个人。

她如果送他很贵重的礼物，会不会显得像是在炫富？

林语惊忽然灵机一动。她之前只跟沈倦说过家庭关系有点小问题，也没有刻意提到过家里的条件。

要不她装个穷？让沈倦觉得女朋友家的经济水平和他相当，他心里应该也就不会那么难受了吧。

她抽出手机的时候，沈倦刚好端了一小碟水果回来。林语惊做贼心虚，身子不动声色地往旁边偏了偏，把手机背对着沈倦，打开浏览器，搜了一下。

——很穷的女朋友送男朋友什么礼物比较好。

还挺多人有这个烦恼的，回答说什么的都有，比较正经的：打火机——好像可以，沈倦也是抽烟的。

不正经还不怎么花钱的：情趣制服，避孕套，给自己打上蝴蝶结丝带后半夜敲响他的房间门……

林语惊："……"这都啥玩意儿啊。

林语惊猛地扣下了手机。公共场合下，她忽然有种所有人都在看着她浏览黄色网页的错觉，充满了难以言喻的羞耻感。

她动作有点大，沈倦侧过头来，看了她一眼："怎么了？"

林语惊清了清嗓子："没。"

沈倦盯着她，眯了眯眼："林语惊，你干了什么对不起我的事了？"

林语惊眨巴了一下眼："啊？"

他们俩今天是坐在同一边吃饭的。沈倦凑近她，手臂搭在她的椅背上，盯着她的耳朵，意味深长："警报器又红了。"

林语惊："……"

沈倦不等她反应过来，忽然抬指，指尖蹭她耳骨上的耳洞，动作轻柔，摸得林语惊有些痒地忍不住缩了缩脖子。

"以前我就想问，"沈倦低声道，"打在这里，不疼吗？"

"还好，没太疼吧，我不怎么记得了，"林语惊垂眸，"以前听别人说，生日那天跟你一起去打耳洞的人下辈子也会在一起。"

沈倦动作一顿，抬眸看着她，挑眉："所以你跟谁去了？"

"我自己，"林语惊笑了，"那时候觉得没人能跟我下辈子在一起。这辈子都不可能的事，怎么能强求下辈子也做到呢。"

那时候，她的生日，林芷和孟伟国好像都不记得，家里也没人。她就自己一个人出门逛，路过一家很小的美容会所，就进去打了。

当时就是想给自己一点点疼痛感，好像这样就能记住什么似的。

耳洞恢复得也确实不好，当时没觉得怎么疼，后来换棒子感染。刚打的耳洞都还没长好，不戴东西很容易就堵死了，她自己用擦过酒精消了毒的脱敏棒硬生生地戳开，流了一堆血，疼痛来得不负众望。

后来，每年生日她都会去打一个，连着这么四五年后，林语惊忽然反应过来。要是真每年打一个，都不用往远了想，到二十来岁，她这耳朵得被扎成什么样了。

于是她放弃了。

沈倦盯着她看了几秒，移开视线，转移话题："吃饱了？"

林语惊吃得差不多了，她吃掉了沈倦最后拿过来的一点水果，放下筷子，往后靠了靠："吃饱了。"

他点头："那走吧。"

林语惊跟着他去前台结账，扫了一眼账单。

哎哟……

林语惊别过头去，又是一阵肉痛。谈个恋爱可太费钱了。

这家餐厅前台的小盘子里放着糖果，有薄荷味和水果味的：水蜜桃味、草莓味、柠檬味……各种硬糖一大堆，林语惊不忍心看沈倦结账，专注地从盘子里挑了几块水果糖，挑完水果糖他也付完了钱，两个人出了餐厅。

林语惊边走边剥开塑料糖纸，塞了一块糖在嘴里，顺便递给了沈倦一块。

沈倦垂眸，没接。

他们刚好走到电梯门口，下午这会儿比上午多了很多人，电梯门口挤满了人，一趟大概挤不进去。

林语惊抬手指了指旁边的扶梯："我们坐扶梯下去？"

沈倦点点头，牵着她的手，拉着她往相反的方向走。

商场漆着白色油漆的厚重门，他压着把手推开，而后关上，往前走到安全通道的楼梯间，推开铁门。

林语惊脱口而出："扶梯就在旁边，你爬什么楼梯？"

她说完就觉得自己像个智障。他这是想爬楼梯的意思吗？这明显不是吧。

她正想着，沈倦回手关门，抵着她摁在门上。

夏天的衣服薄，门上冰凉，林语惊背贴上去，冷得缩了下脖子。

沈倦靠上来，手伸到她的背后，隔开冰冷的门板，掌心带着热度地隔着衣料摸到她背后脊柱的凹陷线条，他垂头凑近，轻轻亲了亲她的唇角："在电影院里我就想这样了……怕你吓着……"

林语惊抬了抬眼，睫毛轻动，像是挠在人心里的小刷子。

沈倦垫在她背后的手隔着衣服向下，摸着她的脊椎骨，一节一节地数过去，动作轻缓。

他给她的感官体验全是陌生的，让林语惊有点发蒙。

沈倦头往后撤了撤，垂眼看着她，压低着声，蛊惑似的："宝贝，张嘴。"

林语惊顿了片刻，乖乖地张开嘴巴。

沈倦垂头，舌尖探进她的口腔里，勾走了她嘴里那块水果硬糖，自己咬过来含住，然后咬碎，发出咔嚓咔嚓的轻微声响。

林语惊仅剩下的那点抵抗能力也跟着被咔嚓咔嚓地嚼碎了。

她耳朵红透，别开头去，抬手推他。

沈倦不让她动，身子又往前压了压，死死将她抵在门上。

林语惊有点控制不住地抖了一下，她感觉自己的脸都开始发烫，她埋下头，脑袋抵在他的锁骨上，不想让他看出来："你完了没，完了就……"

沈倦不放过她，他侧头凑到她的耳边，声音很低地笑了一声，气息带着热度，烫得她缩了缩肩膀："没完。"

沈倦抬手，轻轻捏住她软软的耳垂，揉了揉，指尖划过颈侧，勾起下巴，强迫她抬起头来看着他，"看着我。"

林语惊看着他，无意识地咽了一下口水，没动。

沈倦直勾勾地看着她，暗示似的轻轻捏了捏她的下巴，声音喑哑："听话，再张。"

林语惊觉得自己也是接过吻的人了，由于在图书馆前初次索吻被拒，小林老师很是不爽。

事后她甚至还特地去百度了一下——怎样拥有让男人神魂颠倒的吻技。

看沈倦这个架势，他一定也是细细研究了一番的。

林语惊也不是矫情的人，谈个恋爱、接个吻，挺正常的事情，就是他的要求让人觉得有些羞耻。

为什么就不能循序渐进地、先从入门级新手教程开始，接一个温柔又普通的吻？

林语惊实在是不好意思，偏偏沈倦死死压着她不放，手指捏着她的下巴，指尖在薄薄的皮肤上一下一下地蹭。

算了，爱怎么亲怎么亲吧。

林语惊死死地闭上了眼睛，破罐子破摔地再次张开嘴巴。

沈倦垂头，温柔地吻她。

他的唇齿，他的舌尖，他带着烫人热度的呼吸和喘息。

他像占地盘似的，缓慢地一点一点舔过去，手扣着她的后脑强迫她抬起头，有细细碎碎的、刚刚被他咬碎掉的水果糖渣被推过来，然后在不知道谁的唇舌间、谁的口腔里融化，甜味蔓延。

一个柠檬味道的深吻，温柔、强势又磨人。

林语惊不知道为什么，情侣之间纯情地接个吻，这个人都能接出这么不纯情的意思来。

她觉得自己快憋死了，尝试着呼吸，结果发现难度系数太高，她所有清醒的意识都得用来勉强地应付他的进攻。

直到沈倦轻轻咬了咬她，鼻尖碰着鼻尖，他垂眸看着她，气息有点乱，声音沙哑，带着笑问她："好吃吗？"

林语惊还有些恍惚，反应了一会儿，才意识到他说的是那块柠檬味的水果硬糖。

变态啊……

林语惊喘着气，眼睛憋得有点红，瞪着他，暂时说不出话来，好半天后才出声，声音也有点哑："你为什么……"

沈倦眸色沉沉的，指尖蹭掉了她唇边来不及吞咽而溢出的一点水光："嗯？"

林语惊抬手，用手背蹭了一下发麻的嘴唇："这么色？"

沈倦："……"

两个人在安全通道里磨蹭了一会儿，他们电影看了一半就跑出来了，现在回去太早，不回去又没什么事情做。

最后两个人找了一家吃冷饮的店，林语惊点了大份的杧果牛奶冰，放在中间，两个人一人一个小碗，舀着吃。

沈倦都没怎么动，只意思意思地吃了一点点，而且杧果都留给了林语惊，特别自然地绕开了有杧果的地方。

林语惊最开始都没注意到，等意识到的时候愣了愣，忽然有种难以言喻的、又心酸又开心的感觉。

她都没想到自己有一天能变得这么少女。

男朋友条件不好怎么了？没钱也有没钱的快乐！这种贫穷的恋爱，带给人的满足感是有钱人体会不到的！

林语惊垂眸，看着自己面前堆得满满的杧果，低声道："你不喜欢吃杧果吗？"

"不是，"沈倦淡声说，"我过敏。"

林语惊刚刚心里那点很少女的、蠢蠢欲动的小心思瞬间全没了。

她闭上眼睛，深深吸了一口气，努力保持微笑道："哦。"

沈倦纳闷地看了她一眼。

中途，林语惊去了趟洗手间，洗手间离他们吃冷饮的那家店稍微有点远，她绕了半天才找到。她出来以后对着大镜子观察了一下：没什么不对的地方，就是唇膏全没了。

她回来的时候，沈倦正在打电话。他始终没说话，侧头靠着墙在听，神情漠然。

他听了一会儿，露出了一个略有点不耐烦的表情："没有，我在听。"

不知道对面又说了些什么，沈倦叹了一口气："我之前也跟你说过了，容怀。不要异想天开。"

林语惊听到这个名字后，抬起头来，勺子咬在嘴里看过去。

沈倦垂着眼，没看她，继续道："我中间四年的时间，不是说补就能补的。三月份，你自己算算只剩下几个月了，我就是每天加训二十个小时都来不及，而且我也马上就要开学了，课很多。"

"我不是天才，兼顾不来，"沈倦揉了下额角，无奈，"我也不是一出生就什么都会，那时候我每天训练到几点你不知道？"

安静了片刻，沈倦抬了抬头，看了她一眼。

林语惊和他对视后，眨了眨眼，然后垂下头去，继续吃冰。

沈倦起身，出了店门，五分钟后回来了。

林语惊抬眼："白面小唐僧吗？"

沈倦眉一挑。

"我是说，容怀小师弟。"林语惊纠正道。

"嗯，"沈倦把手机放在桌面上，顿了顿，解释道，"三月份有个比赛，他想让我去。"

林语惊刚刚听他说话也差不多猜出来了一点，她点点头，又挖了一勺冰，感叹道："容怀小同学真是你的忠实迷弟。"

"你不是？"沈倦笑了一下，"不想看看你男朋友以前有多帅吗？"

林语惊瞥他："你现在不帅吗？"

沈倦愣了愣，很快回神，靠进椅子里，吊儿郎当、开玩笑似的："倦爷肯定帅啊。"

"行了行了，"林语惊听不下去了，不耐烦地摆摆手，"再说就烦了。"

沈倦瘫在椅子里笑。

玩笑开完，林语惊咬着勺子："我都没问过你，你之前练的是什么项目啊？"

沈倦直了直身子，手臂搭在桌边，拿起长勺，漫不经心地说："速射。"

林语惊愣了愣，没控制住地脱口而出："男人练这么快的项目啊，这合适吗？"

沈倦将勺子放下，重新缓慢地往后靠了靠，看着她，眯了眯眼："小姑娘，我发现你好像有点欠教育啊。"

林语惊清了清嗓子："对不起，我没有怀疑你，也没有什么别的意思，我就是单纯地针对这个项目。"

沈倦气压持续走低，似笑非笑地看着她："林语惊，你下个月就过生日了，现在还敢这么嚣张？"

林语惊四下看了一圈，确定没人注意到这边在聊什么内涵的话题后，才低声说："过就过了，我过个十八岁生日你还打算干什么啊？你准备算着日子不当人吗？是不是还得掐好了时分秒啊？"

成年了的女朋友。

沈倦沉默了一下，脑子里无数种不当人的花样不受控制地一一闪过，其中夹杂了少女纤细的腰、细长的腿、柔软的……

沈倦眼皮子一跳，感受到身体的某个器官开始蠢蠢欲动。

不能想了。

他闭了闭眼睛，打算结束这个话题："所以，你问这个干什么？"

他的声音有些哑。

林语惊没说话，眨巴着眼睛看着他。

"嗯？"沈倦神情淡淡的。

林语惊忽然放下了勺子，把面前的牛奶冰往前一推，凑近过去，用只有两个人能听见的声音轻声说："哥哥，你是不是有反应了？"

"……"浑蛋啊。

沈倦脖颈处的线条一瞬间绷紧，喉尖滚了滚。

林语惊对自己二十岁血气方刚的男朋友表示理解，她重新坐回到椅子里，笑吟吟地说："我什么都没说。"

沈倦看着她，好半天没说话。

他身子往后一沉，手肘搭在椅子的扶手上，看了她几秒，最后直接气笑了："老子没被你弄死真是我命大。"

吃了个枸果牛奶冰后，林语惊的肚子被填得满满的，她也吃不下晚饭了，他们坐地铁回了学校。

林语惊这几天研究了一下地铁线路图，沈倦家那边过来要一个小时左右，还要转两次地铁，回去一趟也麻烦，不过他工作室周末都有活，沈倦没直接回去跟她回了学校，林语惊还有些意外。

他们坐了半个小时的地铁到学校，男女生寝室离得有些远，沈倦把林语惊送回寝室。

A市的夏天，闷潮地热，到了晚上难得一阵风吹过来都让人心情舒畅。

他们不紧不慢地往前走，校园里的路灯光线明亮，不时有自行车伴随着丁零丁零的清脆铃声擦身而去。

林语惊牵着沈倦的手，手臂靠着他的手臂。她一抬头就是他棱角分明的侧脸线条，心情好得不得了。

她握着他的手，前前后后大幅度地晃了晃，忽然叫他："沈倦。"

沈倦垂眸："嗯？"

林语惊问："你小时候为什么去练这个啊？"

沈倦顿了顿，反应过来她说的是什么后，笑了一声："小的时候，老师讲过没有？"

林语惊侧头："讲过什么？"

"中国第一块奥运会金牌，是1984年洛杉矶奥运会上拿到的，"沈倦懒懒道，"射击项目。"

林语惊"啊"了一声。这确实挺符合沈倦性格的。他就是喜欢这种很有标志性的东西，帅得嚣张又傲慢。

林语惊还没说话，又听沈倦继续道："不过最大的原因还是我天赋异禀。"

林语惊："……"这个人还真的是对得起她的评价啊。

林语惊翻了个白眼，安静了一会儿，又叫了他一声："沈倦。"

沈倦耐心地说："嗯。"

林语惊想了想，慢吞吞地说："我从小就没什么想做的，没追求，也没喜欢的东西，就是不停地学习、考试，人家都有要好好学习以后考哪个大学啊，去清华、北大啊这种一个奋斗的目标，就我没有。"

她顿了顿："我就是很单纯地考个成绩出来，然后要干吗、要去哪个学校、以后做什么，我都不知道。"

沈倦没说话，轻轻地捏了捏她的手。

"刚来A市那会儿可能是我最不开心的时候，"林语惊说，"那个时候更茫然，根本不知道以后自己会是什么样、要怎么办，不知道你懂不懂那种感觉，就觉得心里空落落的。"

沈倦握着她的手，用指腹蹭了蹭："懂。"

"当时就挺丧的，心情很差，每天都想这么敷衍着混过去，"林语惊继续说，"就有点羡慕那些活得很有目标的人。知道自己喜欢什么，能明白自己想要什么，然后不停地朝着那个方向走，感觉是一件特别美好的事。"

"我其实不在乎你做什么。就像你说的，你做什么都能做好，你在哪儿都发光。我信你，但是那不一样，"林语惊说，"做得好，和做自己喜欢的事做得好，获得的满足感是完全不一样的，你明白我的意思吗？"

沈倦没说话。

他们走到女生寝室楼下，林语惊停下脚步，转过身来，仰头看着他："我从来没说过这种话，跟你说的这些我反复想了一下午，就希望你无论什么事，喜欢就做，无论你怎么选，以后会怎么样，别怕，也别躲。"

沈倦垂眸。

少女站在路灯下，声音柔软，眼神温柔。整个人像是一个温暖的发光体，在黑夜里不断地引诱着人靠近。

沈倦安静了几秒，忽然走近了一步，弯下腰，抱住了她。

他灼人的温度传递过来。

沈倦垂着头，额头抵在她的颈侧，心脏像是被整个泡在温热的水里，酸涩又温暖，几近融化。

林语惊犹豫了一下，抬手摸了摸他的头发。

女生寝室楼下这会儿正热闹，周末在学校没回家的女孩子们成群结队地进进出出，有的在寝室楼门口蹲着聊天，说说笑笑。

沈倦知道林语惊脸皮薄，怕她不好意思，只抱了一下就松开了，后退了一步。

结果他刚退开，林语惊又跟着往前一步，手撑在他的胸口，忽然踮起脚尖，轻轻啄了啄他的唇："所以你得自信一点啊。"

沈倦愣了愣。

林语惊又凑上去亲了他一下，而后落回去，勾着他的脖颈整个人挂在他的身上，看着他眨了眨眼："毕竟我们倦宝无所不能。"

如果放在一年半以前，那个时候的林语惊是绝对说不出这样的话的。

两个人就站在女寝门口的路灯下，再加上长得都不太低调，还挺惹眼的。

林语惊在一堆小姑娘的注视下，后知后觉地觉得有点不好意思。

但这么帅的台词，这辈子可能也就只有这么一次了，也不适合最后掉链子，得配上一个非常潇洒的退场才行。

她放开了沈倦，后退了一步，平静又淡定地跟他摆了下手："那么沈同学，祝你开学快乐。"

沈倦被她这一句尴尬又僵硬的"祝你开学快乐"逗得直接笑出声来。

他眼看这小姑娘眼睛一眯，好像又要耍毛，赶紧憋住了，清了清嗓子，抬手揉了揉她的脑袋："去吧，早点睡。"

林语惊拽着他的手拉下来，捏了两下，才放开。

沈倦收回手，插进口袋里："明天什么安排？"

"没什么安排，"林语惊想了想，"不过我要看看书，后天开学了。"

沈倦点点头，又问："那图书馆？"

林语惊歪了下脑袋，把他这句话扩展了一下——那我们明天要不要图书馆见？

林语惊笑着看他："怎么了男朋友，这么舍不得我啊？"

沈倦很平静地"嗯"了一声："舍不得，想一直能看着你。"

林语惊见到他太多不正经的样子，他突然这么平淡又认真地说句情话，竟然更让人脸红心跳。

林语惊清了清嗓子，凑过去飞快地抱了他一下。

少女的拥抱温软又轻柔，纤细的手臂环着他，身子靠上来轻轻贴了贴，转瞬即逝。

她声音低低的："我上去了。"说完，她扭头跑进宿舍楼里，站在玻璃门口，忽然转过头来。

沈倦还站在路灯下看着她，没有走，影子被昏黄的灯光拉得很长。距离拉开后，眉眼模糊了一点，五官的轮廓更显得棱角分明。

林语惊站在门口，忽然抬手，食指和拇指捏在一起，凑到唇边亲了一下，然后胳膊朝着他一伸，给他比了个小心心加飞吻的动作。

沈倦愣了愣，下一秒笑了起来。

她忽然这样，竟然让沈倦觉得有点不好意思。

沈倦第一次知道，原来自己也会不好意思。

他笑着垂了垂眼，又抬起头来看着她，唇角一弯，淡漠平静的表情被打破，带上了点懒洋洋的宠溺感。

林语惊不走，就站在门口看着他。

沈倦也一直这么站着。

两个人就这么一个站在路灯下，一个站在寝室楼门口，隔着一段不近的距离，对视了十几秒。没人先走，也没一个人动。

林语惊很执着地在等着什么。

沈倦显然明白她的意思，看着她一副不打算走了的样子，特别无奈地叹了一口气，最终妥协。

沈倦把手从裤袋里抽出来，修长漂亮的食指和拇指捏在一起，不太熟练地、朝她飞快地比了个心，然后手迅速地、若无其事地重新塞回到口袋里，表情回到了很帅的淡漠。

时隔一年半，沈大佬冷酷的校霸包袱还是这么重。

林语惊笑得靠在了寝室楼门口的玻璃门框上，觉得他实在是太可爱了。

明明确定关系以后，他私下里骚得跟个什么一样，亲亲、抱抱，顺便偷偷开个黄腔什么的也挺乐意的，熟练得不行，怎么偏偏在这么纯情的事情上包袱三百吨重。

林语惊最后跟他摆了摆手，笑得一颠一颠地跑进寝室楼。

她进宿舍门的时候里面一片沸腾：除了顾夏以外，剩下的两个室友一边唱歌一边蹦蹦跳跳，尖叫声此起彼伏。

林语惊吓了一跳，关上寝室门："怎么回事啊学霸们？要开学了这么兴奋吗？抑制不住那颗在知识的宇宙中遨游的心了，是吗？"

顾夏正在敷面膜，闻言淡定地合上了小镜子，指尖按着面膜边，口齿不清道："给你个信息，刚刚她们俩撅在阳台看了半天。"

"……"林语惊扬了扬眉。

"以及……"顾夏忽然把手机举给她看，"实时小视频。"

一段小视频：偶像包袱很重的某状元站在路灯下，从垂着头笑到抬手比了个心，最后当无事发生过的全过程。

林语惊站在这种第三人称的视角来看，感觉完全不一样。

楼主：其实前面还有一段没录上，他女朋友跑到寝室楼门口忽然回头比心、飞吻，呜呜我都没反应过来，小姐姐太会撩了。

2楼：这是今年Ａ市省状元吧，这种长得帅又甜成这样的学霸小哥哥，是真实存在的吗？

3楼：甜？本金融狗有幸和状元同班，开学那天在教室里见过一次，真的跟"甜"这个字半点搭不上边……

4楼：这人八中的吧？不是传说中的那位吗，打起架来血流漂杵、尸横遍野。

5楼：大概只跟女朋友甜吧。

林语惊抬头，好笑道："Ａ大是没有帅哥了吗？这还没开学呢，他们怎么知道这么多啊？"

"本地人你懂吧？"顾夏说，"又是省状元，带着话题进来的。而且高中的时候沈倦在我们学校也是有人知道的，不像外地的帅哥们，得用时间来让大家发现他们的盛世美颜。"

林语惊从桌上拿起顾夏的手机，把那个视频反复看了两遍，唇角一点一点往上翘，笑得像个傻子。

林语惊觉得自己的智商越来越低。

她关掉了网页，食指戳着唇角，将上扬的弧度一点一点拉下来，重新恢复到平直的、没表情的状态。

怎么回事啊林语惊，谈个恋爱你是不是把脑子都给谈没了？

这小视频火了一段时间，后期怎么样林语惊没太关注，她对这种没什么兴趣。

比如以前在八中的时候，她隐约知道有一段时间她在贴吧里很有名，她也懒得去看。

周一，Ａ大正式开学。开学以后，林语惊终于明白了什么叫忙。

大一新生课多、事情多，报到那天她就收到了无数社团的宣传单，虽然招新会在半个月以后。

大一活动也多，今天一个，明天一个，还要上早晚自习，搞得一堆以为上了大学就能逃过早晚自习的小可怜苦不堪言。

开学第一周进行步入大学校园以后的第一次考试——英语分级考。

全校统一考试，出了成绩后分成 ABC 三个等级，按照这个等级进行分级教学，英语课的内容、时间长短不一样，报名参加 CET 考试的时间也不一样。

漫长的暑假过去，大家的业务能力多多少少有所下降，临考试之前都疯狂地复习了一波，图书馆到十点半闭馆天天都被人坐得满满的，这让林语惊充分感受到了什么是学霸堆里的压力。

这才刚开学一个礼拜。

林语惊暗暗咋舌。他们是真的发自内心地热爱学习。

分级考出成绩的那天，沈倦和林语惊两个人都满课，中午在一起吃了个午饭，就回各自的学院上课去了，直到晚自习的时候，辅导员才拿了成绩过来。

英语不算沈倦的强项，但毕竟是状元郎，也没有什么太明显的短板，拿得出手，考了个第四名的分，前面的三个都是女孩子。

能考到 A 大王牌专业的人，多多少少都有点傲气，大家高考成绩相当，上下差不了多少，听到沈状元没拿第一，甚至前面还好几个，都不由得转过头来。

沈倦和室友坐在教室的最后一排，他靠着墙边、懒洋洋地瘫在座位上，长腿前伸踩着桌杠。他听了个成绩，然后重新低下头去玩手机，略一勾唇，神情还是漠然地无视了所有视线。

金融一班的全体同学实在是没办法把这么一个吊儿郎当的酷哥，和视频上那个给女朋友比心还不好意思的小哥哥当成一个人来看。

坐在第二排的一个小姑娘迅速转过头来，小声和自己的室友说："我感觉不是一个人吧？是不是天太黑了没拍清楚，其实只是长得像，那个楼主看错了吧？"

她室友也低声道："我觉得就是他吧，你忘了他那个兔子钥匙圈了？"

小姑娘沉默了。

她还清晰地记得，当时开学第三天，孙明川把手机放在寝室里忘记拿，又没带寝室钥匙，跟沈倦借。

沈倦当时正和人说话，让他自己拿。

然后孙明川在众目睽睽之下，从大佬的书包里掏出来了一个彼得兔的钥匙圈。

彼得兔做工粗糙、造型老土，还穿着粉色的蕾丝小裙子，不只少女，还异常复古。

孙明川当时颤抖着问："倦啊，这个是你的吗？"

沈倦回过头来，扬眉看着他："不是我的还是你的吗？"

从此以后状元的人设遭到了怀疑。

金融一班的人觉得沈状元是不是爱好和审美有些古怪。

甚至有人匿名做了个性格分析，说沈倦这人应该不仅审美古怪，可能还很自恋。毕竟人家有颜值，业务水平也高，自恋一点也是很正常的。

有机会的话，可以观察一下他的歌单。一般情况下，一个人的歌单、常听的歌可以体现出很多东西，包括他的审美、性格、习惯和对某些事物的观念，等等。

这个匿名分析得到了很多赞，不少人深以为然。

沈倦对这些事情完全不关心，沈大佬做了这么多年风云人物，早就习惯了各种人的注视。人家什么大风大浪没见过，谁说什么对他来说都没有影响。

辅导员拿着分级考试成绩单进来的时候，他正在和林语惊聊天。

林语惊他们班的辅导员大概来得早，她已经知道自己的成绩了。

看起来应该是考得不错，小姑娘像只骄傲的小孔雀，从她打的字里都能感受到她的好心情。她尾巴都快要翘起来了，很是得意地问他考了多少分。

这时候前面三个已经念完了，沈倦一听，小女朋友确实考得不错，分在他们班也是第一。

这时刚好第四个就是他的分，沈倦听完，打了个分数过去。

他考得没她高。

林语惊敲了一串感叹号过来。

沈倦勾了勾唇，真心实意地夸奖她：**厉害**。

他这句刚发出去的同时，林语惊那边就给他发了首歌过来。

一个绿色的小名片，歌名叫《无敌》。

林语惊飘了。

沈倦平时不怎么听歌，听也就是那几首单曲循环，蒋寒经常说他活得一点都不潮。

他对这首歌没什么印象，也没多想，戳着中间的那个小三角，就给点开了。

这时辅导员才刚念完他的分，还在看着他："我们状元是班里第四啊。"

辅导员年纪不大，性格开朗，平时挺爱开玩笑的，他笑呵呵地说："这个分也很高了，沈状元英语不错啊！"

全班同学再次扭头看过来。

下一秒，所有人就听见沈状元的手机里，一个男低音用美声的唱法，铿锵有力地唱道："无敌是多么、多么寂寞。"

声音巨大，响彻半个教室。歌词无比嚣张，像是在应和着辅导员的夸奖："无敌是多么、多么空虚。"

辅导员："……"

金融一班全体同学："……"

沈状元手机里的歌还在继续，男低音高昂又激动地唱道："独自在顶峰中，冷风不断……"

沈倦面无表情地、咔嚓一声把手机锁了，这首《无敌》戛然而止。

沈倦也不知道他手机的声音到底是什么时候调到这么大的。

第二十六章
低调少爷遭曝光

一片寂静之中，沈倦将手机放在桌面上，修长好看的手指捏着手机边，一声轻响，表情淡定又冷漠，好像刚刚放智障歌的人不是他一样。

沈倦放下手机后，在众目睽睽之下，缓慢又懒散地重新靠回到椅子里，和辅导员大眼瞪小眼地对视了五秒。

看辅导员好像没有说话的意思，沈倦略一抬手，平静而礼貌："不好意思，小插曲，您继续。"

他像个不拘小节的领导。

辅导员："……"

金融一班全体同学："……"

人家状元说的也没错，确实是段小插曲。

辅导员此时也反应过来了。

辅导员觉得自己平时是个挺幽默的人，没想到沈倦比他还幽默。

他清了清嗓子，笑道："咱们沈状元不只学习好，还很体贴啊。这是开学第一次考试怕大家太紧张，活跃一下气氛？"

"也没有，女朋友调皮，"沈倦略微勾唇，露出了一个很低调的笑容，淡声道，"考了个全校最高分，非得分享个歌过来，跟我炫耀一下。"

众人："……"

然后你就来跟我们炫耀了？

考了个高分就不行？非得强调是全校？

你还是不是人？？秀什么恩爱呢？！

短暂的骚动之后，辅导员重新控场。

沈倦这一句话说完，不仅把他即将彻底崩塌的人设从悬崖边缘拉了回来，给自己加了个宠溺属性，还顺手秀了一把恩爱并且不动声色地炫耀了一下女朋友，一石三鸟，秀得人头皮发麻。

果不其然，金融一班的同学们反应过来以后——尤其是女孩子们，直接给状元炒了一个新人设：从一个审美奇特、精分又自恋的变态，变成了一个看起来很酷的宠妻狂魔。甚至还延展出了很多细节梗，比如那个钥匙圈。

某天专业课下课，一直坐在沈倦前桌的一个小姑娘，终于在大家的鼓励下，鼓起勇气转过头来，问他："那个，沈倦同学？"

沈倦正写着东西，没抬头，应了一声，鼻音低沉。

小姑娘红了脸："我能不能问你个问题？"

"你问。"

小姑娘的声音有些兴奋："你那个很可爱的钥匙圈，是你女朋友让你换的吗？"

沈倦笔一顿，略掀了一下眼皮子："她送的。"

小姑娘捂住脸，低声尖叫着转过头去，和旁边的女生凑在一起："啊啊啊啊太甜了太甜了！"

她同桌："太可爱了吧！那么丑的钥匙圈！因为是女朋友送的，就、一、直、用！"

沈倦："……"

孙明川看得百感交集："我发现有些时候，这些小姑娘的行为和想法真是让人琢磨不透啊，她那个'问你个问题'一出来，我还以为她要表白呢。"

于嘉从叹道："情敌还没出现，先发展出来了一批 CP 粉。"

孙明川很懂的样子："这种时候就要注意了，往往这头没有什么情况，另一头可能就不是很消停了。防盗工作一定要做好，尤其小嫂子长得还跟仙女似的，软乎乎的，万一碰见那种情场老油子疯狂一顿乱撩咋……于嘉从你踹我干啥？"

于嘉从："……"

沈倦合上书，将书和笔装进书包里，站起来没什么表情地看着他，平静地说："他在提醒你珍惜生命。"

孙明川："……"

"我这只每天都生活在强权压迫下的小可怜。"孙明川叹了一口气起身，几个人出了教室，刚走没几步就看见站在走廊里等人的容怀。

容怀这小孩，几年不见毅力越发惊人，尽管沈倦已经拒绝了他几次，他依然毫不气馁，屡战屡败、屡败屡战，隔三岔五就来找沈倦聊天。

小少年见到他们出来，眼睛一亮，直起身来，像个小跟屁虫一样跟在沈倦后面："师哥。"

孙明川他们也已经见怪不怪了，打了个招呼就先走了。

等他们走了，沈倦转过头来。

"师哥，你中午想吃什么？"容怀追在他的屁股后面，一副要跟他一起吃午饭的意思，"二食堂那边的糖酥排条特别好吃，你去吃过吗？"

容怀是去年进的 A 大，射击队特招进来的，今年大二，比沈倦这个高中留级又休学的还要大一届。

沈倦叹了一口气："容怀。"

容怀高举双手："我今天绝对不说别的，也不劝你去三月份的锦标赛。"

沈倦："你上次也是这么说的。"

容怀挠了挠头发，调整了一个坚决的表情："我这次绝对闭嘴了。"

"我怀疑我现在是不是脾气太好了，"沈倦往墙上靠了靠，"给你一种我变得很有耐心的错觉？"

"师哥，我觉得你现在真的特别有耐心，"容怀实在地说，"比起以前来简直不像是一个人。"

沈倦点点头："我以前什么样？"

容怀说："你以前，如果我敢一直这么跟在你屁股后面叨叨，你会直接揍我。"

沈倦看着他："我现在就想揍你。"

容怀立刻后退了三步，在距离他三四米远的地方提高了声音，隔空喊话："主要是三月份咱们队真的没人了，厉师哥出国训练去了，说赶不回来。师哥，你就当救个场，行吗？咱们就先练一练试试。反正刚开学，课也都还比较简单，也有……"

沈倦头疼："行吧。"

容怀还没反应过来："时间啊，你也可以带着家属……"

容怀说到一半，不出声了，张着嘴看他："啊？"

"我说，练就练吧，"沈倦有点不耐烦了，靠在墙上抱着臂看他，"事先声明，就三月份锦标赛，先练几个月试试，行就行，不行就算了，我什么保证都不能给你。"

容怀欣喜若狂，哪里还顾得上那么多别的东西，一个劲地狂点头，二话不说上来就要深情拥抱他："师哥——！！"

沈倦抬手，面无表情地指着他："站那里。"

容怀听话地站住了。

沈倦直起身来，抽出手机，准备给林语惊打个电话，他头都没抬："这个话题结束，别跟我吃饭，我忙。"

林语惊这节课是高数，拖了两分钟堂，她也刚下课没多久。

教她高数的老师姓李，是个地中海，看起来六十多岁，很和蔼的一个老教授，一笑起来酷似刘福江。

她出了教学楼，一边往食堂走，一边打算给沈倦打个电话，结果还没等她拨出去，手机在口袋里先响了。

林语惊都没看号码，一边跟顾夏说话，一边摸出手机接起来，说道："你下课了吗？"

"我都开始实习了。"傅明修说。

林语惊："……"

她沉默了三秒，把手机从耳边拿下来，看了一眼来电显示上的电话号码：确实是一个不认识的陌生号码，归属地 A 市。

傅明修大概是又说了什么，没等到林语惊的回应，嗓门开始大了起来，隐隐约约听见他在那头："喂！喂！说话！"

旁边的顾夏都听见了，以为俩人吵架了，有些诧异地做了个口型："状元？"

林语惊摇了摇头，纠结了一下该怎么介绍这个关系："我……哥。"

现在应该不算哥了吧。

那难道还能怎么说，我朋友？

她重新把手机放在耳边，礼貌又不失甜美地问道："您好，请问您是？"

傅明修沉默了几秒，开口："林语惊，几年没见，你还是虚伪得令人惊喜。"

林语惊翻了个白眼："明明也就一年多，你擅自加那么多年干什么，你哪儿来的我的号码啊？"

傅明修有些得意："我想知道的事没有什么知道不了的。听说你考了A大？"

林语惊应了一声，往一食堂走，这食堂离经管学院比较近，沈倦有时候早到了会在门口等着她。

傅明修那边听着也有些嘈杂："啊，那你一般在哪个食堂吃饭？我现在在——"他拖着长声，似乎在看什么，"一号食堂？"

林语惊没反应过来："啊？"

"我现在在你们学校，本来找我朋友的，结果他今天没在，"傅明修说，"我在一食堂门口。"

平心而论，林语惊没觉得自己和傅明修有多深的交情，或者感情好到没事叙个旧的程度。

她交朋友有些困难，来A市以前，关系好的就那么两个。到这边以后，在八中和李林他们熟悉起来，也是意料之外的事情。

傅明修这人其实在人品方面绝对是值得一交的，但因为两个人从一开始就是相看两生厌的对立关系，这个培养友情的时间相对来说也就比较长。

所以当他说自己在A大的时候，林语惊愣了愣，回过神来以后她还有些感慨。

她走到一食堂门口，隔着老远就看见了傅明修。

这人像个二傻子似的在一食堂门口一圈一圈地走，边走边打电话，声音听起来很愤怒："我知道上面写的'1'，这就是一食堂！我问了！我又不瞎！是你说你今天在学校我才来的，你玩我呢？"

他嗓门大，看起来异常暴躁，旁边的学生纷纷侧目。

虽然他现在已经不是她哥了，但是林语惊依然有种很丢人的感觉。

她站在一食堂门口靠左的台阶下边，看着傅明修的视线扫过来，看见了她。

林语惊朝他招了招手。

傅明修又说了两句话，挂了电话走过来，第一句话就劈头盖脸问她："这是不是一食堂？"

林语惊眼神悲悯："哥，一年多不见，你的智商怎么好像更低了。"

"……"

傅明修瞪着她。

林语惊淡定地和他对视。

傅明修忽然笑了。

他觉得挺神奇的：这个他第一次见就烦得不行的、畸形重组家庭带来的小妹妹真的走了以后，他竟然偶尔也会想起，以前有这么个人，在他说他发烧了的时候，让他打119找消防员。

他来A大找人，忽然想起孟伟国那天和关向梅提了一句，她也在A大。他还没反应过来，电话就打了出去。

她家里的情况，她走的那段时间傅明修也了解了一点。在刚刚看到她和以前一样，还是那么软乎乎地呛得你一口老血憋在那儿的时候，他莫名其妙地松了口气，紧接着就笑了。

她没怎么变，林语惊还是以前的那个林语惊，傅明修挺高兴的。

他笑得没头没脑，林语惊眼神奇异地看着他。傅明修也没介意，问道："没回帝都啊？"

"没有。为了男朋友毅然决然地留在了这边，可歌可泣的爱情，懂吗？"林语惊没什么语气，现在她不归孟伟国管了，自然也不用跟傅明修维持什么和谐的兄妹关系，虽然他们俩早就互相知道对方是什么人了。

傅明修愣了愣："你为了你男朋友？"

林语惊没说话，看他的眼神像是在说"你为什么问这种废话"。

傅明修是真实地没反应过来："就高中时候那个？"

"对啊。"林语惊说。

傅明修愕然看着她："就那男的，天天半夜把你往外叫，一看就不是什么好东西。你竟然还没跟这种没正事的小白脸分手？"

林语惊："……"

刚到一食堂没一会儿，无意间听了个墙脚的沈倦："……"

沈倦略一眯眼，微扬了扬下巴，冷笑。

傅明修原本还没怎么注意到沈倦，但是沈倦一直站在那里盯着他看，浑身上下全是冷冰冰的不爽，好像下一秒就要冲上来揍他似的。

傅明修终于抬起头来，两个男人就这么在林语惊的头顶上长久地对视。

傅明修略有些诧异，总觉得这哥儿俩好像看着有点眼熟。

傅明修不说话了，林语惊跟着转过身来，看见了站在她身后的沈倦。

沈状元的表情看着不是特别的爽，眯着眼，没什么表情。

林语惊对他这样子很了解，这人是压着火呢，也不知道为什么。

她眨巴了一下眼，看着沈倦："你今天有点晚啊。"

沈倦侧头，垂眼看着她，沉着声道："过来。"

林语惊没动，她犹豫了片刻，迅速思考了一下大佬忽然不开心的原因是什么。

她想不到，明明早上给她送早餐的时候还挺正常的。

这让林语惊想起了高中的那会儿，沈倦的情绪也是这么变化无常、阴晴不定，这人有时候忽然就不爽了。

几年过去了，这个男人还是一如既往地让人捉摸不透。

她这一系列心理活动用的时间稍微有点久，她没马上动，也没说话，然而在沈倦看来，就跟抗拒似的。

她拒绝过来，就非得跟这男的站在一块。

沈倦唇角绷直，不耐烦地直直走过来，一把拽过林语惊拉到身后，看着傅明修："你有事吗？"

傅明修都没反应过来："啊？"

林语惊也没反应过来，她站在沈倦的后面，侧了侧身子，将脑袋伸出来看过去。

"你找我女朋友，有什么事吗？"沈倦看着傅明修，淡道，"你这人很有意思啊，趁着人家男朋友不在就劝人分手，你闲得慌？"

沈倦一边说着，一边就像是侧面长了眼睛似的，抬手抵着她的脑门儿，把她的脑袋重新推了回去，微侧身，挡得严严实实，还不让她看。

傅明修："……"

林语惊："……"

林语惊觉得自己好像懂了。

所以这人……

她侧身靠着沈倦，站在他的身后，笑得肩膀一抖一抖的。

沈倦不爽地"啧"了一声，终于侧身垂头，看着她："你还挺高兴？"

林语惊说："还可以吧，一般般高兴。"

沈倦缓声叫她的名字，警告道："林语惊。"

林语惊毫不畏惧，笑得停不下来，还控制不住地抬手拍了拍他的背。

沈倦："……"

沈倦沉默地看了她一会儿，垂头压低声音道："一会儿收拾你。"

他说着，扭头又把注意力重新放回了傅明修身上。

林语惊笑够了，看了看这食堂门口。众目睽睽下，她生怕校霸找回点以前的节奏感，赶紧拽着沈倦的手臂把人往后拉了拉，侧身出来看向傅明修："我们要吃饭去了，您自便吧。"

傅明修愣了愣，难以置信地看着她："什么意思？你连个饭都不请我吃？你当我不忙，来一趟跟玩似的呢？"

"傅总日理万机，"林语惊拽着沈倦的胳膊，拖着他往前走，没回头，背着身跟傅明修摆了摆手，"您忙去吧，以后有时间再聊。"

傅明修："……"

傅明修气得一口气差点没上来。

他盯着沈倦的背影又看了一会儿，皱了皱眉，确实有点眼熟，可是就是想不起来在哪里见过他。

沈倦不情不愿地被林语惊拖着拉走，一直走出了老远。

林语惊扯着他的手臂，沈倦沉默地跟在后面。两个人一言不发，直到林语惊觉得有点不对劲，才停下脚步，转过身来。

沈倦垂眼看着她："说吧。"

林语惊："什么？"

沈倦撤了撤身，把她从自己身上拽下去，眯眼："那男的谁啊？"

林语惊说："我考虑考虑怎么说能比较不尴尬。"

沈倦冷笑："你现在知道尴尬了，刚才我叫你过来，你还跟没听见似的，什么意思？"

林语惊看了他一眼，平静地说："我是说，我在想怎么说能让你比较不尴尬。"

沈倦："……"

"刚刚那个，"林语惊其实不是很情愿，但是还是勉为其难地承认道，"是我哥。"

沈倦："……"

林语惊还善意地补充道："就是，我爸那边再婚了的那个哥哥。"

沈倦的表情僵住了。

十秒沉默后，林语惊又开始笑。

"你哥脾气很好啊。我那么说他，他都没发火？"沈倦回过神来，无奈，"我就是看他不爽，想揍他一顿啊。"他又叹了一口气，"我那难道不能算是有效挑衅吗？"

"挺有效啊，不过他不擅长应付这种，可能当时还没反应过来，"林语惊笑着说，"如果是我的话应该已经和你打起来了。"

沈倦："……"

林语惊的生日在十月底，过生日这事，她懂事了以后就没有特别喜欢了。

她晚上回到寝室，顾夏刚巧问了一句，她说了日子以后顾夏眨了眨眼："天蝎座啊。"

女生对这种事最感兴趣，什么星座、什么运势的。小蘑菇放下手里的高数作业，转过头来："天蝎座是几号啊？"

"十月底到十一月底都是，到十一月二十九号，我还挺喜欢天蝎座的，"顾夏掰着手指头说，"爱憎分明吧，挺刚的那种性格，比较大佬，我前男友就是天蝎座的。"

林语惊正在喝水，听到这儿顿了顿。

沈倦的生日是什么时候，她还真的不知道。

她还没跟他聊过关于这方面的事。

她转过身去，拿起手机，给沈倦发了个信息：男朋友，你生日是什么时候啊？

沈倦估计在忙，没有马上回。林语惊放下手机，去洗了个澡。

她出来以后手机里有几条新消息。

她以为都是沈倦发的，随便滑开了一条，没想到是傅明修的好友请求。

他大概是通过手机号加过来的，林语惊点了通过，然后点开沈倦的对话框。

沈倦：1116。

林语惊："……"

林语惊手一抖，抬起头来，看向顾夏："夏总，你刚刚说天蝎座到几号来着？"

顾夏说："十一月二十二号。"

"……"

哦，确实挺大佬的。

她正想着，傅明修的消息跳了出来，林语惊点开。

傅明修：我知道了。

莫名其妙的一句话，林语惊回：你知道什么了？

"你那个男朋友，"傅明修发了条语音过来，"我就觉得我之前在哪里见过他，我想了一下午。"

林语惊一条听完，傅明修这个百变男孩又开始打字了。

傅明修：就前两年，我跟我朋友去一个拍卖会，看见过他一回，姓沈，是吧？

林语惊愣了愣。

傅明修继续说：他当时拍了张画，开口就八位数起。

林语惊都没反应过来，傅明修还在那边马不停蹄地打字：那画一百万起拍的，拍到三百万到头了，他上来直接给多叫了一位数。

傅明修：他是不是有病？？

傅明修：你这对象真不行，脑子好像是有点问题，人傻钱多。不是，钱多也不是这么败的啊。

林语惊："？"

林语惊还是有点没反应过来。

她实在是没办法把"拍卖会""一千万""人傻钱多"——关键是"钱多"，这样的词放在沈倦的身上。

林语惊都快忘了她是从什么时候起、以什么为契机觉得沈倦家里条件一般，也忘了后来，自己为什么对这一观点如此笃定。

但是，林语惊因为从小到大生活在这样的环境里，即使不去接触那些圈子，她对于有钱人家的小孩什么样也实在是太清楚了。

不说她一眼就能看出来，反正八九不离十，左右也不会差太多。

比如傅明修这种，非典型有钱人家小孩，有点缺心眼，但是又不傻，做事情或者说话不怎么会考虑到别人。

程轶、陆嘉珩的少爷脾气都非常明显，但沈倦和他们完全不一样。

他太成熟了，感觉快要熟透了。大概是因为他从小在洛清河的身边长大，他的经历、他的性格、说话时的腔调、思考问题的方式，看起来至少比他的同龄人成熟一倍还要多。

他的气质和有钱人家的少爷不匹配。

衣着方面他也不挑，随便拽一件款式最简单的纯色卫衣就往头上套，在工作室更是常年黑色T恤，据说是何松南当年三十块钱一件批发了一箱。

没见过对自己这么不精致的少爷。

更何况，他们俩一起度过了那么多苦日子：加三个咸蛋黄的饭团都是奢侈的早餐，电影只能看十九块九毛九的。

为了给男朋友省点钱，林语惊绞尽脑汁，又要做得不动声色，努力不伤害到他的自尊心，林语惊觉得自己心都要操碎了。

现在傅明修告诉她：你男朋友不穷，不仅不穷，三百万到头的画，他非得多叫一位数，是个爱好花钱的二百五。

她这边正出神，傅明修那边直接给她发过来一大堆东西。

傅明修：找朋友问了一下，叫沈倦？

A市大归大，圈子就这么几个，很多时候都会有重叠。

傅明修狐朋狗友也一大堆，他不认识，出去问了一圈，总有知道的，十五分钟就打听到了沈倦这人。

朋友就用了两个字形容这人——低调。

沈倦从来不跟他们多接触，有自己的圈子，看着好像也没有要接手家里的意思，他爸妈也不管他，任由他自由生长。

林语惊心情复杂。

她看完了傅明修发过来的关于沈倦的那些东西，面无表情地放下了手机。

这种感觉有些似曾相识。

是什么时候来着？

好像是沈倦第一次月考考了个年级第一的时候。

林语惊服了。

她发现人的适应能力，这个东西真挺可怕的。

在经历了一次相似的事情以后，她现在想到她约会的时候觉得六七十块钱的电影票贵，拽着人家富三代去看十九块九毛九的《高粱地里的故事》，竟然都不觉得自己缺心眼了。

这本来算是林语惊的错，是她误会了，沈倦本来也没说他穷，如果没有李林当时那几条情真意切的语音的话。

他没否认也就算了，还顺势编下去了？

穷得吃不起饭？捡别的小孩不要的破钥匙圈来用？

林语惊冷笑了一声，二话不说地点开沈倦的对话框，内容还停在最后那个"1116"上。

她把傅明修的聊天记录咔嚓咔嚓一通截图，刚想给沈倦发过去，却忽然顿了顿。

她把那些截图又给删了，手机锁屏，没再理。

时隔两年，暴躁少女林语惊也得到了升华。

她要忍着，然后想个办法，让沈倦自己说，让沈倦痛哭流涕地管她叫爸爸、给她道歉。

沈倦觉得最近女朋友有哪里不太对劲。

虽然她早餐照送、午餐照吃，晚上也一起去图书馆，但是话明显变少了。

她不开心，明显在憋着火。而且这股火，还是因为他。

沈倦仔仔细细地回忆了一下这一个礼拜，实在是想不到到底有什么地方让女王大人特别不满意。

这种捉摸不透、找不到原因又说不上来的、突如其来的异常让他感觉非常烦。

这种情况在持续了不到一周以后，沈倦终于忍不住了。

九月底，马上就是十一长假了，大家的心思都多多少少有点散，林语惊和沈倦坐在图书馆的角落里，刚看了一晚上的书，现在各自休息一会儿。

沈倦坐在她的旁边，把笔丢在桌子上，发出一声轻响："你不开心？"

林语惊没看他，垂头摆弄手机："我们十一怎么走？"

他们之前就说好十一出去玩，林语惊当时蒙着眼睛在地图上随手指了个地方，还挑中了个特别远的。

不过刚好她没去过，沈倦也没意见，就这么定下了。

十一出行肯定紧张，现在订票都有点晚了。

林语惊这个问题问得沈倦有些茫然：这么远的地方，除了买机票，还能怎么走？

下一秒，林语惊就解答了他的疑问。

"我们坐火车吧。"林语惊道。

"……"沈倦以为自己听错了，"什么？"

"我们坐火车过去。"林语惊耐心地重复道，"那边太远了，我刚刚看了一下，机票好贵，高铁也贵，我们坐普通火车吧。"

"……"沈倦沉默了。

林语惊叹了一口气，担忧道："不然太贵了，现在上课这么忙，你开学到现在只有一个周末回工作室了，也没接什么活，你哪儿来的那么多钱。"

沈倦张了张嘴，刚想说话。

林语惊打断他，教育道："咱们也不是什么大富大贵的人家，还能今天明天的到处飞来飞去旅游吗？尤其是我们还在读书，每一块钱都要精打细算，一张机票一两千，我们哪儿来的那么多钱浪费在机票上。"

沈倦："……"

林语惊死活不放过他，硬问："你说是不是？"

"……是。"沈倦长叹一口气，身子往后一靠，"火车吧。"

林语惊欢喜地开始搜火车票，A市到滇城，软卧八九百，硬卧五百多。

沈倦看见坐火车要三十五个小时的时候直接沉默了。

十一一共就七天假，去掉这三十五个小时还剩几天？

撒一个谎要用一百个谎来圆，他不知道自己到底是为了什么，之前非得倒李林这桶"润滑油"，导致在女朋友为了给他省钱，死活要坐三十五个小时的火车出去玩的时候，他连解释一下都不能有。

就林语惊这个脾气，如果知道他骗她，先不说之后多久能哄好，至少这次旅行肯定泡汤了。

当初他物理考了个满分，林语惊生了多久的气？

两个人平时课都多，好不容易等到的七天假期，可以朝夕相处，沈倦说什么都不会现在开口，反正是跟她在一起，多少个小时也都无所谓了。

沈倦闭了闭眼，忍了。

算了，都随她吧，坐就坐吧。

他没注意到，林语惊也在偷偷摸摸地观察他。

她看见那三十五个小时的时候，也差点一口气没喘上来，第一反应就是不动声色地看了一眼沈倦，心道：你还不投降吗？

见他半天没反应，林语惊试探地问道："那就火车了啊？"

沈倦再叹："嗯。"

林语惊刚看见似的，指着那上面的"35小时46分"："这得三十多个小时啊？两天一夜的火车吗？"

沈倦没什么反应。

林语惊叹了一口气，提醒他："十一大家都出去玩，火车上人肯定很多，车厢里乌烟瘴气的，一待还要待三十几个小时，"她顿了顿，"连澡都洗不了。"

沈倦一咬牙，竟然还安慰起她来了："也就一晚上，回酒店再洗也可以。"

林语惊："……"

林语惊没想到沈倦这么能打。

林语惊也一咬牙，豁出去了："硬卧也要五百多，我看硬座只要二百块钱，我们坐硬座过去吧。"

她闭着眼睛，视死如归道："反正就坐三十多个小时，能省二百呢。"

沈倦："？"

林语惊从出生至今近十八年，就算从懂事起开始算也有十二三年了，虽然始终缺爱，但她没缺过钱。她甚至没刻意了解过，自己的几张卡里，现金加上各种理财一共有多少钱，反正就是无论她买什么，暂时都还没遇到过钱不够的情况。

所以，当她过了安检、坐在火车站的咖啡厅里，等着沈倦买咖啡过来的时候，她还有点迷茫。

她发现原来自己还没坐过火车。

火车，听起来这么普通又普遍的交通工具，她居然没坐过？

林语惊本来还有点小兴奋的，但是一想到要坐三十多个小时，她顿时就兴奋不起来了。

"坐"三十多个小时。

林语惊同学为了逼她的男朋友投降，最终心一横地咬牙买了硬座。

283 块钱一张票，比卧铺便宜 250 块钱。

确实是挺二百五的，她怀疑自己是不是疯了，她也是个从小被富养到大、物质上始终很享受的少女，她为什么要让自己受这种委屈？

十一期间的火车站，人挤着人，候车室里被人塞得满满当当，检票口排着长长的队，堪比工作日早晚高峰的地铁站。

候车室里多是成群结队出去玩的年轻人，他们背着塞得鼓鼓的书包，三三两两地蹲在角落里聊天。

林语惊没背书包，她带了只小箱子，箱子里面放着要换的衣服、睡衣和洗漱用品，此时这只箱子交给了沈倦来拿。

两个人检票、进站台，林语惊站在站台前，左左右右地打量了一圈，看着车票上的车厢号，一个车厢一个车厢地数过去。

这火车竟然还是什么新空调列车，车厢里冷气给得很足，外面闷热，一进来温差很大。

就是车厢里很吵。他们上车的时候还算早，找到座位坐下没一会儿，座位开始渐渐被坐满，车厢过道挤满了人：放行李的、找座位的，还有嬉闹的小孩，吵得人有点头疼。

沈倦侧头："冷不冷？"

林语惊扭头看向车窗外，一点都不想搭理他。

她太生气了，气得她差点就不想跟他出去玩了。谁家恋爱是这么谈的？

但是没事，她林语惊从小到大最拿手的就是忍。

她就这么跟沈倦大眼瞪小眼地坐着硬座，从早上坐到第二天凌晨五点，除了去洗手间以外硬是屁股都没挪一下，东西也没怎么吃，硬生生地熬了二十个小时，中间没睡一会儿，车厢里吵，睡得也不怎么安稳。

凌晨五点多的时候她又醒了一次，天才蒙蒙亮，林语惊揉了揉眼睛坐直了身子，不再睡了，侧头看向车窗外。

沈倦眸色越来越沉，嘴角绷得平直，明显心情也不怎么好了。

他侧头看着她："再睡一会儿？"

林语惊摇了摇头，眼睫垂下去，无精打采地靠着窗框，眼底有淡淡的青色，神情疲惫。

沈倦抿着唇，没说话。

那天林语惊说要买硬座以后，沈倦就觉得有哪里不对劲。

林语惊平时不是会这么一而再、再而三地提醒他没钱的，她心思有点敏感，觉得他不喜欢这事，平时帮他省钱都不动声色的，生怕他看出来心里会觉得不舒服。

再加上这一个礼拜，小姑娘明显有点气不顺，但是不管怎么问，她都说没事。

这种隐隐知道大概什么方向不对劲，可是还是不明所以，就只能这么憋着的、很郁闷的感觉让沈倦也不太爽。

沈倦不知道她打的什么算盘，只觉得她既然这么说，那就都依着她。

沈倦就想看看她到底能演到什么时候。结果林语惊也是个犟的，真就把票给买了。

小姑娘明显是娇生惯养长大的，平时可能半点苦都没吃过，硬座车厢鸡飞狗跳，一天一夜坐下来，休息不好，东西又没怎么吃，嘴唇都白了。

沈倦心里莫名冒出火来，一股又一股地憋着，心疼得不行。

他又问："饿不饿，我去餐车给你买点粥？"

林语惊转过头来，抬眼，她熬得眼睛都红了，莫名有点委屈地看着他，摇了摇头。

沈倦被她这一眼看得心里抽疼，觉得自己真是个畜生。

沈倦一下就憋不住了，他沉默了几秒，忽然站起身来，出了车厢。

没一会儿，他又回来了，站在过道没坐下。他单手撑着椅背，弯腰压低了身子，抬眸看着林语惊："十分钟后有一站，咱们一会儿直接下。"

林语惊没说话，略带疑问地看着他。她刚睡醒，又疲惫，不怎么想开口，看起来也没有想动的打算。

沈倦叹了一口气，垂着眼，低声哄着跟她商量："宝贝，这破车咱不坐了，行不行？"

林语惊是真没受过这种罪，她现在充分地知道了什么叫"搬起石头砸自己的脚"。

第二十七章
家养鲸鱼脾气大

到滇城还有挺多站，他们在最近的一站下了火车。清晨五点多，这会儿站台上没什么人，偶尔有列车员和保安沿着黄线走过去，安静空旷。

结果目的地没去成，到了个不知道是哪儿的地方。

林语惊困极了，也不想说话，就跟在沈倦身后出了站、出了火车站门，沈倦拦了一辆出租车，把箱子放进后备厢，两人上车后，沈倦问最近的酒店。

司机看起来五十来岁，很和蔼，普通话有些不标准，但是非常话痨，笑眯眯地问道："火车站旁边肯定都住满啦，你们要什么价位的，好一点还是便宜一点的，星级的还是快捷酒店的呀？前面南山路上有一家还蛮好的，也近，有钱人都去，不过我看你们还是学生吧，再往前有个快捷酒店，就是稍微远一点。"

沈倦现在只想让林语惊舒舒服服地睡一觉，也顾不上了："不用，南山路那个吧。"

林语惊拖着疲惫的身体，依然不忘记自己的使命，她原本闭着眼睛靠在座位里，闻言唰地睁开眼，迅速坐起来："那个挺贵吧，师傅，就送我们去那个快捷……"

沈倦扣着她的脑袋一把将她按进怀里，打断了她，淡声说："别听她的，就南山路那家吧。"

林语惊被他按在腹肌上，触感硬邦邦的。她挣扎着爬起来，低声道："你没听司机师傅说吗，那是有钱人才住的，你是有钱人吗？"

沈倦面无表情地摁着她的脑袋，又给她摁回去了，胳膊往上一搂，压得严严实实的。

这司机开车很稳，到酒店用了小十分钟，林语惊又差点睡着了。

她实在是不太想动，强撑着下了车，跟着沈倦进大堂办入住。

林语惊无精打采地靠在前台，打着哈欠看沈倦翻出身份证办入住，要了两间大床房。

前台小姐姐微笑确认道："您好，两间大床房，是吗？"

林语惊又来精神了，凑到沈倦的旁边："两间房得多少钱？要不开一间吧。"

沈倦忍无可忍，直接气笑了，想了想也不放心她一个人睡，抬头又问道："套房还有吗？"

林语惊低声："套房？套房那不是更贵吗？你哪儿来的这么多钱订套房？"

沈倦直接不搭理她了，面无表情地办完入住，冷冷地一手拖着行李、一手拽着她把她拎进电梯，刷卡上楼。

他们的房间楼层高，折腾了这么一会儿，林语惊的困劲都没了大半，她看着电梯里鲜红的数字一格一格地往上蹦，思考着一会儿怎么跟沈倦开诚布公地谈一谈。

沈倦刷卡开门，进了房间，插好房卡，东西往门口墙边一推，再一转身，林语惊正像个小狗似的拽着自己的衣服袖子闻。

闻完，她烦躁地皱起眉："我要洗个澡，身上全是火车上的味儿。"

沈倦点了点头，将她的小箱子推给她，林语惊拉着进了卧室。

套房卧室里有个浴室，外面还有一个。沈倦在外面洗了个澡，换了套衣服，坐在沙发里一边玩手机一边等，等了好一会儿，林语惊那头的卧室门才打开。

她换了套睡衣，站在门口平静地看着他："沈倦，我们谈谈。"

沈倦扫了她一眼，移开视线："先去睡觉，睡醒了你想怎么聊怎么聊。"

"不行，我憋了一个礼拜了，不说清楚我现在睡不着。"林语惊累极了，坐到卧室床尾隔空朝他喊话。

沈倦无奈地走过去，靠着门边看着她。

林语惊盘着腿坐在床上，仰着头，平静地看着他："你可能没看出来，我最近很生气，气到我时时刻刻都想按着你揍一顿。"

沈倦没说话。他又不傻，结合着林语惊这段时间以来的操作和神奇发言，他现在隐隐约约也知道原因了，就是不知道她怎么发现的。

林语惊继续道："因为我前段时间，无意间知道你在拍卖会上花一千万拍了张画。"

沈倦："……"

林语惊冷冷地说："倦爷真是出手阔绰，据说那画就值三百万，你上来就给抬了一位数。"

"……"沈倦有点头疼。画这事，他还真不知道怎么说。

那会儿沈家老爷子七十大寿，小老头老了放权给儿子女儿，老爷子平时也没什么别的爱好，就喜欢这些字啊画啊的，家里收藏了一堆，什么张大千、林风眠，聊起来眼睛都发亮。

沈倦那时候刚好听朋友说那拍卖会上有张傅抱石的画，属于有价无市的珍品，他就去了，想拍下来给小老头做寿礼。

他中途去了趟洗手间，一回来就看见上面开始拍画，沈倦也不懂这些，给他发的单子他也没细看，就扫了一眼目录，以为就是这张了，想都没想直接拍下来就走了。

据说，傅抱石的画近几年拍出几千万的价格屡见不鲜，甚至单品成交价过亿。

沈倦当时还觉得自己捡了个便宜。结果后来拍卖会的人把画给他送来，老头一看，不是傅抱石的。因为这个，沈父给他打了个跨洋的吼叫电话，他哥还疯狂嘲笑了他一顿。

他简单把这事跟林语惊说了一下，林语惊都听愣了，也可能跟睡眠不足、脑子转得有点慢有关系。

她盘腿坐在床尾，还没说话，沈倦缓声继续道："我明白你生气，但是咱们说清楚，以后再有这种事，你直接说，别这么跟我赌气，行不行？"

沈倦越说越火，又心疼又来气，靠着墙看她，眯了眯眼："三十多个小时的硬座，不睡觉、不吃饭，你折腾我呢还是折腾你自己？"

林语惊也来气了，她憋了一个多礼拜了，偏偏还要装若无其事，这会儿说开了像火山喷发一样："意思还是我的错了？我买的时候你想什么来着？我意思都那么明显了，你当时为什么什么都不说？你不就是也不爽了非要跟我杠吗？三十多个小时不也说让我坐就坐了吗？你现在还好意思发火了？"

小姑娘穿着个睡衣坐在床上，刚洗完澡，长发披散着，整个人看着是柔软的，说出来的话却又冲又硬。

整个人杀气腾腾的，看着像下一秒就要跳起来揍他一顿。

沈倦看着她眼底的淡青，叹了一口气："对不起。"

林语惊指着他："你自己说你还是不是人？"

"我不是人，"他走过去，撑着床面弯腰俯身，亲了亲她的头发，放低了姿态，"我错了。"

她应该是自己带了洗发水什么的，头发上有很熟悉的香味，沈倦一直以来的疑问终于得到了解答，大概是洗发水或者沐浴露的味道。

林语惊偏头闪开："倦爷脾气是大。"

沈倦抬手，揉了揉她的脑袋，垂眼看着她，有些无奈："老子跟你就从来没有过脾气。"

林语惊不搭理他，看都不看一眼，往床头蹭了蹭，闭上眼睛睡觉。

她这二十个小时的硬座坐得真是累极了，没一会儿就睡得死死的。这一觉她从早上七点多一直睡到了下午四点。

中途沈倦补足了觉进来看过几次，她睡得很熟，直到天色快暗，她才打着哈欠爬起来，中间连厕所都没去过。

林语惊醒了之后才后知后觉地觉得饿，她坐在床上缓了一会儿，刚想爬下床，卧室虚掩着的门就被推开了。

沈倦进来，看见她醒了略有些诧异："醒了？刚想叫你。"

林语惊看了他一眼，懒懒地靠在枕头上，嗓子睡得有些哑："什么事儿，前男友？"

沈倦顿了顿："林语惊，我觉得这件事情我也……"他斟酌了一下措辞，最后道，"罪不至死。"

"至，"林语惊打了个哈欠，其实她睡了一觉也不气了，本来就是闹别扭，她也明白自己有点任性，随口道，"沈倦，你骗我。"

他点点头，妥协道："从现在开始，你让我干什么都行，到你消气为止，行不行？"

沈倦发现他这一天里，用着哄人的口气，把他这辈子的"行不行"都说完了。

倦爷以前哪里说过这话，行还是不行拍板就定，别人没有商量的余地。

他自从遇见了林语惊，就全是余地。沈倦一点儿办法都没有，上辈子欠她的。

林语惊眼睛亮了亮，坐直身子，来了精神："真的？"

沈倦好笑地看着她："真的。"

林语惊立刻说道："那你现在叫我一声'爸爸'，说你错了，你以后再也不敢了，我就原谅你了。"

"……"

沈倦一顿，以为自己听错了，垂眸低问："什么？"

林语惊也不怕他，善良地重复了一遍，还特地体贴地放慢了语速："你，叫我一声'爸爸'，说你再也不敢了，我可以勉为其难地原谅你。"

沈倦看了她一会儿，笑了。

林语惊毫无缘由地被他这一声笑搞得头皮发麻，危机意识嗖地冒出头来。

沈倦靠着卧室门框，意味深长地看着她："林语惊，你想清楚。"

林语惊心里有些发虚："什么？"

"你真想听，我也不是不能叫，但是以后你得还回来，"沈倦勾唇，拖着声说，"我让你哭着叫我一百声'爸爸'，你信不信？"

林语惊："……"

一百声，那得叫多长时间？平均一分钟叫一声，那就得叫一百分钟。将近两个小时……

那不得出人命啊？

林语惊觉得有点忍不了："沈倦，自信是好事，但是我劝你牛还是少吹，你已经不当社会哥好多年了。谦虚做人，低调做事。"

沈倦："……"

这么一通岔打下来，林语惊都忘了叫爸爸这件事了。

她从上火车到现在都没怎么好好吃东西，就吃了块蛋糕，现在饿得不行。两个人换了套衣服，出了酒店去找吃的。

在林语惊睡觉的这段时间，沈倦查了一下：这地方是沿海的一个小城，不大，靠近海边有个灯塔，算是一个景点，附近还有个小岛。

他们歪打正着，虽然没有太多可以玩的地方，但也是个很适合度假的地方。

他们先去吃了个烤肉，填饱了肚子，吃完六点多，林语惊拽着沈倦跑去海鲜大排档。

这种沿海的城市，海鲜便宜。这里靠着海边就开着一排排的大排档。

他们挑了一家，在靠边的位置坐下，木质的室外大平台，柱子上挂满了一串串的灯串，木台子下面就是细碎的沙，这会儿天半黑下来，海水像是被泼了半桶墨，浪声伴着笑声由远及近地细碎传过来。

生活节奏慢而舒适，空气潮湿纯净，带着一点点海风的腥咸味道，让人不由自主就放松下来。

他们点了一桌子的海鲜，全部清蒸盐水煮过后，蘸着芥末和姜末调的店家秘制蘸料，一口咬下去汁水在口腔里蔓延开，满嘴的鲜味。

一桌子的海鲜吃完，天彻底黑了下去，林语惊本来还想去玩玩水，但夜里海水冰凉，她只来得及脱了鞋、浅浅踩了几个来回，就被沈倦拉了回来。

沈倦早上的时候房间开得急，订了个两开间的套房，就一间卧室，沈倦下午补觉都是在会客厅的沙发上睡的。

这会儿，这人不准备再委屈自己睡沙发了，回去的时候他去前台换了个房间，给自己也备了一间卧室。

两人拖着箱子又上了一层楼，这回升了个三开间的套房，一通折腾下来已经晚上十点了。

林语惊洗了个澡，她白天睡足了觉，这会儿精神得很。她出来跑到沈倦的房间一看，发现这人倚靠在床上写作业。

林语惊站在卧室门口，直接被镇住了。

沈倦做事情的时候很专注，半天才发现她走过来，他抬起头，头顶着床头，扬了扬下巴。

"你做作业？"林语惊语气愕然。

沈倦平静地点头："你们没有？"

"有倒是有，"林语惊有些无语，"沈倦，你这样会孤独终老的你知不知道？你出去问问，有谁和女朋友出去玩晚上回来还写作业的？"

沈倦笑了笑："我啊。"

林语惊："……"

十一快结束的时候，顾夏给林语惊发了个微信问了一下战况。当时晚上九点，林语惊和沈倦正在酒店里写作业。

顾夏以为自己看错了：酒店里干什么？？

林语惊平静地重复：写作业。

这小城不大的一个地方，好玩的东西倒是有挺多，各个小巷子里有不少稀奇古怪、卖手工艺品的小店。

林语惊每天在酒店里睡到日上三竿，收拾磨蹭到下午出去玩，晚上回来竟然还能和沈倦一起写个作业。

看见没有？这就是状元的自我修养。

我们学霸假期出去玩，晚上都是在酒店里开房写作业的。

人家状元不只带领着我等凡人一起写作业，还给我讲了经济学原理呢。

两个人读的都是对护发有些阻碍的专业，作业也都不少。

林语惊没了解过金融，她们计算机系据说上一届的学长学姐们已经跳过了头发养护的问题，直接开始研究植发了。

临近开学，林语惊打算提前一天回 A 市，准备着要买票。

林语惊忽然发现这个小城没有机场，只有火车，而且高铁不经停。也就是说，如果要回去，她还得坐二十个小时的火车。

林语惊吓得手都抖了，哆哆嗦嗦地拍沈倦的胳膊："沈倦……"

沈倦侧头。

林语惊眼神空洞："我发现这个地方没有机场。"

沈倦扬眉："怎么可能会有。"

"高铁都没！"林语惊崩溃，"我们怎么回去？我们先坐车到最近的、一个有机场的城市？"

相比起她的反应，沈倦简直太淡定了："想回去了？"

"要开学了啊，我当时为什么非得要坐火车，还在这儿就下了？"林语惊一边看票一边叹气，自我安慰道，"不过这次我们可以睡卧铺了，至少有个床。"

沈倦侧头，跟着看了一眼她订票的日期，一把抽走了她的手机："不急，一会儿我订。"

他拎着她往沙发上一摁，俯身压下来："林语惊同学，简述一下我国金融机构体系的结构与职能。"

林语惊瞪着他："你是不是有病？"

沈倦垂头，隔着睡衣咬了一口她的锁骨："错了，"他含糊道，"白教你了？重新说。"

林语惊缩了下肩，推他："我说个屁，我又不学金融。"

沈倦抬头，亲上她的唇，最后把头靠进她的肩窝，闻着小姑娘身上香香的味道，懒洋洋地说："转系吧，你这小脑袋瓜适合给人挖坑，应该学金融。"

林语惊打了个哈欠，他们今天去附近的小海岛上玩了一天，有点累："我学什么都不耽误我挖坑。"

沈倦笑了一声，头埋在她的颈间，声音听起来闷闷的，温热的鼻息弄得她有些痒。

林语惊推开他的脑袋，调整了个舒服的姿势，侧着身躺在沙发里："沈倦，你别忘了买票。"

沈倦应声："嗯。"

林语惊半闭着眼："咱们又得坐二十个小时，你买个软卧吧，软卧能有多软？"她迷迷糊糊地嘟哝，"我家这么有钱，我为什么还要受这个苦？"

"不用二十个小时，"沈倦好笑地哄小孩似的拍了她两下，"睡吧，睡醒了倦爷带你坐飞机。"

林语惊就真睡了。她在沙发上睡着了，早上醒了人在卧室的床上。说睡醒了带她坐飞机的倦爷正在会客厅打电话，隐隐约约能听见他的说话声。

林语惊随手抓了抓头发，翻身下床，也没洗脸，歪歪斜斜地穿着睡衣、踩着拖鞋就打开卧室门走了出去。

外面的说话声戛然而止。林语惊打了个哈欠，抬眼，然后定住。

沈倦没在打电话，他在跟人说话。

这房间里不知道什么时候出现了第三个人。此时这人正坐在沙发里，手里端着杯咖啡，侧着头，呆滞地和她大眼瞪小眼。

林语惊持续发着呆，张了一半的嘴还没来得及合上。

沈倦迅速反应过来，侧身挡在两人之间，朝她走过来，把她推进卧室，自己跟着进来，回手关门。

林语惊还处于早上刚醒反应有些迟钝的另类起床气状态里，她指指门外，看着他："你背着我偷男人了？"

沈倦："……"

"我哥。"沈倦言简意赅，"大伯家的。"

林语惊垂头，看了一眼自己身上睡得皱巴巴的睡衣和脚下的拖鞋，整理了一下思路："也就是说我第一次见到你的家里人，是这个形象？"

沈倦看着她睡得乱七八糟的头发，面不改色道："你这个形象挺好，可以直接去奥斯卡走红毯。"

林语惊不想再搭理他，进浴室洗了个澡，换了衣服，做了好一会儿心理准备，才出了卧室门。

结果会客厅就沈倦一个人，手边的餐车上叠着一层层早餐，神秘哥哥不知去向。

林语惊走过去，扎了一块土豆沙拉："你哥哥呢？"

"怕你尴尬，让他走了。"沈倦把三明治推给她，"吃完我们也走。"

林语惊咬着煎蛋抬眸："唔？"

沈倦懒洋洋地靠在沙发里："带你坐飞机。"

林语惊："……"

一个小时后，林语惊坐在小型飞机里，神情有些麻木。

昨天晚上，沈倦说着"倦爷带你坐飞机"的时候她实在是太困了，已经快睡着了，没怎么在意，以为他就是随口骚一下。

她早该想到的，他怎么可能随口骚一下。

这个人必须得骚出实际行动来才算完。

封闭的机舱内，前面是长沙发、酒柜，隔断后装修成了卧室，浴室、洗手间应有尽有。

男朋友从一个贫困家庭、半工半读的小孩，一夜之间变成一个拥有私人飞机的二世祖，是一种什么样的体验？

林语惊心情复杂。

她回忆了一下，林老爷子有没有私人飞机？

好像没有。

林语惊忽然有一种自己"拼爹"好像也不太拼得过她男朋友的感觉。

她叹了口气："你这么有钱，我以后是不是想跑都跑不掉了？"

沈倦垂眸："又想跑哪里去？"

林语惊："不知道，还没决定呢。"

"林语惊，你能不能别老气我？"沈倦靠进沙发里，沉沉地看着她，忽然叹了一口气，"老子真是被你给跑怕了。"

林语惊愣了愣。

她抿了抿唇，主动靠过去，起身跨坐在他的身上，仰起头来讨好地亲他："不气你了，给你说点儿好听的。"

沈倦笑了笑，没当回事。

家里养着的这条"鲸鱼"脾气大、脸皮薄，又争强好胜，什么事都习惯性地死不承认、犟到底，沈倦就没指望能听她真心实意地服个软。

沈倦也不是什么脾气好、爱哄人的人，林语惊那天说的也有道理，她要是个男的，两个人估计得天天打得头破血流，"植物人的神话"有极大的概率要再次上演。

沈倦到现在也不知道自己到底什么时候喜欢上的这条鱼，但是二十年也就碰上了这么一条。

这条鱼天天气得他太阳穴蹦着疼，生完了气他还得屁颠屁颠地去哄。

他还哄得挺高兴的这是最可怕的。

他想着，愣了一会儿神，林语惊那边勾着他的脖子往上蹿了蹿，忽然问道："沈同学，我是不是还没跟你表白过？"

沈倦回过神来，才来得及垂眸，还没看清她的脸。

她忽然侧过头去，整个人贴了上来，下巴搁在他的肩膀上，柔软的身子压上来，沈倦无意识地抬手扶住她的腰。

这是身体上的条件反射。

林语惊趴在他的耳边，往他耳朵里轻轻吹了下，故意软着嗓子："哥哥，好喜欢你。"

沈倦僵了僵。

林语惊顿了下，耳朵滚烫的，脸埋在他的颈间，羞耻地、硬着头皮继续轻声道："喜欢到以后想跟你生孩子。"

沈倦"炸"了。

就跟谈恋爱一样，林语惊对婚姻没什么信心。

在说出这句话时，她才恍惚地想到，她和沈倦以后大概会拥有一个孩子。

一个身体里流着他们俩血液的、长得像爸爸又像妈妈的、软乎乎、圆滚滚的小朋友。

她曾经以为自己永远也不会喜欢小孩子，也不会想要小孩，因为她对爱情和家庭不信任的态度。

在这种不稳定性的情况下，她不确定自己能不能给她的孩子一个完整、幸福的成长环境。

但这个人是沈倦。

这个人是她不想谈恋爱，但是想和他谈；不想相信爱，但是想相信他的沈倦。

这个人是他就没什么不行的。

她没安全感，沈倦也没有。

她怕感情会变，沈倦怕她再跑一次。

林语惊也想给他一点安全感，想让他安心，想让他明白她的喜欢。

沈倦听明白了。

理智因为她这两句话噼里啪啦地炸了个精光，全部炸空了以后，他脑子里有一瞬间的空白。

这个姑娘，因为自己的经历和成长背景，有她最不安、最反感的部分。但现在她都许诺给他了。

她把自己最柔软、脆弱的部分剖开，摆在他面前给他看。

她以这样的方式不顾一切。

沈倦觉得自己的身体像是被扎进了一把匕首，在心脏上狠狠地剜了一刀。

他想对她好，把她揉进身体里，一辈子都对她好。

林语惊一句话说完，几乎是从他身上跳起来，面红耳赤地后退了一步，还没来得及站稳。

沈倦拽着她的手腕又把人拽了回来。

他手劲有点大，攥得林语惊手腕生疼，被扯着往前，一头重新栽进他怀里。

沈倦翻身，压着她陷进沙发。

林语惊有点蒙地看着他。

沈倦一言不发地抬手捏着她下巴，半强迫她张开嘴，垂头吻上去。

林语惊眨了眨眼，反应了两秒，主动揽住了他。

一个和平时一样，又好像不一样的亲吻，缠绵而深，激烈又温柔，包含了他太多复杂的、她分辨不出来的情绪。

到了 A 市，沈倦要回工作室，林语惊则打算直接回学校，后天开学，她一大堆作业没做完。

她没沈倦那么有追求，根本就没想着出去玩要做作业这回事，一堆需要用的资料和书全没带，都放在学校里，这两天估计得熬夜敲代码到凌晨。

两个人黏黏糊糊了几天，回来就要各忙各的了。

路上，林语惊问他："你身上有文身吗？"

沈倦顿了顿，淡淡道："没有。"

林语惊有些讶异："你怎么没有？我看那些刺青师身上全都花里胡哨、到处都是的，花臂至少得有一个吧，王一扬不是都有吗？"

"想知道？"沈倦打方向盘开上桥，他开的是他堂哥的车，动作还挺熟练，看起来游刃有余，林语惊都不知道他还会开车，主要是她以前都没想过他有车。

林语惊点点头。

她等着沈校霸给她来一个惊天动地、炫酷又叛逆的答案。

沈倦表情挺淡定："我妈不让。"

林语惊有点没反应过来："啥？"

"我妈不让我文，"沈倦淡淡道，"我舅舅做这个她就不让，后来也没什么办法，洛清河是个很固执的人，后来也就过去了。"

林语惊不知道该说什么。

车子里有一瞬间的沉默，林语惊顿了顿，轻声说："没有什么过不去的。"

她一直是这么告诉自己的。

沈倦注意到她的情绪，笑了一下："而且我妈这人很讲道理、很民主，她会反对，但不会阻止，想干就去干，但是以后就都别回家了，也别认她了。"

"……"

林语惊恍然大悟，心道：这可真是挺民主的妈妈。

"而且我也没什么特别想文的，"沈倦继续道，"刺青这东西，你弄出来的玩意儿是要带到你死、要跟着你进坟墓的东西。"

刻进皮肉，渗透骨血，因你而生，伴着你死。

沈倦看着前面开车，没看她："我以前，没有想带进坟墓的这种东西。"

林语惊笑了起来："那你现在有了吗？"

沈倦也跟着勾唇："好像有吧。"

"什么叫好像有吧？你怎么不情不愿的？"林语惊翻了他一眼，突发奇想道，"沈倦，你给我文个身吧？"

沈倦看了她一眼："你想弄个什么？"

"不知道，"她撑着脑袋，手肘支在腿上，认真地想了下，"弄一个，一看见就能想到你的。"

沈倦怔了下。

林语惊指尖一下一下地点着下巴，开始思考起来了，自顾自地嘟哝："我弄个你的名字上去吧，会不会有点太大众了？而且就写个名字的拼音感觉好傻啊。"

车开到 A 大门口，沈倦在路边停了车，侧过头来看着她。

林语惊转过头去，询问专业人士的意见："你觉得文在哪里比较好看？"

沈倦专注地看着她："想文我的名字？"

林语惊点点头。

他解开安全带，倾身靠过来，低声问："不怕疼吗？"

"怕，"林语惊也解开安全带，凑过去，双手撑着副驾驶座椅边，仰头亲了亲他，"所以你得跟我一起疼。"

沈倦抬手，捏了捏她的耳朵："好。"

林语惊想了想，还是不行："你得挑一个比我还疼的地方文。"

"好，"沈倦顺从道，"听你的。"

沈倦回工作室待了一天，他挺久没好好弄过这儿，自从洛清河去世以后，他感觉最后一点支撑着他的东西也跟着被抽走了。

他什么都不想干，什么都不想考虑，颓废了很长一段时间。

预约的活被沈母退了大半，回国以后一直到现在，接活也全都随缘，碰上了就做，碰不上就这么混着。

沈倦坐在空无一人的工作室里，发呆到后半夜三点。

他这二十年，几乎从有记忆开始，就被绑在这个小小的、破旧的老房子里。

他曾经试着想要扛起什么，也试图摆脱过，可惜都不怎么成功。

筋疲力尽地撑到现在，沈倦只觉得累，太累了。

沈倦仰头，从一片黑暗里看见天花板上画着的画。

光线太暗，看不清图案，但是颜色对比泾渭分明，一片天堂，一片地狱。

洛清河住院那天，他一笔一笔、一个人画上去的，整片天花板画完不知道用了几天，他眼睛都没合过。

沈倦本来以为自己闭着眼睛都知道每一个细节画的都是什么，结果现在，他忽然发现自己记不清了。

他想起林语惊今天说的话——没有什么过不去的。

沈倦靠进沙发里，用手背遮住眼睛。

谁也不欠谁的，也该过去了。

第二天一大早，沈倦还没起，蒋寒和王一扬这两个闲人就敲锣打鼓地来了。

王一扬这个长假无聊得都快长毛了，他在本地郊区的大学城，坐个地铁进城要两个多小时、公交地铁转个三四次，好不容易盼到个长假飞奔回来找他爸爸玩，结果他爸爸没在。

根据蒋老板的说法，这人好像去了 A 大以后迅速有了情况，谈了个女朋友。

王一扬当时的第一反应就是不可能。

蒋寒比他大几岁，早不读书了，没在十班，所以不知道当时林语惊和沈倦是什么情况。

但王一扬知道。

甚至林语惊走了以后，沈倦的状态，他都是清清楚楚看在眼里的。

沈倦没搭理他们，睡眠不足让他此时处于心情极度不美丽的状态。

他自顾自地睡到中午才起来，洗了个澡，出了卧室门，就看见王一扬坐在沙发上眼巴巴地盯着他看啊看。

沈倦没有搭理他的意思。

于是王一扬开始长久地盯着他。

沈倦擦了把头发，走进工作间，拿了画板和铅笔出来。

无视了他十分钟以后，沈倦终于不耐烦地转过来，捏着铅笔面无表情地看着他。

王一扬一颠一颠地凑过来："爸爸，您什么时候回来的，怎么不告诉我们？"

沈倦打了个哈欠："昨天。"

"一回来就画画啊。"王一扬琢磨着怎么进入正题，又不想那么直接，开始没话找话道。

沈倦对林语惊以外的人向来缺少耐心，尤其是这二百五。

他瞥了王一扬一眼："有屁就放。"

王一扬干脆地问："您谈恋爱了啊？"

沈倦扬眉，抬了抬眼，没说话。

王一扬心里咯噔一下：完了，竟然还是真的。

林语惊那时候走，王一扬作为沈倦的哥们儿当然也怨过，他还把林语惊的联系方式都拉进了黑名单。

后来他想起林语惊走的那天，回来收拾东西。

他们十班八风不动、波澜不惊的小仙女，就对着沈倦的几本书和一个空座位，眼泪跟不要命似的啪嗒啪嗒往下砸。

王一扬又把她从黑名单里拉出来，和她说话，所有消息却全部石沉大海。

他是真心盼着他们俩最后能在一块的。

王一扬忽然有些怅然。

他这么没心没肺的人，心里都堵了一下，好像所有事都是这样，最开始的那个，总是走着走着就走丢了。

他点点头："行，挺好的，你还能再遇见个自己喜欢的，哥们儿真心高兴。"

沈倦用看智障的眼神看了他一眼，垂头，铅笔笔尖在纸上唰唰划过。

王一扬没注意，他早就习惯这种眼神了。

他叹了一口气，怅然道："你说，是不是这辈子最好的时候遇见的那个人，就是为了成为你人生里的遗憾？"

蒋寒被他这句话直接恶心得整个人一抖，受不了地看着他："王一扬，我是不是跟你说了,少看点智障偶像剧?容易变成傻子你知道不知道?"

他说着,也看了沈倦一眼。

蒋寒倒是知道暑假那会儿,林语惊好像给沈倦打过一个电话。

这人出去回了一个,后来怎么样、还有没有后续,蒋寒也不知道。沈倦不说,他也不可能问。

王一扬还在那边叨叨叨,大概是十一这个长假太闲了,真看了不少偶像剧,嘴里非主流的爱情台词一套一套的,说到兴起还跑出去买了一堆下酒菜回来,又从厨房里推出一箱啤酒,跟蒋寒开始你一瓶我一瓶地喝。

沈倦戴了个耳机,就那么抱着个画板坐在地上画了一下午,屁股都没挪一下。

他做起事情来就什么都听不见了,俩人早就习惯了,蒋寒去厕所的时候往纸上看了一眼,看着像是条鱼之类的玩意儿。

夜幕将至,沈倦终于放下了笔,东西放到一边起身,过来吃东西。

蒋寒和王一扬吃了一下午,也不饿了,几个人坐在沙发前的地毯上。工作室的门开着,初秋的夜风顺着门灌进来,沈倦单腿屈起,手里捏着瓶啤酒,仰靠着沙发听蒋寒和王一扬吹牛,心情是很久没有过的轻松。

手机在裤兜里嗡嗡振动,他空出手抽出来,滑开。

林语惊的信息:**男朋友,你在干什么呀?**

沈倦顿了顿。

林语惊很少用这样的语气给他发信息。

一般这种情况都没啥好事,她可能要坑你了,或者有事求你了。

沈倦顿了顿:**闲着,怎么了?**

林语惊也早就习惯了他发信息时的言简意赅:**在工作室呢?**

沈倦回:**嗯。**

林语惊没再回复。

沈倦当她在写作业什么的,就没在意,把手机放到了一边。

他也没注意蒋寒和王一扬什么时候开始不说话了。

沈倦一抬头,这两个人正直勾勾地看着他。

王一扬说:"我爸爸刚刚是不是笑了一下?"

蒋寒接道："你爸爸刚才怎么好像身上突然多出了点人气呢？"

王一扬兴奋道："还发信息！是不是我妈？！是不是？！"

"哎呀，倦爷，啥时候把嫂子给我们带回来见见啊。"蒋寒笑声嘎嘎嘎的，像只鸭子。

这个东西就是这样，无论兄弟的前女友他们是不是熟悉，过去了也就过去了。既然哥们儿现在有了新欢，说明本人都过去了，那他们还有什么好过不去的。

蒋寒也喝得上头了，嘴巴上有点把不住门："我是真好奇，到底是何方神圣能把你从那种十八层地狱里拉回人间。"

王一扬说："肯定好看，沉鱼落雁、闭月羞花。我赌五毛，仙女型的，温柔得能滴出水来，说话声音都轻声细语的那种。长得也得有点小仙女气质，眼睛一定要好看，睫毛还要长……"

王一扬拍桌，喝道："还得会打篮球！！"

"……"

蒋寒听着怎么越听越不对劲呢？

沈倦听到这儿，也看了他一眼："好奇？"

两人一齐点头。

沈倦这次是真笑了："哪天吧，你们做好心理准备。"

何方神圣？当然是神。

他的神。

"爸爸，我跟你……"王一扬兴致上来了，还要再问，突然他抬起手来，眼珠子一转，扫了一眼门口，声音戛然而止。

蒋寒也跟着扫过去，动作停住了。

沈倦一抬眼，顺着他们的目光侧头。

门外皎皎月光，少年背对着月光站在门口，眉眼在屋里暖色的地灯光线中显得温和而无害。

沈倦一顿。

他最后一次见到聂星河，还是在医院门口。

沈倦只恍惚一瞥，看到少年漠然地站在那儿，来见洛清河最后一面，那时候沈倦的状态也差，甚至不确定是不是真的看到过他。

只是从那天以后，聂星河就真的消失了。

直到现在，这人站在门口，声音依然很轻："这么热闹。"

蒋寒一跃而起，狠狠地瞪着他。

"别这么吓人，我没想干什么，"聂星河抿了抿唇，看过来，"沈倦，听说你要去 A 大的射击队了。"

沈倦没说话，靠在沙发边侧头看着他，眸光深暗，看不出情绪。

"你真的要回去？我本来以为你放弃了，原来你还没死心，你还敢回去啊？"聂星河安静地歪了歪头，"你忘了洛清河是因为谁死的了？你不记得？"

"你不记得，我记得，所以我来提醒你一下，"他平静地看着他，"我说过，你这辈子都别想再……"

他没说完，王一扬直接骂了句脏话，撸起袖子冲到门口："我……"

"我可去你大爷的！"王一扬的国骂被打断，一道女声突然从门口传过来，连带着一个大塑料袋映入眼帘，嘭的一声砸在聂星河的脑袋上，听起来很有重量。

王一扬冲到一半，被这震撼的场面唬住，愣在了原地，没反应过来。

"你是不是有病？沈倦去哪儿关你屁事？这辈子都别想？别想什么？"林语惊一袋子零食全砸在聂星河脑袋上，里面一堆东西噼里啪啦往下掉，砸得聂星河往后趄趄了两步。

聂星河直接蒙了，转头看过去。

林语惊将袋子随意一丢，一把抓着聂星河的领子把他拽到跟前，极近的距离下看着他："我不管你记得什么、想说什么，沈倦现在什么都不记得，你最好也全忘了，安安静静闭上你的嘴。"

她眯着眼看着聂星河，放低了声音轻声道："你要是非想给自己找事儿干，想要记点东西，你就记着你爸爸今天准备揍你一顿，记住了吗？"

沈倦："……"

王一扬："……"

蒋寒："……"

第二十八章
小林老师保护你

林语惊原本心情还挺好的，从昨天回来到今天晚上，她终于把长假这几天的作业全都弄完了。

明天开学，她想着沈倦是今晚回学校，就偷偷溜出来找他了。

沈倦那边常备啤酒，不过林语惊不太喜欢那个牌子，她一般都自己买，就费劲巴拉地拎着一袋子零食往老弄堂里走。

她太久没来，此时站在漆黑的路口，甚至还有点恍惚的陌生感。只是这点陌生感在看见门口站着的那人时，消失得无影无踪了。

林语惊本来觉得自己这两年被磨得脾气已经越来越好了。

人生不如意事十之八九，有什么好生气的呢？很多烦恼的来源都是因为你自己想不开，自己没办法放过自己。但是假如不是你自己跟自己过不去，是有人就是不肯放过你呢？

那就也别放过他。

林语惊最开始都没认出来这人是聂星河，她只见过他一次，还是在不知道他是谁的情况下，匆匆一眼。

直到他说完话，就算是傻子也猜出来了。

林语惊是真的不明白，这人到底在想些什么。

林语惊拽着他的领子往外拖了拖，聂星河有一瞬间的动作，他抬手抓着她手腕，又很快反应过来，一动没动，任由林语惊拖着，表情只有最开始的一下愕然，紧接着就变得安静无声。

他垂下手，打量着林语惊，露出了一个饶有兴趣的表情："我是不是见过你？"

林语惊看了他一眼，回手关上了工作室的门，拽着聂星河拖到铁门口。

聂星河明明看起来是弱势的那个，却依然不慌不忙："哦，是你。"

他笑了笑，温声道，"林语惊？"

林语惊不好奇他为什么会知道她的名字，她抿着唇，拽着他的头发，嘭的一声把他的脸砸在门上。

聂星河一声都没吭。

林语惊拽着他的头发猛地往上一拉，看着他说："你刚刚是打算还手的，对吗？"

"你为什么要忍着？你想激怒沈倦，所以故意说出那些话，然后呢？再告他个故意伤害？"林语惊歪着头，"你觉得你能告成吗？"

"你觉得我需要告成吗？"聂星河抬手，慢条斯理地抹了一把鼻血，袖口随着动作往下滑了滑，手臂上有一道红色的痕迹，"只要有这件事存在，他就回不去了，他那个射击队就不会要他。"

他笑了笑："不用闹太大，和上次一样就行。"

林语惊没来得及思考，注意力被他这一句话重新拉回来，眼神彻底冷下来，抓着他的脑袋再次按在冰凉的铁门上。两个人两句话说完，不过刹那，工作室的小门被人打开，沈倦站在门口。

林语惊抬眸，侧头看过去。聂星河说得对，只要沈倦动手，那就完了。选手打人这事想都不用想，无论是因为什么。

林语惊漠然地看着他，语气有点冲："进去。"

沈倦愣了愣，反而回手关上门，径直走过来。

林语惊甚至不想让聂星河出现在沈倦周围五米的范围内。她一把甩开聂星河，聂星河趔趄了两步，扶着门外的电线杆子稳住脚步。

林语惊看清了他手臂上那条红色的、像是什么东西割伤的伤口，伤口狰狞，血液看起来刚凝固不久，他甚至都没包扎一下，若无其事的样子。

她眯了眯眼。沈倦已经走过来了。

林语惊赶紧过去拉他，急道："沈倦。"

沈倦侧头。

"算了，"林语惊深吸一口气，"暂时算了，他就是故意来找你的，你不能过去。"

沈倦没说话。

林语惊仰起头来，看着他："我们把大门锁了，不让他进来。"

沈倦顿了顿，半晌，沉沉应了一声。

林语惊过去关门，铁质的门闩有林语惊半个手腕粗细，她抬手将上下两道扣得严严实实后，才转头走过来，拉着他的手捏了捏："就假装没看见他，今天晚上除了我，谁也没来。"

沈倦回握她的手，垂眸："好。"

王一扬和蒋寒走后，房间里只剩下林语惊和沈倦。她坐在沙发上，看着沈倦把王一扬他们剩下的东西收拾干净，转过头来："你……"

林语惊知道沈倦要问什么，她把鞋子踢掉，直接往沙发上一躺，安详得像个小老太太："我困了。"

沈倦好笑地看着她："行了，又不赶你，里面睡去。"

林语惊睁开眼睛，横躺在沙发上看着他："我想睡这儿。"

沈倦说："喜欢我这个沙发？"

"我觉得你这个沙发特别有童年的感觉，"林语惊拽起他的灰色小毛毯，随口胡说八道，"你这个毯子，和我小的时候我奶奶给我织的那块一模一样。"

沈倦走到沙发前，居高临下地看着她："林语惊。"

林语惊抱着毛毯，闭着眼，懒懒地哼了一声："嗯？"

"你这是守着我呢？"沈倦说。

林语惊睁开了眼。她清了清嗓子，慢吞吞地从沙发上爬起来："我有点怕你……"

"怕我晚上背着你去找聂星河？"沈倦微微偏了偏头，"我找他干什么？揍他一顿？"

林语惊想起聂星河手上的伤，犹豫片刻，问道："现在，他爸爸还打他吗？"

"怎么打？"沈倦绕过茶几，在她旁边坐下，拉过小毛毯盖住了她的腿和脚，"现在人还在里面，无期。"

林语惊张了张嘴："因为什么啊？"

沈倦看了她一眼。

洛清河把聂星河捡回来三天后，警察接到邻居报警。

聂家十几平方米的破旧小房子里，有个女人躺在地上，不知道什么时候没的呼吸。

盛夏，那房子里气味弥漫，邻居这才发现异常，报的警。

聂星河他爸爸逃了一个月，最后还是被抓回来了，认罪倒是认得干脆，还说最后悔的是那天让聂星河这小崽子跑了，没把他一起打死。

聂星河当时的表情很平静。快意、痛苦或者恐惧，这些表情他全都没有，他就那么面无表情、毫无情绪起伏地站在那里，直到所有人看过来。

他忽而抿唇，垂下眼，常年虐待导致的营养不良，使他比同龄小孩要矮上许多，身上、脸上全是伤，看起来脆弱单薄。

沈倦简单和林语惊说了两句，非常言简意赅，怕她害怕。如果可以，他半点都不想让她知道这些事。

意料之外的，林语惊特别安静地听完，消化了一下，平静地问他："你觉得他精神上有问题吗？"

"他有病，但你能看出来吗？"沈倦伸手去摸茶几上的烟盒，习惯性地敲出来一根，又顿住。

自从大学以后，林语惊没再见过沈倦抽烟，或者是他没在她面前抽过。

其实她还挺喜欢看他抽烟的，他习惯性地眯眼，咬着烟扬起下巴，脖颈线条拉长，又颓废又性感。

他将烟抖回去，刚想把烟盒丢上茶几，林语惊抬手接过来，敲出一根递给他："沈老板，想干什么就干，别忍。"

沈倦没接。于是林语惊垂头，自己咬着把烟抽了出来。

沈倦侧头看着她。

林语惊倾身去摸茶几上的打火机，一声轻响，火光明明灭灭。她咬着烟凑过去，猩红一闪，点燃。

温暖、细小的火光在细密的长睫上打了一圈的光。

"你没跟你家里人说吗？关于他的事。"林语惊问。

"没有，"沈倦直直盯着她，说，"没证据的事，怎么说？"

林语惊将打火机丢回到茶几上，身体往后靠了靠，微扬着下巴吐了个烟圈，犹豫道："沈倦，我觉得聂星河这个人——"

是不是有自残倾向？林语惊顿了顿，还是没说出口。

聂星河的反应很快，她在手碰到他衣领的一瞬间，他就已经做出了反应，而且力气不小，不是真的像他看起来那样毫无还手之力，甚至很有可能危险性很高。

不造成伤害的精神病人，法律对他们的保护是病人自愿入院，但是如果有证据能证明他有自残倾向，或者已经有直接伤害到自身或者他人的行为，那他就可以被强制送进精神病院里去。

但这也完全是她的猜测，沈倦开学以后会非常忙，学业和容怀那边，他两边都要跑，林语惊不想再让他分心。

林语惊回神，点点头："他确实是有病。"

沈倦没说话，看着她。她思考问题的时候会习惯性地歪着头皱眉，偶尔咬下嘴唇。

这烟是蒋寒留下的，劲很猛，她这个动作自然流畅又熟练，眉头都没皱一下。

沈倦抽走了她指间的烟，掐了丢进烟灰缸，侧身压下去，低问："你背着我还学会什么了？"

他这问题问得没头没脑，林语惊有些茫然："嗯？"

沈倦眯眼："单手解个皮带、抽个烟，小林老师现在好像都游刃有余？"

林语惊反应过来："啊……"

她眨眨眼："没什么瘾的，就偶尔，烦的时候。"

沈倦沉沉地看着她，半晌后叹了一口气："我在你面前都还得忍着，结果你自己不学好。"

"所以我跟你说，别忍，"林语惊笑了起来，"而且这怎么就是不学好了？"

"尼古丁有害身体健康，"沈倦站起身来，抬手揉了揉她的脑袋，"里面睡去吧小姑娘，不用守着我，我没夜游的习惯。"

十一过后，沈倦确实很忙，容怀让他去的是世界大学生射击锦标赛，三月中旬，沈倦有五个月的时间用来训练。

五个月的时间来找回丢了四年的东西，想要回到以前的手感那几乎是不可能的事情。他浪费掉的是最好的四年。

林语惊也忙，她们大一就开始上专业课，刚开学那段简单的东西过去，后面只会越来越难，每天在图书馆蹲到头秃。

她还有一大堆别的事情要忙，其间她给言衡打过几个电话，做了一点关于聂星河情况的咨询，又找傅明修查了查。

聂星河高中辍学后读了个职高，现在在某幼儿园当幼教，平时人际关系简单，独来独往，没有朋友，也从没和人发生过冲突。

他和父亲那头的亲戚彻底没了联系，母亲这边只剩下一个舅舅，聂星河每个月去他舅舅家两次，吃个晚饭。

他母亲家姓宁，他有个表弟，叫宁远。

林语惊有种恍然大悟的感觉："啊……"

所以宁远什么都知道，讨厌沈倦讨厌得跟什么似的，所以聂星河也知道她，甚至知道她叫林语惊。这么看来，他跟他这个表弟关系还挺好的，就是不知道这份好里面，掺着多少真心。

林语惊等了一个多星期，聂星河既然知道沈倦要回射击队以后那么着急，他一定不会轻易就放弃的。他对沈倦的执念很深，只要你过得不好我就放心了的那种，他怎么可能让沈倦踏踏实实地回去训练。

聂星河不会放过沈倦的，聂星河自由一天，林语惊就放心不下一天。

于是，林语惊努力又积极地变成了一朵交际花，让李林把她拉进了八中的年级群里。

千人大群里头，哪个班的人都有，林语惊还特地观察了一下，宁远也在里面。她披着个小马甲，顶着王一扬的名字在群里散布了一堆"沈倦训练的时候真帅，老子要弯了"的发言，在群里所有人惊恐的反应中等到了十月中旬，沈倦的训练在经过一个礼拜的调整以后逐渐步入正轨后，她等到了一个陌生号码打来的电话。

聂星河终于忍不住了。

林语惊起身，跟旁边的顾夏比了个手势，走出图书馆接电话。

A市的十月，下午这阵还骄阳似火，势头虽不比夏天，但站时间久了也晒得慌。

林语惊走到图书馆侧身背阴的地方，接起来以后主动"喂"了一声。

"您好，哪位？"她声音平稳而礼貌。

那边安静了片刻，自报家门："你好，我是聂星河。"

听着他的声音，林语惊实在是没办法把他这个人和他做的事联系到一起。

她沉默了片刻，把握着这个时候应该用什么语气说话，她低声说："你还敢找我？"

"我想跟你聊聊。"聂星河说。

"我劝你别白费力气了，沈倦现在没空理你，我也没有，我跟你没什么好聊的，他以前没打死你是你命大，你最好哪儿来的回哪儿去，别打听他，别好奇。沈倦的事我一件也不会告诉你，你也别想从我这儿知道什么。"林语惊冷声说，"你如果再敢出现，我见你一次揍你一次。"

"我当然不好奇他的事，他的事没有我不知道的，"聂星河幽幽道，"但你也不好奇吗？"

林语惊没说话。

"他以前的事情你不好奇，那关于你的呢？"聂星河说，"你高中走了以后，你不好奇他为什么没去找你？"

林语惊一顿。

"你高考为了他留在A市，你来A大找他，他就在了。你能来找他，他为什么不能去帝都找你？"

林语惊的声音彻底冷了下来："你到底想说什么？"

聂星河笑着说："如果你对他来说真的有那么重要，他应该也会不顾一切离开这儿到帝都去才对。"

林语惊没再说话。

聂星河的声音温和："如果你现在想听了，我们可以见面聊。"

林语惊看了一眼时间，下午三点。

她深吸了一口气："好，A大见吧。"

林语惊挂了电话，回到图书馆里收拾东西，跟顾夏打了一声招呼。

顾夏正看着书，没抬头，只问："位置用帮你占着吗？"

"不用，我不回来了。"林语惊拍了拍她的肩膀。

林语惊的声音有点飘，顾夏抬起头来："嗯，好。"

林语惊背着包出了图书馆，她跟聂星河约在了北门，A大正门是南门，北门那边比较偏，又要绕路，一般没什么人走。

她不紧不慢地走过去，到的时候聂星河还没来，林语惊等了十几分钟，才看见他人。

他穿了件薄外套，里面是很普通的白衬衫，看起来一米七出头的个子，很瘦，长相无害，甚至是第一眼见到他，就让人对他产生亲和力的一个人。

林语惊一想到这样的一个人现在在幼儿园里工作，就一阵毛骨悚然。

她面无表情地看着他走过来，聂星河和她截然相反，甚至看起来心情很好："要喝点东西吗？"

"不用，就这么说吧。"林语惊扬扬下巴，半句废话都不想跟他多说。

她看了一圈，往前走了一段，这片是学校里的荒地，平时都没人会过来，杂草丛生，一片安静。

林语惊走到一块空地，四下无人。她停下脚步，倚靠在树下看着他，聂星河跟着走了过来。

他思考了几秒，还没开口，林语惊率先道："这边没人来，说吧，你找我想干什么、想说什么、什么目的？"

林语惊顿了顿，说："我事先说明，我看你很不爽，你说的话不会对我和沈倦之间的关系造成任何影响，我之所以会来……"她抿了抿唇，没说下去，似乎是找不到什么理由。

聂星河抬起头来，笑道："当然，我只陈述事实，怎么判断是你自己的事情，我没办法控制你的想法，我还是那句话……"

聂星河说："你应该是个聪明人，我之前说的那个问题，你真的从来没想过吗？"

林语惊没说话，手插在口袋里听着，表情有些动摇。

聂星河注意到后，继续道："我确实讨厌沈倦，所以我想让你知道沈倦是怎么样的一个人，他没心肝的，你看不出来吗？"

他淡然道："你当时如果没回来找他，你们就没有以后了，他不会为了你放弃什么的。"

聂星河很久都没有心情这么好过了。他说的话，一定给林语惊带来了影响。没有人会在听完这些以后半点都不怀疑，甚至林语惊之前肯定也想过这个问题。

如果我不回来找你，我们是不是就没有以后了。

人们最怕的，就是一段感情里付出和收获不成正比，我付出的感情要比你多，或者你其实根本没那么在乎我，你可以为了很多东西放弃我。

他在暗示林语惊，在沈倦那里，她是可以被放弃的那个。

只是这种程度，还不够，远远不够。

"他舅舅的事情，他应该跟你说过了。"

林语惊一顿，抬起眼来，表情看起来有些犹豫："他也不肯跟我说太多，我也……不太了解，他只说不是他的错。"

"当然不是他的错，沈倦怎么可能会做错。"聂星河嘲弄地一笑，"他舅舅很疼他，最好的全都留给他，所有的都给他，把他当成自己的亲生儿子一样对他。可他呢，他接受得太理所当然了。"

"他甚至没想过，这样的好，他是不是需要去回报，他想干什么就干什么，想怎么样就怎么样，他从来没考虑过洛清河的心情。"

"沈倦不知道他病了，不知道他在吃药，不知道他心情好不好，"聂星河声音很轻，"沈倦不知道的事情我全知道，他说走就走了，凭什么还能什么都有？"

"他们是血亲啊，"林语惊看着他，很慢地说，"舅舅对外甥好，这是理所当然的事情，你一个没有血缘关系的陌生人，又凭什么管别人的家事？"

聂星河像是被她的话戳中了哪根神经，声音倏地拔高："哪有什么好是理所当然的！"

他直勾勾地看着她，眼神没了聚焦："连父母都不可能理所当然地对你好，没有这种好事，这种好事不能有。"

"这个世界上没有理所当然的好，谁对我好，我就对谁好，我对他好，他怎么能不回报我？"聂星河看着她，眼睛发红，"他必须回报我，难道不该是这样？本来就应该是这样，他做错了，我可以纠正回来。"

林语惊没出声。

他的情绪有些失控，大概自己也意识到了，没有再说话，深吸了一口气，闭上眼睛。

林语惊等的就是他失控，连忙道："但沈倦现在什么都有了，你有什么？他读了好的大学，回到队里继续训练，你的存在没对他造成任何影响，你没发现吗？"

聂星河睁开眼睛。

林语惊靠在树上，视线扫过他的手，他的右手虎口处缠了一圈很厚的纱布。

一个礼拜前还没有。

"你以前没拥有过的，现在依然没有，以后也不会有。"

"闭嘴……"

林语惊看着他，继续道："沈倦不一样，他天生就比你幸运。他总是能得到你无论多么想要都得不到的东西，是不是？他有完整的家庭、对他很好的舅舅，他轻而易举就什么都有了，是不是？你也想让他痛苦，让他尝尝什么都没有的滋味，对吧？"

聂星河咬着牙，左手抓着右手虎口，开始无意识地一下一下抠，拉着拇指用力向上掰，鲜红的血缓慢渗透雪白的纱布，看起来触目惊心。

林语惊下意识往后退了退，背顶着树干。她算了一下时间，手伸进口袋里，捏着手机。

聂星河忽然停下了动作，烦躁地把手上的纱布扯掉了。

伤口露了出来，他的虎口处被直接豁开，只连着掌心薄薄的一层皮，崭新的、血肉模糊的，甚至隐隐露出骨肉肌理。

聂星河垂手，抬起头来，略微歪了歪脑袋，忽然说："你知道沈倦在知道洛清河自杀的时候是什么反应吗？"

林语惊头皮发麻，凉意顺着后颈直往上蹿，像阴风在身体里刮过。

"他当时的那个表情，我太喜欢了，"他勾起唇角，露出了一个愉悦的表情，一步一步、不紧不慢地朝她走过来，眼神安静，"你觉得这种事情如果再发生一次，沈倦会不会直接就疯了？"

沈倦到Ａ大北门的时候，门口一片热闹。不少学生围着在往那边看，警车停在校门外。

林语惊坐在地上，和一个警察说话。

他训练到一半，顾夏忽然急匆匆地闯进来，拿着个手机，上面显示着通话中、免提模式和正在录音，并且从里面传出熟悉的说话声。

沈倦瞬间僵住。

顾夏气喘吁吁地慌忙道："林语惊之前让我别找你，她说她有分寸，但是我感觉……不太对……"

沈倦都没听完，直接冲出了门："哪儿？"

"她开了定位！"顾夏说，"在学校北门那边！"

直到看见林语惊，沈倦的脑子都是空的。他半蒙着无视了旁边警察的阻止，大步走过去。

林语惊听见声音抬起头来，看见他以后愣了愣，没站起来。

沈倦走到她面前停住。

林语惊的左腿上有一道口子，边缘平滑、深而长，鲜红的血不停地往外淌，牛仔裤被染红了一片。

沈倦所有的意识回笼。

他身上还穿着Ａ大射击队的队服，后背的衣服被冷汗浸得湿透，耳朵里有声音在嗡嗡响，指尖冰凉僵硬。

林语惊嘴唇发白，眨了眨眼："你怎么来了？"

沈倦张了张嘴，没发出声音。

旁边的警察看了他一眼，也明白过来了："哎，家属来了就搭把手，先止血，我们这儿急着呢，"他说着，对另一边的一个警察摆摆手，"挺严重的，先送医院吧。"

林语惊此时也明白过来了，瞥了一眼人群里的顾夏。

顾夏这会儿也顾不上别的了，皱着眉看她，满脸的担忧。

林语惊叹了一口气，侧过头来，仰头看沈倦，悄悄伸手过去，安抚地捏了捏他的手，低声说："我一会儿要去个医院，你跟我去吗？"

沈倦缓慢开口，声音沙哑："去。"

林语惊的这个伤口深长，在医院的时候小姑娘疼得眼圈通红，嘴唇都没颜色了，问的第一句话还是："这个会留疤吗？"

估计医生也见多了这样的情况，冷酷无情地说："你这种肯定会有，"他看了她一眼，看见小姑娘蔫巴巴的样子，顿了顿，补充，"不过还得要看你是不是疤痕体质，皮肤合不合，也有可能不留。"

一听就是善意的谎言。

林语惊眉眼耷拉着，无精打采地说了声"谢谢"。

林语惊什么都没告诉沈倦，默默把全部都准备好了。

她没证据证明聂星河有精神问题和自残行为，要想让他强制入院，他就必须得有暴力行为，伤害到别人，危害到他人生命安全。

她提前跟顾夏打好招呼，交代了地点，手机开了定位。

她还特地给聂星河准备了一个没人的地方，表现出了对沈倦不信任的态度，他慢慢放松下来，进入到自己的情绪里。

林语惊甚至考虑到自己可能打不过他，揣了根电击棒，还认真地思考过要不要在附近草堆里安排几个人什么的。但后来还是放弃了，因为她需要聂星河对她造成实质伤害。

结果没想到这人真的是不负她所望，他随身带着刀，这是什么变态？

风险是一定存在的，但当时林语惊顾不上那么多。

在聂星河这个疯子再次出现在沈倦的世界里以后，她简直不安到了焦躁的地步，没时间再去思考更多，她甚至想过跟林芷说这件事，向林芷求助，不过想想都觉得不可能。

林语惊也没想到的是，第一个来看她的人竟然是傅明修。

傅少爷看起来要气疯了，站在门口指着林语惊的鼻子一顿痛骂，最后骂骂咧咧地开始打电话找关系，告诉她这件事她不用管了。

言衡第二天从怀城来 A 市，托了一堆朋友，聂星河的心理诊断很快出来。

其实都不需要言衡，聂星河浑身上下全是伤，有的是崭新的，有的已经很陈旧了，他一旦没有办法控制住情绪，就会用自残来强迫自己冷静下来，找回理智。

聂星河自残行为严重，实施危害公民人身安全的暴力行为，且经过法定程序鉴定，属不负刑事责任的精神障碍患者，强制入院接受治疗。

傅明修靠着墙冷笑："接受治疗？老子让他在里面养个老。"

林语惊眨巴着眼，十分狗腿地看着他："哥，你好帅哦。"

傅明修现在一看见她就来气，指着她鼻子又开始骂："你别跟我说话，谁是你哥？这么大事你不跟我说，你自己做什么主？我真是这辈子没见过你这样的人，看着蔫了吧唧的什么事都敢干，就你有主意？"

林语惊："……"

林语惊当时真的没想到傅明修这个人。

然后，不只聂星河，她自己也跟着被强制住院了。

她跟学校里请了假，沈倦天天寸步不离地守着，林语惊怎么劝都没用。

晚上傅明修回去，沈倦沉默地坐在病床前，头靠着墙看着她，一言不发。

林语惊侧着头，白天的时候人多，这会儿就他们俩，林语惊很难过地撇撇嘴："沈倦，医生说这个会留疤，我的腿以后都不美了。"

沈倦没说话，弯腰凑过来，拉着她的手亲了亲指尖。

林语惊看着他，她刚吃了止痛片，这会药劲还没过去，她也不觉得疼，还挺精神："你是不是特别想发火？"

沈倦声音沙哑："嗯。"

"憋了好久了吧？"

"嗯。"

林语惊的手指被他凑到唇边，她就轻轻戳了戳他的嘴唇："我也不是故意不告诉你，我要是跟你说了，你肯定不让。"

沈倦没说话，眼睛发红。林语惊叹了一口气，抬手揉了下他的脑袋，像他无数次对她做的那样，轻声说："没事了，小林老师保护你。"

后续的事情除非必要，林语惊都没怎么出面。

她跟顾夏通着电话，又让她把通话内容录了音，这样她有危险的话，顾夏也会第一时间知道，录音内容也不会出什么差错，相对安全一些。

沈倦将备份的录音从头听到尾。

在听见前面聂星河的质疑，说着"他不会为了你放弃什么"的时候，顾夏下意识地抬头，看了沈倦一眼。

沈状元始终沉默，头靠着墙站着，视线长久地盯着墙角某处，一动不动。

顾夏忍不住感慨，觉得林语惊有的时候真的很牛。

至少她当时，在隔着手机听见聂星河说这些话的时候，是动摇了的。

就像聂星河说的，这个问题林语惊一定会想，一定想过，她根本没有办法不在意，没有办法不去想为什么。

她想问问沈倦为什么，可又看了一眼一脸平静淡定的林语惊，最后还是没问。

人家两个人的事，中间肯定有很多别人不知道的情况，她一个外人管什么。

女孩子的想法比较细腻，男人就不一样了，不会想那么多。傅明修听完录音，对沈倦的印象简直差到了极点。

如果他是林语惊的亲哥，他是无论如何也不会同意她跟这样的人在一起。

林语惊是不是瞎？

这么一个从高中开始就对她不好、不珍惜她，天天半夜叫她出去还不送回家，分开以后还不主动追回来，等着她找回来，还让她受伤的男人——除了长得帅点，到底还有什么好？？？

傅明修肺都快气炸了。

傅明修听不下去了，皱着眉摆了摆手："行了行了，一个破录音有什么好听的？警察局里听了三遍了。"

莫名被噎了的顾夏："……"

"那疯子之前待的那个幼儿园已经停办了，这园长估计肠子都悔青了，弄进来个精神病，家长全在施压，"傅明修说，"据说这人在那个幼儿园人缘还很好，小孩都喜欢他。"

林语惊点点头："他长得就是小朋友喜欢的类型。"

"既然走了法律正规程序让他强制入院，后面就好办很多了。"傅明修说着，瞥了沈倦一眼。

他对沈倦印象差归差，但是这人办起事情来效率还是挺高的，默不作声地把所有事情都在他前面就安排好了："还有言什么来着，就你那个心理医生。"

沈倦在听到这四个字的时候终于有了反应，倏地抬了抬眼。

傅明修继续道："他说这种情况基本上不会有什么治疗效果，太晚了，基本上就相当于一个终身隔离监禁。"

顾夏撇了撇嘴："真是便宜他了……"

林语惊说："所以我准备以后隔三岔五地给他寄点照片、录像什么的，标题和内容我都想好了。"

就叫《沈倦的幸福生活》，主要记录沈状元的训练和读书日常、优秀的精彩瞬间，然后做个锦集什么的。

沈倦以后要是得个什么奖，在学校里拿个什么奖学金之类的，那肯定也得让聂星河知道。

结婚也得给他发个喜帖，再寄两盒喜糖。

生孩子满月酒不能落下吧？

孩子上小学、初中、高中、大学、结婚、生子那都得让他知道！

林语惊思虑周全，想得很周到，她已经为八百年后的事情做了充分的准备和脑补。

她一边想着，一边看了一眼站在旁边的沈倦。

她其实不是很想在沈倦面前一遍一遍地反复提起聂星河，但是有些事还是得说。

傅明修几个人又待了一会儿才走，沈倦从始至终一直是那个姿势站在那儿，动都没怎么动过。

林语惊清了清嗓子。

沈倦看过来，走到床边，问道："怎么了？"

林语惊有点无奈。

沈倦如果跟她摆个冷脸，或者像傅明修那样直接发一通火，她都能应对。

但是他不，他就这么憋着，既不发火也不骂她，每天就什么都不说，这么沉默着，他自己憋得不难受，林语惊可觉得太难受了。

林语惊叹了口气，仰着脑袋看着他："你别憋着了，想发火干脆就发出来，你天天这样，弄得我心情也不怎么好了。"

沈倦坐在床边看着她，声音有些低哑："我不知道怎么说。"

一直以来，沈倦对聂星河的态度甚至可以说是逃避的。

尽管他可以告诉自己他不欠谁的，也没做错过什么，但是事实就是事实，发生了就是发生了。

他没错，不代表他可以把自己从里面择出来、撇清关系。

沈倦根本想都没想到，林语惊会做出这样的事情。

当初那个不断退缩着的小姑娘，现在在他捂着眼的时候，带着满腔的孤勇挡在他的面前，帮他扫清了荆棘前路，然后温柔地握着他的手，说我来保护你。

沈倦一想到她当时的情形，就一阵后怕，浑身僵硬发冷，脑子连着身体一瞬间全都空了。

她那么好，应该要被他保护着的。

可现在他却伤害到了她。

沈倦想一辈子对她好，把自己所有的都给她，现在他什么都没能做到，却先给她带来了伤害。

沈倦闭了闭眼，倾身靠过去，伸手将她揽进怀里抱着，动作轻柔，犹豫着，小心翼翼的。

他觉得自己连抱她的资格都没有，触碰都胆怯。

林语惊将额头抵着他的锁骨，感受到他的手覆在她的颈后，指尖冰凉，有些抖。

她伸手环住了他的腰，安抚似的拍了拍他的背。

沈倦微弓着身，头埋在她的颈间，忽然叫她："林语惊。"

林语惊应了一声。

"我也不是无所不能。"沈倦说。

他声音压得很低，有些模糊不清。

林语惊怔了怔。

"所以你以后别再这样。"他语速很慢，每一个字的发音都很艰难，"万一你……，你让我怎么办？"

林语惊抓着他后背的手指紧了紧。

沈倦抬起头来，额头碰了碰她的额头，又分开。

他低垂着眼，眼睛发红，近乎乞求地看着她，哑声说："林语惊，你不能这样对我。"

我也不是无所不能的。

——我不能没有你。

他没说出口的话，她大概听懂了。

林语惊心里蓦地一酸。

她将手臂抽出来，勾着他的脖子拉下，然后仰起头来，吻上他的唇。

他的唇瓣冰凉，也不知道在想什么，没有反应。

林语惊软软的舌尖一点一点地蹭着他的唇缝，勾引了他好半天，这人也没什么动作，只是亲亲她的唇，下意识地抱着她往后仰了仰，调整了一下姿势，让她亲得更舒服点。

林语惊恼了，拉开了一点距离，瞪着他，没好气地说："接吻您会吗？得伸舌头。"

沈倦沉默地摸了摸她的头发，手指穿过后脑发间，压着她垂头吻下去，他含着唇瓣，扫过牙间向里，一寸一寸地探索，动作细腻而绵长。

良久，沈倦放开她，拇指的指尖缓慢蹭过她沾着液体的唇瓣，低声道："这样吗？"

林语惊红着耳朵挣了一下。

她大腿上有伤，这一下动作幅度有点大，拉动着腿上的肌肉扯到了伤口，疼得她倒吸了一口凉气，整个人都僵住了。

沈倦顿了下，也反应过来，抿了抿唇。

林语惊不想显得自己太娇气，她缓了一会儿，两只手撑着床，若无其事地往后坐了坐，靠在床头，想跟他聊点别的分散一下注意力。

结果沈倦先开了口："聂星河说的那件事，我不知道你会在意，"他顿了顿，似乎不知道该怎么说，微微皱了一下眉，"我没想过这个。"

林语惊反应了几秒才意识到他说的是什么，愣了愣，"啊"了一声。

林语惊其实也没想过这个问题。

沈倦主动去帝都找她这件事，她根本想都没想过，也没考虑过这种可能。

就像言衡说的，沈倦一直拽着她、追着他，也会累的。

不过既然他这么说了，那么顺着杆子往上爬这种事，林语惊最会了。

她看着沈倦，想了想，问道："那你当时，想没想过要去找我？"

沈倦看了她一眼，坐进床边的椅子里："没有。"

林语惊："？"

朋友，你也太实在了！

你这个回答真是诚实又干脆啊！

这是一种很神奇的感觉，本来不在意的事，被人这么干净利落地否定，反而真让人有点不爽了。

林语惊面无表情地看着他，声音很危险："那如果我真的回帝都了，你也不来找我吗？"

沈倦身子往后靠了靠，手臂搭在椅子的扶手上撑着脑袋，声音有点懒："你觉得可能吗？"

林语惊眯了眯眼："我本来没想过，现在怎么觉得好像非常有可能呢。"

小姑娘负伤也不影响她参毛，看着好像下一秒就能蹦起来揍他一顿。

沈倦有点想笑，又怕她乱动再扯着伤口，把自己疼得眼泪汪汪的还死咬着牙不说。

林语惊就这点，无论怎么问她都说不疼，高中运动会那会儿也是。

沈倦坐直了身子，靠着床边探过身去，抬手摸了摸她的脑袋，给她顺毛。

林语惊啪的一下把他的手打开了。

沈倦也不恼，垂眸看着她，不紧不慢地说："林语惊，我不在乎是不是要追着你，我可以追着你一辈子，但是我们俩的关系不应该是这样的。"

"我不知道我这样说你能不能明白，我一直扯着你，你一直推着我，这样没意思，"沈倦耐着性子解释，"我可以让你离开一会儿，给你时间，但我希望你能自己回来，你得也愿意抓着我。"

林语惊愣了愣。

言衡说，只有你也愿意朝他走过去的时候，你们俩才能开始平等地相爱。

沈倦像是想起了什么，垂下头，忽然笑了一下："所以，虽然你给我留下了一首看起来像是要生离死别的词，我还是想赌一把，赌我的小鲸鱼会不会自己游回来。"

林语惊眨眨眼："那我如果不游回来呢？"

沈倦扬眉："那就抓回来，你偷了我的东西，想往哪儿跑？"

林语惊一瞬间就来劲了："我偷你什么了？你的心吗？"

她脱口而出，毫不犹豫地嘲笑他，"沈倦，你这情话是不是太土了点？"

此时此刻，她觉得自己终于占据了一点点的主动权。

沈倦顿了顿，似笑非笑地看着她说："我说的是，我的书。"

林语惊："……"

林语惊尴尬得想钻到地底下去，想问问他你为什么不按照套路出牌。

她仿佛在沈倦的脸上看见了七个大字。

——你自作多情什么！

第二十九章
我的少年带着光

沈倦对他这本书执念之深，是林语惊万万没想到的。

不过想想也不是不能理解，毕竟这人是懒到连卷子大题都不愿意多写两个字，却愿意在他的每本书上都签上自己的名字的，他大概对这种"属于我"的东西，会特别在意。

但是这并不影响她生气。

林语惊简直服了，不想再搭理他，翻身捂上被子准备睡觉。

她这几天始终没怎么睡好，伤口不吃止痛片就一蹦一蹦地疼，她睡不着，沈倦就这么陪着她，捏捏她的手，拍拍她的背，帮她分散注意力。

这会儿小姑娘睡得香，沈倦脸上的笑也淡了下来。

他靠在椅子里，安静地看着她。她浓密的睫毛覆盖下来，嘴唇抿着，微皱着眉。

沈倦抬手，指尖落在她皱起的眉心，动作温柔地、从上往下地揉了揉。他低低叹了口气，垂头亲了亲她毛茸茸的睫毛："傻子。"

林语惊这小丫头，平时看着心眼多得不行，有的时候是真傻。

他怎么可能不想去找她。他每天都发了疯似的想去找她。

沈倦从国外回来以后，很长的一段时间里，他都不知道自己在干些什么。

他活了快二十年，没坚持过什么，也没能守住什么，更没成功保护得了谁，好不容易遇见一个喜欢的人，也被他给弄丢了。

没见过活得这么失败的人。

就这么浑浑噩噩地不知道过了多久，他去了怀城。

他想知道林语惊去了哪儿并不算难，怀城一中是全封闭式的管理模式，沈倦那天靠着一中校外的围墙，蹲在墙边抽光了一盒烟。

下课铃声响起，高高的墙后渐渐有学生说话的声音。

沈倦当时在想，这些声音里是不是也有一个是属于她的，夹在千百道声音之中，声线是轻软的、不紧不慢的。

她是不是有了新的同桌，他们下课是不是也会聊天，她有求于他的时候是不是也会撒娇似的哄人，然后没说两句又不耐烦地冷下脸？

她一向没什么耐心，不知道能不能坚持到高考以后，能不能还记得他。

沈倦觉得自己像个神经病，明知道见不到她，却依然在和她一墙之隔的地方，想着她没有他的新生活里的每一个细节。

上课铃声响起，墙那头从吵闹重新回归到寂静。

沈倦吸了最后一口烟，掐灭，然后站起身来。

再等等吧。没有什么不能等的。

他有耐心，也有时间，她说她会回来，他就信她。

她自己走向他，和他把她绑回来，这两者之间的意义完全不一样。反正她也跑不掉，闯都闯进来了，倦爷的地盘哪儿是说来就来、想走就能走的。

这些话他都没法跟林语惊说。

沈倦多少也是有那么一点大男子主义的，他不想让林语惊觉得他脆弱又矫情。他是个男人，有些话能说，有些话就是要放在心里的。

林语惊腿上的伤说严重也没严重到伤筋动骨的地步，就是皮外伤，十几天后可以拆线。不留疤是不可能的，不过她皮肤天生就合，恢复得挺好，医生也说养得好再配合用消痕的药膏以后不会明显。

就是伤口的位置比较特殊，动的时候很容易扯到。

生日是来不及出院过了，最终她的十八岁生日是在医院里过的。

出院的那天，沈倦再次见到了言衡。

顾夏在里头帮林语惊收拾东西，沈倦靠在病房门外等了一会儿。

言衡走出来后，沈倦直了直身子，看着他。

言衡笑了笑："我知道你在等我，想聊聊？"

沈倦没说话。

言衡微微侧了侧头，他四十多岁，保养得极好，几乎看不出什么岁月的痕迹，气质成熟而温和。

他想了下，问道："林语惊跟你说过吗？她之前的情况。"

沈倦顿了顿，眸色晦暗："没有。"

"那我也要保护我的病人的隐私，"言衡耐心说，"她既然没有跟你说，我恐怕也不能告诉你什么。"

虽然他之前已经有了猜测，但在听到言衡亲口承认，听到"我的病人"四个字的时候，沈倦整个人还是有点僵。

言衡始终看着他，眼神温和而犀利，半响，他叹了一口气。

"这些是我作为她的心理医生能给你的答案，但是我也有私心，我很喜欢那孩子，"言衡温声说，"作为她的长辈和朋友，有些事情，我还是想让你知道。"

沈倦没说话。好半天，他"嗯"了一声，声音有些哑："您说。"

"林语惊去怀城一段时间以后出现了一点点轻度抑郁的前兆。"

沈倦的手指无意识地缩了缩，指尖掐进掌心。

"她妈妈那时候带她到我。因为发现比较及时，她本人很明白自己的情况，也比较配合，吃了一段时间的药，又调整了一年，现在基本上没什么影响。

"其实你应该已经发现了，她有时候想事情的角度比较负面，而且习惯性逃避，这种问题不是一天两天造成的，她以前的很多思想，包括对爱情和亲情都是非常消极的。她很固执，很多她认定了的事情，你没办法打破她的思维误区。"

言衡看着他："所以在我知道你的存在，知道她为了你想要去改变、去修正自己某些偏执的想法的时候，我就非常好奇你是一个什么样的人。"

……

言衡说了很多，他语速不急不缓，像是在娓娓道来地讲述一个故事。

沈倦倚靠着墙，近乎自虐地仔细听他说那些细节和过程，一字一句像是一刀一刀剜在他的心上。

他忽然想起之前，他在病房里提起聂星河说的那件事时，林语惊那种茫然的反应。

她根本没觉得沈倦会主动去找她。

她一个人扛了这么多年，早就习惯了做事情不依靠任何人，她不会求助、不会依赖，也不会把希望寄托在别人身上。在林语惊的世界里，不存在"谁会为了她牺牲些什么"这种可能。

所以她没有抱怨，没有怀疑，甚至没有考虑过沈倦会不会去找她。

因为没人对她好过，所以她想不到，如果有一个人全心全意地对她好，那她应该是什么样子。

他在国外的时候，林语惊给他打过一个电话。那个电话没打通时，她心里该有多么不安，多么胆怯，多么想逃避、放弃、退缩。

但她还是来了。主动地、努力地去找他，接近他，跟他认错道歉，哄他和好。

那个时候，她甚至心里可能都不确定，他是不是还喜欢她。

在想到这一点的时候，沈倦觉得身体里的最后一点血液都被人抽干了。

他当时竟然跟她发了火，他被一堆事情压着，他等得憋屈、他愤怒、他委屈，却没想过林语惊这一年多是克服了什么才走到这里。这个在他看来无比简单的过程中，她到底需要下定多大的决心。

他的小鲸鱼，那么努力地、拼命地朝他游回来。

言衡全部说完，看了他一眼，没再说话。

这边全都是 VIP 病房，走廊里没什么人，安静无声。

一片寂静里，沈倦靠在墙上，微仰了仰头，闭上了眼睛。

林语惊出院以后没回学校，寝室是上床下桌，上上下下的不怎么方便，沈倦在学校附近找了个公寓小区。

A 大这边地段不错，公寓楼也没有便宜的，沈老板大概挑了个最好的。

沈倦开着车，车子划卡进去。林语惊看这小区的绿化设计，感觉不比傅家那边的别墅区差多少，估计晚上灯一开，也能办个灯光艺术节。

车子停进停车场，沈倦要抱她，被林语惊拒绝了，就这么几步路，她又不是残废了。

林语惊慢吞吞地下了车，看着他从车里拿出东西来，两个人上了电梯后，她忍不住看了沈倦一眼。

这人沉默得有点不太对劲，林语惊形容不出来那种感觉，反正就是不对劲。

电梯门打开，一层两户，玄关门开在电梯背后，隐秘感极强的设计，林语惊跟着沈倦走到左边那户，看着他刷指纹，又摁了密码。

密码是她的生日。

林语惊眨眨眼，走了进去，沈倦跟在她的后面，回手关上门。

她是非常注重个人形象的人，出院也得穿得美美的，还特地让顾夏从寝室里拿了双之前新买的 D 家小皮靴。

还没等她反应过来，沈倦已经蹲下，帮她解开鞋带、脱了鞋，又套上拖鞋。

一直到这儿，都还挺正常的。

林语惊换了鞋，进屋看了一圈，还没等看清这房子是个什么格局，刚转了个身，就感觉到沈倦拉着她转了回来，然后垂头吻下来。

林语惊都没反应过来。

他这动作突然，她本来以为他亲得会很凶，结果没有。

沈倦含着她温柔地舔舐，一点一点地缠绕，明明就是接个吻，动作却细腻、缓慢得让林语惊莫名觉得有些羞耻。

林语惊红着耳朵往后缩了缩，推着他拉开一点距离，仰起头来。

一对上他的眼睛，林语惊就愣了愣，她抬起手来拽他的袖子："你怎么了……"

沈倦捂住她的眼睛，沉默地再次吻上来。

黑暗里，林语惊听见他们唇舌缠绕的声音。他的呼吸，他的颤抖，他的指腹、掌心贴着她的眼皮，触感全是凉的。

"沈倦……"林语惊有点不安，费力地在亲吻中叫他，他没听见似的，含糊的声音全被他含住。

她没办法，只能拽着他的袖子，喘息着含糊开口："哥哥，哥哥，腿疼……"

沈倦的动作戛然而止。他的心脏像是被一只冰凉的手紧紧攥住，一抽一抽地疼。

他小心地把她抱起来，走进卧室，放在床上。

林语惊撑着身子坐起来，沈倦拉了枕头立在床头，她坐在床上看着他，舔了下被亲得发麻的嘴唇，有点愣："你到底怎么了？"

沈倦坐在床边，长久地看着她，终于开口："我很后悔……"

他俯身，轻轻地亲了亲她的眼睛，小心而虔诚地触碰，声音干涩、沙哑："林语惊，我对你不好。"

林语惊敏感地察觉到了事情的不对劲。

沈倦身上这种极端压抑的、低沉的情绪让她莫名其妙的同时，还觉得有点不安，总觉得这人好像对她有点……愧疚，或是沉痛？

林语惊往后靠了靠，靠着柔软的枕头，眼睛一眯："沈倦，你跟我实话实说。"

"……"沈倦抬起头来，抿着唇，眸色沉沉。

他的情绪还在地表以下压着，眼看着就要沉进地心里了，没太反应过来她在说什么。

林语惊看着他："你是不是出轨了？"

沈倦有一瞬间的茫然："嗯？"

"咱们敞开天窗说亮话，我不揍你，"林语惊的表情很平静，"你是不是在医院里看中哪个漂亮小护士了？"

沈倦："……"

沈倦反应过来了，不断下沉着的心情就这么被她一把给兜住了，不上不下地卡在那儿，有些复杂。

他沉默了片刻，说："没有。"

林语惊没听见似的，喃喃道："怪不得你天天往医院跑得那么勤快，我还得天天被小唐僧叫魂儿似的问你什么时候回去训练，原来是医院里有妖精勾着你呢。"

沈倦叹了一口气，单手捂着眼睛搓了搓，缓了一会儿神后，努力让自

第二十九章 我的少年带着光 237

己调整了一下情绪。

调整到了一半，他忽然笑了出来，叹息似的一声笑。

林语惊瞪着他。

沈倦拉着她的手，把她拉进怀里抱着，他调整了一下坐姿，下巴搁在她的脑袋上，蹭了蹭，问："还疼吗？"

林语惊没反应过来他问的是什么，迷茫仰头："嗯？"

沈倦下巴往后挪了下，亲了下她的头发："不是腿疼吗？"

她这伤都已经拆线了，其实早不疼了，但沈倦刚刚的状态太吓人，跟被魇着了似的，林语惊没辙，就随口扯了一句。

他当时估计都没过脑子，下意识地就停了，这会儿应该也明白过来了。

林语惊往前欠了欠身，躲他："我觉得，你这个话问得很没有意思。"

沈倦笑了一声。

林语惊侧了侧头，往前蹭了蹭："你不要转移话题啊，你到底做了什么对不起我的事了？我怎么感觉你刚才下一秒好像就要给我跪下了呢？"

沈倦从后面抱着她，把她拦腰拖回来，让她靠在他的怀里："我就是觉得自己太畜生了，对你不好，让你伤着了。"

他的声音悬在她的头顶，很沉哑："林语惊，谢谢你回来。"

林语惊愣了愣。无论是动手还是动嘴，随时都能一个打五个的林语惊，在这一刻竟然有些语塞，不知道该说些什么好。

她一向不太擅长面对这种情况，安静了好一会儿，只小声说了一句："我觉得你对我好……"

这一句话，让沈倦心软得跟什么一样。

她怎么能这么招人疼，那么轻易就能被满足，让人觉得怎么疼她都不够。

"那不算好。"他低声道。

"那怎么算好？我要买包，"林语惊说，"我想买一个新的包，你给我买。"

沈倦没犹豫："嗯。"

"我还要买表，你给我买块表，J家的那个新款的手表。"林语惊继续说。

沈倦根本不关注这些牌子，也不知道新出的那款表长什么样："买。"

林语惊顿了顿，最后道："你会烧饭吗？"

沈倦沉默了。

林语惊眨巴眼："怎么办？我也不会，那以后家里谁下厨啊？"

"我，"沈倦直接道，"我去学。"

林语惊终于乐了，仰起头来看着他，这人帅得没死角，从下往上这么毁男神的角度看他还是好看。

她抬手，指尖轻轻刮了刮他的下巴，开玩笑道："倦爷，您今儿个怎么回事啊，你想骗财还是骗色？这么疼我。"

沈倦没说话，圈着她的手臂紧了紧，高大的身躯从后面拥着她，把她整个人都小心翼翼地包裹起来。半晌，他才低声说："你跟着我，倦爷一辈子疼你。"

沈倦下午还要去训练，林语惊一个人在公寓里待着也没事情做，干脆去学校上课了，她这段时间请假，课程落下了不少。

高中的时候，学的也就那么点，落下几天的课，慢慢也就补回来了。到了大学，选修都不算，光专业课就让人头秃，图书馆从早上开门到晚上十点关门都坐满了人。

每个人每天都在往前走，只有你站在原地，那是不行的。

学霸林同学那久未谋面的危机意识终于开始冉冉升起，大学以后因为各种各样的事情确实分散掉了她不少精力，眼看着期末一步一步地逼近，林语惊觉得自己的名次可能要不保。

省第四的林同学觉得这种事她不太能忍，于是每天拖着残破的身躯，风雨无阻地去上课。

十一月眼看着就要过半，沈倦这段时间更忙，林语惊简单了解了一下，那个大学生射击锦标赛在三月，没几个月的时间了。

沈倦现在问题很多：转体不连贯，击发瞬间掉枪。神射手四年不拉弓，就算是后羿也没用，除了不停地加训练习找手感、成天泡在训练场以外没别的办法。

没什么事情是有捷径可走的，天才也不例外。

学业和训练同步进行，沈倦每天晚上回家还只能睡个沙发。

沈老板惨兮兮。

林语惊不知道沈倦这么大的公寓非得隔断全打通，还就只有一张床的原因是什么；也不知道他这段时间到底为什么半点脾气没有，把她当成女王一样地伺候着，甚至忙成这样还能偶尔抽出时间来陪她上节课。

她腿都没什么事了。沈倦这得是做了多少亏心事，才能让他脾气好成这样？

金融一班的沈状元，隔三岔五去计算机系蹭专业课这事不胫而走。知情者——比如金融一班听过状元夫人发过来的那首《无敌》的诸位，知道他是去陪女朋友的。不知情者则纷纷感叹状元就是不一样，并不满足于在经管一个院里发展。

知道人家为什么是状元了吗？！

因为人家热爱学习！人家还面向各个专业全面发展！他在学习的时候内心一定是狂野而快乐的！

热爱学习、内心应该无比快乐的沈状元，其实在来计算机系蹭第一堂课的时候心情就不是很美丽。

计算机系的男女比例让他非常、非常烦。

这个世界上为什么会存在男人这么多的专业？

他们今天来得晚，前面的位置基本已经没了，沈倦和林语惊坐在最后一排。

这教授讲课一板一眼，听着没什么劲，沈倦每天忙得连轴转，自从不怎么去工作室以后他已经很久没感受过这种时间全部被塞满，甚至不够用的感觉，陪林语惊上课的时间他就刚好用来休息。

他趴在桌子上补觉。

林语惊向来是好学生，高中的时候就是听课听得最认真的那个，一节课下课笔记记得满满的。她合上书后，前桌的一个男生转过头来跟她借笔记。

林语惊对他有点眼熟，但是一时间也想不起名字了。她这人一向没什么热情记同班同学的名字，在十班除了李林他们几个以外，剩下的同班同学她几乎都没说过几句话。

林语惊看了一眼，沈倦还没醒，随手把笔记递给前桌的男生。

男生接过来道了谢，然后拿着自己的本子转过身来。

后排的桌子比前排要高上一点儿，那男生站起来撅在那里，一边记录自己漏掉的部分，一边和她说话："之前顾夏和我说你的笔记像工艺品一样，"他笑着说，"结果你那段时间没在，等到现在我终于看见学霸的笔记了。"

林语惊那段时间住院被顾夏胡编乱造了一出抢劫案，把林语惊说成了一个路见不平、被坏人重伤的女战士，逻辑清晰、细节真实，使人热血澎湃的同时又不失正能量。

林语惊笑了笑，没说话。

男生继续道："听说你受伤了，恢复得还好吗？"

林语惊跟不熟的人一向装得有模有样，是个高冷又不失礼貌和气质的仙女："还好，本来也没多严重的。"

男生歪着脑袋抄了几笔，余光扫见旁边侧头趴在桌子上的沈倦，忍不住看了一眼，低声说："这是金融系的那个吧，省状元？"

林语惊也看了沈倦一眼，视线停留得有点久。

男生本来就是来搭讪的，正愁找不到话题，又看见林语惊盯着这大帅哥瞧了这么长时间，不过脑地压低了声音道："听说人很飘，英语才考了个第四，就在班级里拿着塑料喇叭公放《无敌》。"

林语惊："……"

男生脱口而出的瞬间就后悔了，这不是说别人坏话吗？

他真不是故意的，虽然这个好像已经是众所周知的名人事件了，应该不算坏话吧。

结果林语惊竟然笑了。

她愣了两秒，然后靠在椅子里笑。

男生一喜，觉得自己找对了方向，学霸都讨厌学霸，没准省第四就特别烦状元呢。

他干脆一咬牙，再接再厉道："我本来还以为他是来学习的，结果睡了一整节课啊。"

林语惊笑得眼泪都出来了："对啊，懒吧？猪一样的。"

在一边睡得岁月静好的沈倦动了动眼皮，睁开眼睛。

沈倦没太睡醒，眯着眼，慢吞吞地从桌子上起来，把男生吓了一跳，他声音是很小的，但是林语惊声音大，直接把沈倦给吵醒了。

猪一样的沈状元直起身来，往椅子里懒洋洋地一靠，刚被人当着面骂完，他看着好像也没生气，眼皮一耷拉，面无表情地打了个哈欠，神情困倦漠然。

哈欠打完，他长腿往前一伸，手臂搭在林语惊的椅背上，偏了偏头，看向那个看起来还没反应过来的男生。

他吊儿郎当的散漫样子，像古装剧里每天啥也不干，就往梨木雕花椅里面一瘫开始听小曲的废物王爷。

沈王爷刚睡醒，声音有点低："我不是来听课的，我来陪我女朋友。"

男生很尴尬，既尴尬又惊慌，都没消化掉他说的是什么，也不知道该说些什么，就磕磕巴巴地道了个歉，还不忘捎上林语惊："不好意思啊，我们、我们没有别的意思……"

"……"

沈倦发现这人怎么一点求生欲都不带有的呢。

沈倦看着他，平静地说："你能不能别当着人家男朋友的面和小姑娘'我们'？"

男生终于反应过来了，看看林语惊，又看看沈倦，目光涣散地又道了个歉，匆匆跑走了。

林语惊笑得整个人趴在桌子上："你什么时候醒的啊？"

"他跟你说话的时候。"沈倦说。

林语惊笑着擦了下眼角："那你怎么不起来啊？"

沈倦"啧"了一声："我不是想听你护着我吗？"他不高兴，又不好发火，沉沉闷闷地看着她，"想听你说一句'这是我男朋友'。"

结果他不但没听着，还听见她跟别的男的骂他骂得欢，还笑得停都停不下来。

小没良心的。

沈倦不太爽，单手扶在她的椅背上，忽然倾身凑过去，咬了咬她的嘴唇。

他的力气有点大，林语惊吃痛叫了一声，整个人往后蹭了蹭。

他们坐在靠墙边的最后一排，林语惊背贴着墙，手指碰了碰被咬得生疼的唇瓣，瞪着他："你是狗吗？"

"我不是猪吗？"沈倦说完拉着椅子靠过去，抬手勾着她的下巴，指尖碰到她的唇角，"咬疼了？我看看。"

两个人凑得极近，姿势暧昧。沈倦用指尖碰了碰她下唇刚刚被咬过的地方，红润的、温热柔软的。

他眸色暗了暗，侧头就要亲上去。

还没等他碰到，林语惊抬手，抵着他的脑袋一把推开："滚远点啊你，摄像头。"

沈倦有点无奈，垂手拉开距离。

女朋友太害羞怎么办？

他起身，捡起她桌上的几本书放进她书包里，拉好拉链拎在手上，然后走到后门门口："走吧，回家了。"

林语惊跟在他后面："今天不训练了？"

"嗯，休息一天，张弛有度。"

公寓楼离学校不远，走路过去差不多十分钟，林语惊自从腿没什么事以后就每天走着回去，今天忽然想起来，侧头："沈老板，我下个礼拜回寝室住了啊。"

沈倦步子顿了顿，垂眼："怎么了？"

"我现在也没事了啊，爬上爬下没什么影响了，就可以回去了呗。"林语惊自然道。

沈倦没说话。

林语惊也没说。

他们非常默契地保持着沉默，进了小区、上电梯、进门、换鞋。

林语惊进洗手间去打算洗个手，沈倦也跟在她后面进去。

林语惊打开水龙头，沈倦就在她前面挤了泡沫洗手液，捉着她的手拉过来，细细地揉搓她的手指。

绵密的泡沫沾满两个人的手，沈倦调了水温，拉着她的手到水龙头下面冲干净。

"下周就走？"沈倦没看她，目光落在她的手上，神情专注。

洗个手还要黏黏糊糊的，林语惊有点别扭地抽了抽手，没抽动："房子你可以退了。"

"不退了，买下来送你，"沈倦抬手抽了毛巾，擦干后又挂上去，这才垂下手来，后退了两步，"这样你周末就能直接回来住。"

林语惊转过身，歪着头看他。

沈倦靠着厕所的玻璃门站着，注意到她的视线，垂了垂眼："怎么了？"

"我在想，"林语惊慢吞吞地说，"沈倦，你最近为什么开始当人了？"

沈倦："？"

林语惊靠在洗手台边上，觉得有点神奇，眯着眼探究地看着他："说话也变得正经了，接吻也不动手动脚了，忽然一下就不禽兽了，脾气好得简直有点诡异。"

林语惊凉凉地说："你果然还是被外面哪个小妖精给迷住了。"

沈倦哑然："我……"

"你现在都不摸摸我了，"林语惊打断他，目光幽幽地看着他，"沈倦，你不骚了。"

沈倦："……"

不知道为什么，林语惊说着这句话的时候，沈倦总觉得她在暗示他。

——沈倦，你是不是不行？

这是男人的敏感区域。冥冥之中，他总有一种自己某方面遭到了质疑的错觉，加上她走到哪儿屁股后面都跟着一堆男生让他不爽，以及她要搬回到寝室住的不情愿，叠加以后——

"行，"沈倦点了点头，平静地朝她招了招手，"来。"

林语惊靠着洗手台边，没动："干什么？"

"摸摸你，"沈倦懒声，"不是想让我摸吗？"

"……"

林语惊移开视线："我不是那个意思，我就打个比方，"她看着他眨了下眼，小声说，"你以前不是总喜欢摸摸我吗？我都成年了……"

"……"

沈倦眼皮子一跳。

林语惊确实没什么不敢说的，给她根火柴她就能烧个山头。

沈倦总也舍不得碰她，睡了半个月沙发，连床边都不敢蹭一下。

沈倦不敢给她递火柴，怕她还没接过去，自己已经先烧着了，结果她反倒先给他递过来了。

沈倦觉得有点忍不了，他垂着眼看了她一会儿：林语惊扎着辫子，露出来薄薄的耳郭，说完这句再明白不过的暗示以后，耳朵红成了一片。

沈倦走过去，将她圈在自己和洗手台之间，抬手捏了捏她的耳朵："喜欢？"

林语惊清了清嗓子，想让自己的声音听起来尽量镇定一点："什么？"

沈倦单手撑着洗手台的台面，垂头含着她的耳垂，轻轻咬了咬，在她的耳边问："喜欢我摸你？"

"……"

这句话就不在林语惊能回答的范围内了，她抬手抵着他："我跟你说正事。"

"沈倦，你不欠我的，我愿意做的事就是因为我想这么干，这跟我哪儿伤着了一点关系都没有，我觉得谈恋爱总去关注这些就不对劲了。"

林语惊说："你不用觉得愧疚什么，不然我会觉得你对我好都是因为愧疚，这么说你明白吗？"

沈倦没说话。

怎么不明白？

林语惊如果真的觉得他外面有什么她肯定直接走人了，根本不会跟他废话，走之前可能还得揍他一顿。

她是在提醒他。

沈倦沉默半晌，叹道："林语惊，我不会因为愧疚就对谁好。"

他抱着她，手指碰了碰她大腿上细细小小的疤，用指腹摸过去，动作轻而小心："想对你好是因为喜欢你。"

林语惊被他摸得有点痒，笑着去捉他的手。

沈倦顺势握住她的手，十指相扣，然后举到唇边亲了亲："想对你好一辈子，是因为有比喜欢多得多的东西。"

林语惊的心不受控制地猛跳了一下。

她放开他的手，忽然撑着台面转过身来，捧着他的脸，直直地盯着他："是什么？"

沈倦没说话。

他不是擅长说这种情话的人。

林语惊知道，但还是抿了抿唇，固执地重复问了一遍："比喜欢多得多的东西是什么？"

她声音很轻，有些不稳，像是迫切又不安地想抓住什么。

沈倦看着她，低声说："是我爱你。"

林语惊没动，就那么站在那里，安静了一会儿。

她闭了闭眼睛，凑过去抱住他。

沈倦抬手，一下一下地轻轻捋着她的背，像哄小孩似的。

林语惊把头埋在他的怀里，声音闷闷的："沈倦，我长这么大，没人爱过我，他们都不要我。"

沈倦抱着她的手臂收紧。

"你得一辈子爱我，说好了，"林语惊吸了吸鼻子，抬起头来看着他，眼睛有点红，声音很小地重复，"说好了，你不能不要我，你得疼我。"

沈倦心疼得想把心挖出来给她。

"说好了，"他哑声说，"你想要的，我都给你。"

十一月中旬，日子开始过得飞快。

自从两个人有了一点点新的进展以后，沈倦简直像是脱了缰的野马，不止是睡床了这么简单。

林语惊发现，逼着他说了一句"我爱你"以后代价付出得好像有点大。

她开始后悔了。

林语惊不知道这人哪儿来的这么多花样，也不明白他为什么占尽了便宜却从来不往下一个阶段多走一步。

但她还是累，每天晚上都肝肠寸断地累，她干脆火速搬回了寝室里，虽然沈倦那天看着心情不怎么好，但还是没阻止，帮着她把东西都搬回去了。

林语惊回去的那天，寝室里的三个人还开了个演唱会。

小蘑菇的表情既羞涩又激动："你们……省状元是不是各个方面都是省级的？"

林语惊心道：别的方面不知道是什么感觉，但是省级好像是有点屈才了。

她没说话，她也是有点自己的小困惑的，但她又不能就这么说。

总不能说，我们实质性的那件事从来没做到过最后一步吧？！

她明明都同意了，她也成年了，也暗示他了自己完全 OK，甚至还主动了，沈倦到底是因为什么？他难道有什么难以启齿的隐疾吗？

这得是个什么样的隐疾？

林语惊实在有点看不明白。

顾夏在旁边看了她一眼，晚上，趁着两个室友都不在的时候问了一句："你们俩那什么……不太和谐？"

林语惊："……"

林语惊犹豫再三，还是委婉、简洁地跟她说了一下这个问题。

顾夏也很茫然："啊？"

顾夏回过神来："你们一起住了这么久，就算最开始是顾忌着你的伤，后面是为什么啊？"

林语惊面无表情地看着她："你这个问题问得真是太有价值了，你直接把问题给我抛回来了。"

"我觉得他是不是稍微有点什么情结？就是那种讲究仪式感的男人。"

顾夏的想法比她"难以启齿的隐疾论"要乐观很多:"比如他想挑个比较有纪念意义的日子?就……节日之类的,显得比较隆重一点、正规一点、有纪念价值一点?"

"……"林语惊都愣了,顺着她的话随口胡扯道,"比如中秋、端午、元旦?"

顾夏接道:"五一劳动节、六一儿童节?"

"……不是,为什么啊?"林语惊觉得这个解题思路超出了她的理解范围,难以置信道,"难道这事成了以后他还得先放个五百响的挂鞭,然后举国欢度、普天同庆、奔走相告一下吗?"

她们聊到一半,小蘑菇从图书馆回来,这个话题停留在"状元需要有仪式感,择良辰吉日,放挂鞭普天同庆"的阶段,没能继续进行下去。

没准他还得要两个人的生辰八字,再翻翻老皇历呢,林语惊有一搭没一搭地想。

她也不是非得跟沈倦发生点什么实质性的关系才会比较有安全感,就是觉得这事水到渠成,很自然而然地发展,实实在在不明白沈倦到底在顾虑些什么。

连顾夏都觉得神奇,某天下午在图书馆,她低声和林语惊咬耳朵:"别人家的情侣好像都是男方比较积极,你们俩可好,正好反过来了,状元对这档子事好像不怎么热情呢。"

林语惊唰唰地写着笔记,没抬头,叹了一口气,心道:沈倦对这档子事真是不能太热情了,再热情点她的手可能得装个假肢。

林语惊也低声道:"我已经打算选修课选个心理学了,研究一下异性行为心理。"

她整理完今天专业课上的最后一点东西,合上笔记本和书,装进包里起身:"我先走了。"

"找你们家状元去啊?哎——"顾夏抬头,拦了她一把,"人可以走,笔记留下。"

林语惊把笔记本抽给她,抬手拍了拍她的脑袋:"沐浴在全班第一的光芒下，好好学吧，少女。"

这会儿下午五点多，她晚自习准备翘了，因为沈倦要训练。

林语惊出了图书馆买了点喝的后，往射击馆那边走。

十一月份天转冷，射击馆这边人本来就少，又背阴，林语惊一路走过去不禁打了个哆嗦，在门口碰见了拎着外卖正准备进去的容怀，男生站在门口，朝她招了招手。

林语惊跟着容怀一起进去，往训练室走。她手里拎着一堆饮料，清茶、奶茶、咖啡，什么都有。

林语惊推门一进去，几个没在训练的队员看见她，热情地跟她打招呼。

沈倦进入Ａ大射击队后的这段时间，他八面玲珑的小女朋友比他本人受欢迎。

用队里一个师姐的话说：小沈同学每天练习强度高得跟自闭似的，话都没时间说两句也就算了，还天生长了一张"你们这群菜鸡"的群嘲脸，他在队里的人缘全靠女朋友帮他维持。

林语惊把饮料分给大家后，靠在墙边看着沈倦训练。

沈老板这点还是很让人佩服的，他无论做什么事情，一旦进入到状态里，就会非常忘我。外界所有的事物全被他屏蔽，这人什么都看不到、听不到、感觉不到，达到专注的最高境界。

林语惊后来了解了一下他这个项目：25米手枪速射，一共60发子弹，每组5发，按照8秒、6秒和4秒的顺序，六组一轮，一共两轮，最后看总成绩。

这和她印象里那种需要瞄好半天才打出去一枪的不一样。

林语惊觉得好神奇，怎么样在8秒，甚至4秒内打出去五枪，还能保证每一枪都中？

她瞄准个一分钟打出去一枪都脱靶。

林语惊咬着吸管看沈倦。沈倦单手插着裤袋站在那儿，手里握着枪，手臂抬起，又放下，枪口在台面上点了下，修长漂亮的手习惯性地微微抬了抬拇指。

他唇角微微向下撇着，侧脸看起来傲慢又冷漠。

明明是个速射的标准姿势，不知道为什么放在这人身上就像是在招蜂引蝶。

林语惊"啧"了一声，叼着吸管摇了摇头。

她旁边不知什么时候蹿出来个脑袋，队里一位师姐跟着她一起摇头："芳心纵火犯啊……"

林语惊吓了一跳。

师姐攥着杯咖啡，也靠墙站着，看向沈倦："是不是很帅？唉，我这辈子能给这么个小帅哥当师姐也算是上辈子修来的福气了，不过应该也当不了多久了，估计也就再两个比赛吧，国家队就得来要人了。"

林语惊笑了起来："他未必会去的。"

师姐看着她也笑了："怎么可能不去，练这个的没人不想去国家队，不想去他回来干什么？"

林语惊不置可否，没再接下去。

这师姐姓朱，据说也是个厉害人物：外面大厅展柜里挂着的奖牌，有三分之一都是她赢回来的，她性格也好，跟谁都能聊上两句。

两个人你一句我一句地聊了一会儿，朱师姐看着沈倦，忍不住感叹了一句："我说实话，沈倦刚来的时候我真没觉得他有什么戏，空了四年才回来就想拿成绩根本是不可能的事。尤其我们射击这东西，练的都是童子功，小学、初中十几岁就得开始挑人了，手感这东西根本做不到一朝一夕就练出来。"

朱师姐叹道："怪不得容怀把他当神仙似的供着，我真没想到他状态能回来得这么快。"

林语惊捏着奶茶杯子，仰了仰头靠在墙上："没什么他不行的。"

他就是无所不能，没有不可能，没有做不到。

她有种无比骄傲的感觉，心情比她考试考了第一还要好。

我的少年，他带着光。

第三十章
钉进耳洞的答案

沈倦接到沈澜电话的时候刚结束训练。夜幕低垂，林语惊在后面趴着，已经睡着了。

晚上降温降得厉害，训练室里空调温度不高，小姑娘缩着肩膀把自己团成一团，给自己戴了俩耳塞，睡得还挺熟。

沈倦一边接电话一边找了一圈遥控器，声音压低："喂。"

沈澜大着嗓门："下周你生日啊！"

沈倦扫了一圈没找到遥控器，把身上的队服外套脱下来，盖在林语惊的身上，淡道："怎么？"

"大魔王让你回来过，要给你办个生日趴呢——原话，生日趴，这老太太学的新词。"沈澜说。

沈倦皱了皱眉："明年吧。"

"明……"沈澜一口血差点吐出来，"你这一竿子把我支到明年去了是什么意思？老太太可说了啊，你今年不回来她就给你打电话哭。"

沈倦看了林语惊一眼，靠坐进她旁边的椅子里："没时间，有安排了。"

"什么安排啊？"沈澜问，"和你那个小女朋友？"

沈澜瞬间就来了兴致："是不是我上次见着那个？带回来，给带回来！"他说到一半，忽然扯脖子喊："奶奶！阿倦有女朋友了！！！"

沈倦："……"

那边叽里咕噜地说了些什么，过了半分钟，沈澜的声音重新出现，他兴高采烈地说："大魔王说了，这个生日趴你不用回来了，让你女朋友来。"

沈倦："……"

沈澜学着沈奶奶的语气，继续说："你们家就派出一个代表就行，你爱哪儿去哪儿去吧。"

"……"沈倦有点头疼。

沈家老宅子那边，沈倦很久都不回去一趟，最多过年的时候拜个年，二老生日回去看一眼。自从他花了一千万拍了一张以为是傅抱石，其实是某路人甲的画以后，他连门都不怎么进了，他回去一次，沈澜嘲笑他一回。

他生日这天刚好是周六，林语惊本来说这周不回来了，结果前一天晚上十二点整，拖着她的小箱子嗒嗒嗒跑回公寓来，手里还提着个蛋糕，笑眯眯地祝他生日快乐。

她看起来处于很兴奋的状态，整个人被成功的喜悦笼罩着，有点飘。

她今天成功做出了人生中的第一个生日蛋糕，从头到尾，从第一步到最后一步，全都是她自己弄的，那个 DIY 蛋糕房的师傅都服了，估计没见过她这样的，面粉、淀粉分不清也就算了，连鸡蛋都不会打。

但她还是做出来了！小林老师果然也是无所不能的！

林语惊蹦蹦跳着进屋，把蛋糕放在桌上，双手撑着桌边，眼睛亮晶晶地看着沈倦。那表情就像是在催他：你快点打开，快点打开。

沈倦几乎没见过她这么喜悦外露的时候，开心起来像个小朋友。

上一次见到她这样还是两年前，她站在夜市游乐园，一边倒退着走一边看着他，眼睛亮亮地问："沈同学，你看我这样可爱吗？"

她将丝带缠得很结实，宽宽的丝带一圈一圈地绕着方形的盒子，最后打了个漂亮的蝴蝶结。

沈倦走过去，手指拽着蕾丝包装带，拉开蝴蝶结，脑子里面已经开始涌进别的东西，他想象着蝴蝶结的丝带绑在林语惊身上时的样子。

白皙的肌肤，缠绕上鲜红的绸缎丝带。

沈倦打开盒子，把蛋糕从里面抽出来。

他这辈子都没见过这么丑的蛋糕。

抹得凹凸不平的奶油，歪歪扭扭的花，上面用巧克力酱画了一条小小的鲸鱼，鲸鱼的身上写了个 20。

林语惊撑着桌面，笑眯眯地看着他："好看吗？"

"好看。"沈倦没犹豫。

林语惊往前凑了凑，看着他，轻声问："那我好看吗？"

沈倦一顿，抬起头来。

她化了妆，红唇娇嫩，眼尾挑着，媚气又勾人。她直勾勾看着他的时候，像是下一秒就要勾走他魂魄的狐狸精。

她大概还用了香水。带着点脂粉味的玫瑰香，和她沐浴露的牛奶味混合在一起，奇异又让人上瘾。

狐狸精看着他笑，声音温软："二十岁了，倦爷。"

元旦、端午、中秋，林语惊不知道沈倦喜欢哪个，但仪式性的日子眼前就有一个——沈老板的生日。

林语惊想：既然沈倦是一个在生活上很注重仪式感的人，那么她也打算重视一回。

"想要什么礼物？"她问。

沈倦抬手，笑着指了指蛋糕："这个就行。"

"……"林语惊真心实意地想给沈倦抱个拳——是个狠人。

这真是一个让人猜不透的男人。

她实在想不到还有哪天能比他的生日更有仪式感了，她的暗示也很明显，但这人还是没这个意思，难道不是因为仪式感吗？

林语惊想着要不要干脆直接问他。

……算了，还是自己查查吧。

两个人吃完了蛋糕，沈倦去洗澡。林语惊的手机放在客厅的箱子里，她懒得去拿，就趴在床上摆弄着沈倦的。

沈倦这人没什么秘密，他的手机都不设置密码锁，她有时在训练室等他等到手机没电，也会拿他的手机玩，里面还有一堆她下的小游戏。

林语惊想了想，滑开屏幕翻了几页，找了好半天才找到搜索引擎的App。

她一边点开，一边思考了一下这个问题应该怎么问，顺便还没忘记一会儿搜完后删一下搜索记录，不然万一被沈倦看见得多尴尬。

虽然这人看起来就不像是会用搜索引擎的人，他就差在脸上写上——

我，一个全知全能的神。

林语惊一边想着一边点进搜索框，刚要打字，下面一排搜索历史跟着就蹦出来了。

……小姑娘只有十八岁，第一次会不会太早？

……发育完全了吗？会不会影响发育？

……会不会影响身体健康？

……对身体有伤害吗？

林语惊："……"原来如此。

林语惊觉得，沈倦真是操碎了心。

林语惊没想到，她想给自己解个惑，还没来得及付诸行动，这个千古难题竟然就这么迎刃而解了。

也不知道脑子里是不是哪根线搭错了，她手一抖，竟然点开了下面的搜索记录，进去看了看。

还真有不少人问这个问题，答案五花八门，有说十八岁确实有点小的，也有说不会有什么大影响的，两边各有各的道理，争执不下。

林语惊竟然一时间有些茫然，陷入了一种从未有过的疑问当中。

她之前从来没考虑过这个问题，就觉得既然已经成年了，那就没事了。

结果沈倦竟然是往这方面想的。

林语惊有些哑然，谁家男朋友会考虑这种问题？

浴室里面水声渐止，她退出了 App，将沈倦的手机重新放回床头，还摆了摆角度和位置，让它和之前一模一样，然后拉起被子钻进去。

没一会儿，沈倦从浴室里出来，他低垂着头，单手扣着毛巾，随意揉了两下半湿的头发，小臂肌肉的线条流畅，身上随便套了件白 T 恤，衣摆掖进了裤腰，勾勒出的腰胯部位看起来结实有力。

林语惊将被子拉高，捂住了眼睛。

沈倦那边窸窸窣窣的不知道在干什么，几分钟以后，林语惊感觉到他走到床边，紧接着旁边一沉。

她将被子拉下来，转过身看着他。

沈倦靠坐在床头，垂眸："还不睡？"

林语惊翻了个身，趴在枕头上："就睡了。"

沈倦抬手关了她那边的灯，开了自己这头的，从床头拽了本书过来，翻开。

他现在每天训练占了大部分时间，专业课的部分基本上都是见缝插针地找时间来看，比如每晚睡前的半个小时。

林语惊把被子往上拉了拉，盖住脸，只露出一双眼睛，声音被捂在被子里，有些闷："沈状元好勤奋，怪不得是状元。"

沈倦笑了笑，俯身亲了亲她露出来的半个额头，问："明天带你去个地方，去吗？"

"什么地方？"林语惊将脸都埋在被子里，声音闷闷的。

"我家。"沈倦说。

"我现在不就在……"林语惊脑子里还在想着别的，一时间没思考，随口说了一半后反应过来，拉下被子来，"你哪个家？"

"我爷爷奶奶家。"沈倦说。

林语惊张了张嘴，有点愣，好半天后憋出来一句："见家长啊……"

沈倦笑了："嗯，想见吗？你不想咱们就不回去。"

"我不是不想，"林语惊忽然坐了起来看着他，还有点呆的样子，又有些手足无措，"我如果见了，那你是不是也要……"

她后面的声音很小，沈倦没听清，凑近了一点："嗯？"

林语惊看着他半晌，才小声道："沈倦，我不想让你见我的家长。"

沈倦愣了愣。

"我们家……"林语惊说得有些艰难，"你家里人会觉得我的家庭不太健康，不喜欢我吗？"

不少父母或者家里人都会在意这个，林语惊是知道的，家长会觉得，扭曲的家庭会对孩子的性格造成影响，隐患比较大。

林语惊知道沈倦有个很幸福的家，有爱他的爸爸妈妈。

但是她没有。

甚至最开始，她一直都非常不想让他知道她家里的哪怕一点情况。

林语惊唇角抿着，一点一点地垂下去，刚想说话。

沈倦把手里的书放下，凑过去抱住她："没事，你就是石头里蹦出来的都没事，没人会不喜欢你。"

林语惊被按进他的怀里，眨了眨眼。

"你是人见人爱的林语惊，对不对？"沈倦低声说，"怎么会有人不喜欢你。"

林语惊安静了几秒。

"你说得对，"林语惊说，她从他怀里钻出来，仰头看着他，伸手捧住他的脸，"我是不是万人迷？"

沈倦任由她捧着，点了点头："你是。"

林语惊继续问："你快被我迷死了吧？"

沈倦握着她的手拉过来，轻轻咬了咬她的指尖："快了。"

林语惊又不满意了，她抽手，隔着薄薄的衣料摸他的腹肌、小腹，又沿着衣摆钻进去，指尖碰到人鱼线。

她本来以为，男人的喉结和手指就已经够性感了。

自从被沈倦打开了另一个世界的大门后，她发现不是。

他的小腹，从人鱼线开始蔓延着一路往上，情动时小腹紧紧绷着的肌肉线条，有着性感又勾人的力量感。

林语惊沿着人鱼线摸到他小腹肌肉，干净得不带任何欲望，纯欣赏似的触碰："沈小倦，你是不是背着我天天偷偷健身啊？"

他的身材和体力都这么好。

沈倦咝了一声，按着她的手，暗示性地往前拉了拉，虚眸低声警告道："林小惊，你要是今天不想睡了，咱们就通宵干点别的。"

"……"

林语惊整个人静止了两秒，然后淡定地抽手，拉着被子一直盖到下巴，转过身去，后脑勺冲着他："晚安。"

林语惊确实挺累的，前一天晚上折腾到后半夜，第二天一觉睡到上午十点，醒来的时候沈倦还在睡。

他应该挺累的，平时要比她忙得多，不过他觉很轻。林语惊从床上坐起来，刚一动，他就睁开眼睛了。

这两人都有点起床气，林语惊刚睡醒的时候得缓一会儿，不爱说话，也不爱动，还不喜欢别人碰。沈倦闭着眼睛胳膊刚伸过来搂她，她就一巴掌直接拍到了他的脸上，声音还挺清脆。

"我……"沈倦声音很低地哑着嗓子骂了句脏话。

这一巴掌直接把他拍醒了，他又不能发火，低着气压进了洗手间，半天才好。

他从洗手间出来，林语惊已经醒了。她坐在床上神情恍惚："沈倦。"

沈倦拉开衣柜，随便拽了条牛仔裤出来："嗯。"

"我是不是要见家长了？"林语惊有些紧张。

沈倦看了她一眼："好像是。"

"好，我要化十二个小时妆。"

林语惊一个鲤鱼打挺从床上翻下来，光着脚噔噔噔往洗手间跑，没跑两步就被沈倦一把抓回来："鞋穿上，"沈倦俯身捡起拖鞋来给她套上，"你再多化两个小时凑凑，我生日就过完了。"

林语惊难得没接话。

她确实是有些紧张。八风不动的林语惊，高考的时候都平心静气到没有任何波澜，这会儿终于感受到了什么叫忐忑。

但她的忐忑是看不出来的，她淡定地跟着沈倦回去，一直到沈家老宅子门口，都是平静如水的。

沈家爷爷好古风，爱山水画，不喜欢洋玩意儿。宅子也一样，砖墙琉璃瓦，九曲长廊大盆栽，建筑风格低调奢华有内涵。

一切看着都挺有档次的。

如果忽略门口挂着的那个迎风飘舞、猎猎作响的大横幅的话。

大横幅红底黄字，用千来号的黑体大字，清晰地写着——热烈庆祝沈家子孙沈倦二十岁生日快乐！！

后面两个感叹号，起到了强调语气的作用。

最下面一排还有一个破折号，字号很小，林语惊眯着眼睛才看清楚写的是什么——全家人送给你的生日礼物。

林语惊都看呆了，一时间不知道该作何反应，然后她抬手啪啪鼓掌，真心实意地说："我从来没见过这么走心的生日礼物，一条横幅，多好。"

沈倦一脸平静到麻木的表情，拉着她进去，穿过长廊和前院后进门。

宅子里边倒还是偏现代的装修风格，屋子里挺热闹，几个人坐在沙发上聊天看电视，旁边的摇椅里坐着个老太太。

老太太最先看见他们进来，老花镜往下钩了钩，看着他们走过来。

沈倦把手里拎着的东西递给用人，等用人一样样地接过去后，才走过去叫了声"奶奶"。

林语惊也跟着叫了一声。

沈倦和沈奶奶长得挺像的，老太太看起来七十来岁，人很精神，眉眼间都能看出来年轻时的影子——气质有些冷的美人。

沈奶奶表情冷淡地冲着林语惊招了招手。

林语惊有些紧张，面上安静乖巧地走了过去，心却提到了嗓子眼，时刻准备着回答问题。

她站住，老太太看着她等了几秒，见她没动静了，朝她勾勾手。

林语惊俯身凑过去。

老太太神秘地看着她，问道："你有扣扣吗？"

林语惊有些茫然："啊？"

"你平时在网上冲不冲浪？"老太太又问。

"啊，"林语惊恍惚地回过神来，试探性道，"我……冲一点。"

沈倦靠着沙发站着看向这边，勾起了唇角。

"冲就是冲，不冲就是不冲，那还能冲一点？"老太太一边说着，一边掏出手机来，眯着眼睛又把老花镜钩了上去，滑着手机屏幕翻了好半天，"来，你跟我加个扣扣好友，你扫我还是我扫你？"

林语惊这回是真的愣住了，她还真不知道QQ加个好友还能扫的。

她半天没动静，沈奶奶等了一会儿，抬起头来，懂了："你是不是不会扫，这个还用我教你？你一看就不经常冲浪，"老太太慢悠悠地说，"我找找啊……"

林语惊扭头，求助地看向沈倦。

沈倦靠在沙发边，笑得肩膀都在抖，他直了直身子，走过去："奶奶，我们这才刚到，您让她坐会儿？"

沈奶奶看了他一眼，不情不愿地放下了手机，林语惊在旁边坐下，老太太不满意，又朝她招手："你离我近点，我跟你说说话。"

林语惊靠过去，老太太笑着看她，小声说："我小孙子长得好吧？"

林语惊点点头："像您。"

"就是脾气大，"老太太说，"他对你好不好？"

林语惊再点头："好。"

沈奶奶凑过头去，小声地跟她说悄悄话："他们沈家的男人，遗传，对自己的女人那都是好得跟什么一样的，那个叫什么来着？气管病。"

林语惊笑了起来："奶奶，妻管严。"

老太太笑眯眯地拖长了声："哎——是这个。"

沈奶奶是个很潮的老太太，求知欲旺盛得像个"十万个为什么"，而且特别爱说话，从中午吃完饭就一直拉着林语惊聊天。

他们一直待到下午三点多，沈倦准备走人，说是还有重要的事。

临走之前，老太太拽着林语惊的手，从自己手上撸了个镯子下来，四下瞧了一圈，偷偷摸摸地给她套上。

林语惊一愣，要推："奶奶，这个……"

"嘘，"老太太做贼似的，声音很小地打断她，"别让别人看见。"

林语惊："……"

出了院门，林语惊跟着沈倦上车后，坐在副驾驶上，眼睛亮亮地看着沈倦："我表现得好吗？"

沈倦笑了："林语惊，你是领导，现在是你来视察，"沈倦说，"怎么样，还让你满意吗？能不能过审？"

"太能了，"林语惊靠进副驾驶里，"我现在已经开始嫉妒你了。"

沈倦看了她一眼，岔开话题："刚刚在门口，老太太跟你说什么了？"

林语惊眨眨眼，袖子往上拉了拉："奶奶给了我这个。"

她刚刚就瞥了一眼，这会儿在车上仔细看了看，翠绿翠绿的一个镯子，在阳光下看着像是要滴出水来了。

林语惊眨了眨眼，她不太研究这些东西，但是家庭环境的原因也见过不少："这个多少钱？"

沈倦瞥了一眼："不知道，反正这镯子她一直戴着的。沈澜带过好几个女朋友回来，她也没给。"

林语惊看着他，举着手腕在他旁边晃了晃："沈倦，这个可能比你的飞机还值钱。"

沈倦笑："哦。"

林语惊叹了一口气："我感觉这礼物一收，我以后就算想跟你分手都开不了口了。"

"这跟你收不收没关系，"沈倦打了转向灯，"我劝你想点能实现的。"

林语惊对 A 市不太熟，这条路也不是回家的方向，沈倦没说去哪儿，然后他在一个艺术园区门口停了车。

A 市有挺多这种一片一片的艺术园区，艺术园区里面开着各种小店，做油画的、金属工艺品的，还有展览馆。

林语惊没多想，以为这人是来带她玩的，觉得沈老板不愧是搞艺术的人，生日约会都选在这种——时髦值没点满都不好意思来的地方。

两个人下了车，沈倦一路往里走，到一个单开的小店前，推门进去。

林语惊仰头看了一眼，木质的牌匾，上面就一个点。

一个不知道干什么的、很有个性的店。

她跟着沈倦进去，店里面性冷淡工业风格，一楼有一条窄长的走廊，旁边有个往上的楼梯。

林语惊跟在沈倦后面上了楼，她看见一排排放着色料的架子和熟悉的工具，才意识到这也是一家刺青店。

一个很酷的小姐姐坐在楼上的沙发里玩手机，听见声音抬起头来，看见沈倦后，又看看他身后林语惊，吹了声口哨，往里面扬扬下巴："自己弄？"

沈倦"嗯"了一声，拉着林语惊的手往里走。

她就这么迷迷糊糊地跟着他，看他推开里面的小门，进到里间，走到旁边的水池前洗了个手。

然后沈倦打开柜子，从里面拿出了一个耳钉枪，消毒。

"……"

林语惊看着他一系列流畅的动作："沈老板，你带我来干什么？"

"打耳洞。"沈倦把手里的耳钉枪递给她，"你先？"

林语惊没接。

沈倦点点头，朝她走过来："那我先。"

他的手指擦过她左边的耳朵："右边可以？你左边有点多。"

林语惊蒙住了："沈倦，你等会儿，你过生日带我来打耳洞吗？这就是你说的'重要的事'？哎——凉凉凉凉，"她缩着脖子，拖长了声，"你别揉我耳朵，你急什么？"

沈倦用酒精棉擦过她的耳垂，手指捏着她薄薄的耳垂，缓慢有力地揉捏了一会儿，看着它一点点变红后，跟她说话："林语惊，看着我。"

林语惊转过头来。

四目相对的瞬间，一声轻响，右耳一瞬间传来尖锐的穿透感，带着刺痛。

林语惊"啊"的一声惨叫。

她还以为沈倦会让她先做一下准备，聊会儿天、说说话，放松放松，结果没有。

这人咔嗒一枪就下来了！

林语惊抬脚就去踹他："你不能等我准备准备吗？？"

沈倦放下耳钉枪，低垂着眼，看她的耳垂上缓慢地渗出血珠来。

血珠晶莹剔透，小小的一粒，从被穿透的地方渗出，然后缓缓滑下去。

他垂头："你之前说过，生日的时候和你一起打耳洞的人，下辈子也会陪着你。"

林语惊眼睛都红了，他这一下太突然，痛感虽然没那么重，但是来得毫无预兆，耳朵火辣辣的，想去摸摸，又不敢碰。

林语惊现在只想揍他一顿："我下辈子还喜欢你个屁！我要跟别人谈恋爱！滚，快滚！"

沈倦垂眼，从旁边的瓶子里夹出酒精棉，冰凉的棉球碰上她的耳垂，擦掉上面的血珠。

"林语惊，我不管你下辈子喜欢谁……"沈倦盯着她，低声说，"你都得陪着我。"

你倦爷还是你倦爷，这一句"霸道总裁爱上我"一样的情话，被他说出来像是一句性命攸关的威胁似的。尤其是这人黑眸沉沉地看着你、故意压着嗓子说话的时候，存在感和压迫感都极强，校霸气质不减当年。

但林语惊不管这个，她现在火得有点不太能忍。她没洗手，又不能碰，只能抬手在耳边扇了两下，面无表情地指着他："分手，沈倦，马上分手。"

沈倦不为所动，从旁边柜子里拿了红霉素软膏，挤出一点来在医用棉签上，然后涂在她的耳垂和小银钉之间，再仔仔细细都擦了一遍以后，才垂眸："你想我打左边还是右边？"

林语惊来了点精神。

她想象了一下沈倦戴着个耳钉的样子，忍不住盯着他，舔了下嘴唇。

沈倦看着她的表情，微扬了扬眉。

"我在想……"林语惊慢吞吞地说，"你一个耳洞打下去——"得更骚了。

林语惊及时地闭上了嘴，后面的话没说出来。不过无论如何，她还是很有兴趣的，她跳下床来，走到洗手池边上仔仔细细地洗了手，回来后，沈倦把已经消毒好的耳钉枪递给她。

林语惊接过来，看着他坐在床上，眼睛都发亮。

她觉得自己平时战斗力还挺强的，但是在沈倦这儿，她打不过他。性别上的差异带来力量上巨大的不平等，导致她就连每天晚上干那点破事的时候，都是被他欺负得话都说不出来。

林语惊不爽很久了，这是他第一次，能够在她的手下，任由她摆布。

"沈倦。"她叫了他一声。

沈倦应声："嗯？"

"我现在好兴奋啊。"林语惊说。

沈倦："……"

林语惊继续道："我现在什么都想干。"

沈倦直接笑出声来了。

他单手撑着床面，身子往后仰了仰，懒洋洋地看着她，笑得很不正经："来吧，干。"

林语惊不理他，她打过很多个耳洞，也见了很多次这玩意儿要怎么弄，但实际操作起来还是手生，摆弄研究了一会儿，也学着他挤了一点红霉素药膏在指尖上，然后揉了揉他的耳朵："左边吧，好像有说法是，耳洞只打右边的男人是 gay 来着。"

"……"

沈倦看了她一眼："这些乱七八糟的东西你都是从哪儿听来的？"

"我第一次去打耳洞的时候那个姐姐告诉我的，"林语惊缓慢地捏了捏他的耳垂，凑近他的耳畔，"说，爱不爱我？"

沈倦微侧了下头："爱。"

他话音落下的同时，林语惊手里的耳钉枪打穿他的耳垂，那手感有点说不出来，仿佛顺着指尖都能感受到银钉刺穿皮肉的穿透感。

"没流血，是不是我的技术比你要好点？"林语惊放下手里的耳钉枪，侧过身来看他，"疼吗？"

"没什么感觉。"沈倦说。

林语惊点点头，指尖轻轻点了点他微红的耳郭，低了低身，看着他深黑的眼睛，轻声说："沈小倦，你的答案被我钉在里面了。"

"你得一直记着。"

打个耳洞没用太长时间，他们磨蹭了一会儿后出来，出来的时候那个很酷的妹子还是刚刚的姿势坐在沙发里玩手机，听见声音抬起头，视线落在两个人的耳畔，"啧"了两声，站起来送他们俩下楼。

十一月深秋，天黑得早，温度也比白天低了几度。沈倦去开车，林语惊在门口等着。

她边等边跟这位小姐姐聊了几句。

这家店不单是个刺青店，这位姑娘叫陈想，是个穿孔师，性格和她的职业一样有个性。

小姐姐从看起来像是一块布围在身上、还全是口袋的黑裤子里掏出一盒烟来。烟黑盒白字，俄罗斯的牌子。

陈想很自然地敲出一根烟，递了过来。

林语惊也跟着很自然地接过来咬着，等着陈想从口袋里又摸出打火机给她点燃，含糊地道了声谢。

陈想有点诧异地看着她：本来没觉得林语惊会接，就想试试看，毕竟是能拿下沈倦的人，挺精致的一个姑娘，看着不像。

结果她这自然又流畅的动作和反应，细白的手指夹着烟，眼一眯，气质瞬间就从维纳斯变成了苏妲己。

陈想笑了："我真喜欢你。"

林语惊笑得眉眼弯弯："我也喜欢你。"

"唉，"陈想又抽出了根烟点燃，凑近她，"我觉着，你要是还没那么喜欢沈倦就赶紧跟他分了吧，他脾气太差。我把我哥介绍给你，你来给我当嫂子得了，你喜欢什么样的？"

林语惊还很认真地想了想："酷的。"

陈想竖起了大拇指："我哥特别酷，我这辈子还没见过比他酷的，连他家的猫都是小区里最酷的仔。"

沈倦一回来就看见两个姑娘蹲在门口吞云吐雾，他下了车，推门进去的时候，其中一个还在说着他的坏话："你考虑考虑，沈倦这人真不行。"

"……"

沈倦靠着门站在门口，居高临下地垂眼，语气没什么起伏，平静的疑问句："沈倦这人怎么不行？"

"……"陈想的声音戛然而止，俩人一起抬起头来。

林语惊"啊"了一声看着他，好像也看不出他的表情来："走吗？"

"走吧。"沈倦说着往外走。

林语惊站起身来，跟陈想打了个招呼，跟在沈倦后面出了门。

刚一出门，沈倦直接抽走了她手里的烟，叹了一口气："我发现你还专挑劲大的抽？"

林语惊眨眨眼。

她没来 A 市的时候虽然多多少少也会一点，不过对这些东西没什么兴趣，基本上也不怎么碰，抽得凶的那会儿是在怀城。

她任由沈倦抽走她手里的烟，掐了丢进旁边的垃圾桶里。

两人上车，一直快到家门口，路过一个小便利店。

沈倦忽然停了车下去，没几分钟又回来了，手里还拎着个什么东西。

外面天黑着，林语惊眯着眼，辨认了好一会儿才认出来是什么。

一桶棒棒糖：红色的盖子、透明的桶，里面全是五彩缤纷的各种水果味棒棒糖。

沈倦上车后将一桶糖甩进她的怀里，拉上了安全带。

林语惊提起一桶糖来转着圈看了一会儿，侧头看他，有点蒙："你买这么多糖干什么？"

"戒烟，"沈倦把手搭在方向盘上，眼睛看着前面，他的唇角微垂着，看不出什么情绪，"我陪你戒。"

林语惊都没反应过来："你要戒烟啊？"

"嗯，"沈倦抬手揉了一把她的脑袋，"不能给我家小姑娘带来负面的影响。"

在听到言衡跟他说过那些话以后，他基本上能够猜到林语惊是怎么习惯这玩意儿的。

沈倦心里不怎么好受。

在他知道了她这一年半是怎么过来的以后，林语惊每暴露一个小的、陌生的问题出来，就好像有一根针在他的心口上扎一下。

他在意的不是她抽烟，而是她为什么习惯了抽烟。

林语惊本身没什么烟瘾，或者说她其实之前已经戒掉了，也就偶尔抽那么几根，但是沈倦有。

这人在这之前，从来都没想过戒烟这回事。

沈老板带着一堆棒棒糖回寝室的时候，孙明川都惊呆了，跟着沈倦屁股后面走到他的桌前，捏起来一根棒棒糖对着灯光看了半天，确定了是货真价实的棒棒糖后，转头："我说咋感觉你最近好像甜了不少呢，戒烟？"

沈倦还没来得及说话，孙明川又震惊地骂了一声。

这一声就比刚刚那声震惊多了，沈倦转过头。

孙明川指着他的耳朵，往前凑了凑："你这是真的啊？你打耳洞了？"

他那表情就像是见了鬼，眼珠子都快凸出来了，沈倦有点好笑地看着他："我不能打？"

"也不是这个意思，"孙明川思考了一下措辞，"沈老板，咱都是有女朋友的人了，就给兄弟留条活路吧，你这个耳洞一打完，比之前骚了八百来个档次啊。"

"……"沈倦一顿，看着他平静地说，"我现在脾气好多了，你要是高中认识我，估计是个植物人。"

孙明川乐了："不过有一句说一句啊，我发现这个玩意儿还真是得看颜值。我估计明天，就你从寝室到教室这一路，来搭讪的小姐姐得翻一番。"

"行了，闭嘴吧。"沈倦懒得再搭理他，随手抓了把棒棒糖丢给他，自己也捡了一根，扯开包装纸，塞进嘴里叼着，然后抽了本专业书，眼睛一行一行地迅速扫过去，进入状态。

今年的秋天格外短，一场雨下完，气温骤降，冬天踩着十一月的尾巴追上来了。

期末考试将近，所有人都忙得废寝忘食，沈倦时间紧巴得几乎见不着他人，林语惊干脆把复习的地方从图书馆挪到了他的训练室。

射击馆的训练室不怎么安静，耳边全是砰砰的枪声和说话声，好在林语惊这人也不怎么挑环境，沉下心去看书复习的时候周围的声音都会一点一点地跑远，习惯了也就什么都听不见了。

这种集中注意力的能力，基本上也是学霸的必备技能，更何况林语惊的学习态度是很坚定的。

她一个高考成绩全班第一的人，期末考试万一考砸了怎么办？

而且不单单只有这一个原因。

她之前跟林芷吵了不知多少架，最后把林家老爷子都搬出来了，才好不容易回到 A 市念大学，当时林芷也放了话，她的绩点必须是班里第一。

万一她没做到，林芷会说些什么，会不会又把沈倦搬出来说她受到了影响？

林语惊忍不了这个。

她点灯熬油地复习了小半个月，直到期末考试考完，她才终于松了一口气，这感觉跟高考的时候好像都有得一拼。

最后一科考完，林语惊一边抽出手机准备给沈倦打电话，一边出了考场下楼，结果出了教学楼一抬头，就看见他站在树下。

这是林语惊在 A 市度过的第一个冬天，A 市和帝都不一样，这边不下雪，寒气裹在潮湿的风里。

沈倦穿着件深灰色的长款大衣，低垂着眼，懒散地靠在树下站着，像一团温暖的火。

林语惊勾起唇角，朝他走过去。

沈倦像是感觉到了什么，抬头看着她走过来。

林语惊走到他的面前站定，刚要说话，手里的手机响起，振动的声音嗡嗡响。

她垂头看了一眼来电显示，表情顿了顿，没接。

沈倦察觉到她的异常，垂眸，也看了一眼来电显示——林芷。

手机不停地在响，两个人谁都没说话，最后是沈倦先开口："接？"

林语惊看着他，有些犹豫，她不太想当着沈倦的面接这个电话，但是避开他又显得过于刻意。

沈倦叹了一口气："你想跟她聊聊吗？"

林语惊张了张嘴，不知道该怎么说。

"你不想的话就不说，我来跟她说，"沈倦低垂着眼看她，淡声说，"林语惊，以后你不想做的事、不想见的人、不想说的话就都不做、不见、不说。你不用藏着，也不用忍着。"

"你全都交给我，我都替你做。"

自从开学以后，林语惊没怎么和林芷联系过。

中间林芷给她打过几次电话，两个人越来越没话说，林芷大概也感受到了其中气氛的尴尬，后来再也没给她打过，只是每个月打钱不断。

那个电话响了半分钟，林语惊始终没接，直到林芷那边挂断。

考场里陆陆续续有人出来，期末考试最后一天结束，寒假正式开始，偶尔有迫不及待回家的学生拖着巨大的行李箱从旁边走过去。

林语惊不知道怎么着，突然就想到沈倦这个人还是那样。

他这种和他人设完全不符合的、倏地就冒出来的温柔神经，无论多少次都让人猝不及防，几乎想要溺死在里面。

林语惊把手机揣进口袋，然后特别郑重地抬起头来看着他："沈倦，谢谢你。"

她语气过于郑重，就差九十度给他鞠个躬了，甚至还叫了全名。

沈倦眉一挑。

林语惊抬眼，继续说："我不太想写寒假作业，你能不能替我写了？"

"……"沈倦觉得这小丫头还是欠教育。

"不能吧，"林语惊笑了笑，往前走，"这是一样的道理，那毕竟是我妈，我还能一辈子不跟她说话、你始终当我的经纪人吗？男朋友，以后无论什么事情，我都愿意跟你说。"

她顿了顿，继续道："但还是得我自己做，你别小看人啊，小林老师也是万能的。"

沈倦没说话。

林语惊的话没完全说出来，但是意思很明确。

我现在愿意依赖你了，但是我不会依附于你。

沈倦垂下头，唇边的弧度一点点扩大，最后还是没忍住，很低地笑了一声。

她一直在变，又好像从来没变。

第三十一章
那么宝贝的姑娘

林语惊回寝室的时候给林芷打了个电话，她那边大概在忙也没接。

考完试，室友都在整理东西准备回家了，两个外地的已经订好了车票和机票，顾夏一考完试就像一只飞扬的小鸟，扑腾着翅膀提起箱子就飞走了。

沈倦下午还是训练，寒假一到，他正式进入了每天泡在训练室、除了上个厕所可能门都不会出的状态。之前两个人腻歪了挺长一段时间，林语惊本来也不是特别喜欢黏人的人，就没有再陪着他的打算，先拖着行李回了公寓，下午出门买了一堆零食回来。

晚上将近六点钟，林芷再次打电话过来的时候，她正窝在沙发里看综艺，隔着包装袋捏着个鸡爪，满嘴的骨胶原，她接起电话半天没说出话来。

林芷风格没变，万年的开门见山、冷静语气："下午我在忙，你中午怎么没接电话？"

林语惊把嘴里的鸡爪咽下去，面不改色道："考试没考完。"

林芷那边很安静，偶尔有一点声音，是离得很远的车笛声，应该是在开车。

"什么时候回家？"

林语惊没说话，有些犹豫。

她觉得自己回不回去都无所谓，过年也就看一眼二老，没了。

林语惊片刻沉默，林芷说："不想回来了？"

"年前吧，"林语惊漫不经心地说，"反正我现在回去家里也就我一个人。"

这次轮到林芷沉默了，最终她也没再说什么，挂了电话。

电视里边综艺还放着，那是个婚姻体验节目，几对年纪稍长的明星夫妇,在结婚十几年后,来找回初恋的感觉。

林语惊挺喜欢看这类综艺的,她总觉得看着这些,就能多信一点人间还是有真爱的。

她直勾勾地看着电视里的画面,有些走神。

小的时候她最想得到的就是林芷的肯定,所以她偶尔会忍不住反驳孟伟国,但是她从来不会顶撞林芷。

林芷说什么就是什么,林芷让干什么她就干什么。

但过了最渴望亲情的那段时间以后,林语惊发现,她心里好像也没什么太大的感觉。

她没什么习惯不了的,甚至因为觉得自己从没得到过,反而接受起来要容易得多。

林清宗说,林芷命不好,她这辈子没碰见那个能带着她往对的路上走的人,她受了不少伤。

林芷到底是林清宗唯一的女儿,他还是心疼的,林清宗希望有一天她能原谅林芷,原谅那些她做错了的事、走错了的路。

林语惊当时没说话。

无论林芷需不需要,她以后都会赡养,也会负责,这是她为人子女的义务。

但是她怎么原谅?

林语惊从来不是以德报怨的人,她的人生信条就是:谁对我好,我就对他好一百倍,谁对我不好,下地狱吧。

林芷走错了路、受了伤,这跟她有什么关系?

她遇见沈倦之前,也没人告诉她怎么走是对的,怎么走是错,也没人带着她走,更没人跟她说过"你放心大胆地往前走,我来保护你"。

谁的路不是自己摸索着,一步一步慢慢试探着过来的?谁的路上不是艰难险阻、沟壑万丈?

谁的伤不是伤?

她凭什么要成为那个牺牲品,凭什么得为林芷失败的婚姻、为她走错的路埋单?

除夕前几天，林语惊订了回帝都的机票。

沈倦那天请了假，把她送到机场。自从知道她要走以后，这人的表情始终不是那么爽。

林语惊刚开始的两天还哄哄他，后来也懒得搭理他了，您愿意怎么着就怎么着吧。

她没拿太多东西，本来也不打算在那边待太久，来来去去都是那一个小行李箱，从高中到大学，用了三年。

她到家的时候是下午，林语惊开了家门一抬头，就看见客厅里正在打电话的林芷。

林语惊愣了愣。

她实实在在没想到林芷竟然会在家。

母女俩半年没见过面，两个人一个站在门口，一个坐在客厅沙发里，对视几秒后，愣是没人说话。

林语惊有的时候也觉得挺好笑的，明明血浓于水的两个人，竟然能搞成这样。

用人过来提行李，林语惊进屋换鞋："您怎么回来了，公司不忙吗？"

林芷将手机扣在茶几上："后天走。"

后天，年三十刚过完。

林语惊点点头没再说话，正要上楼，林芷转过头来，忽然冷道："你那个男朋友胆子还挺大。"

林语惊脚步一顿，转过头来："什么？"

"那男孩来找我聊过，"林芷看了她一眼，"他没跟你说？"

说个屁。

林语惊神经紧绷，近乎是质问的语气："你跟他说什么了？"

"能说什么，说我不同意你们在一起，说你们以后不会有什么好结果，大学的爱情我见得多了，最后能走到一起的又有多少，还不是毕业了就分手了？就算最后走到一起能够幸福的又有多少？"林芷垂眸，看着屏幕，"只要不影响成绩，我不反对你谈恋爱，你完全可以和你不喜欢的人谈恋爱。我反对的是他，反对的是你陷入这段恋爱里。"

林语惊觉得有些好笑："我是不是有病？我和我不喜欢的人有什么好谈的？"

林芷抬眼，眼神冷而静："你们现在相爱，你觉得他能陪你一辈子、他能爱你一辈子吗？"她轻声说，"不会，根本不可能。"

林语惊听明白了："你这是'一朝被蛇咬，十年怕井绳'。"

"你还小，你根本不了解男人，"林芷说，"男人都追求有新鲜感的东西，你们在一起久了，他就觉得没意思了。"

林语惊脑子里的最后那点耐心在咕嘟咕嘟地沸腾。她闭了闭眼，忍无可忍道："我看你了解的也不是男人，是雄性吧，畜生也分公母。"

她话音落下，客厅里一片安静。

林芷都没反应过来，愣住了，有点难以置信地看着她。

林语惊抿了抿唇，长长吐出一口气，平静地看着她："您不能用自己的失败来衡量全天下所有的感情，因为自己遇人不淑就觉得这个世界上没有良人了，难道我这辈子都不能结婚了吗？"

"因为事实就是这样，你可以有婚姻，但爱情是很脆弱的，"林芷的语气冷静而冷漠，"这么跟你说吧，你现在觉得你们是真爱，十年、二十年以后呢？你还爱他，但是你老了，他身边漂亮的女孩子比比皆是，你拿什么保证他不会变心？"

林语惊没说话。

林芷难得耐心地说："小语，我是在保护你，因为我经历过，所以我不想让你也体会一次。"

"没有你这么保护人的，你只是觉得你在保护我，"林语惊直接打断她，"你自我安慰说这些是因为怕我受伤害，其实你只是为了满足自己的控制欲吧。"

"你觉得你就是真理，你说的都是对的。我从小到大都听你的，所以这件事情我也应该听，但是我没有，我反抗了，所以你受不了，你非得要说服我，让我承认你是对的。"

林芷没说话，眼神有些冷，无意识地碰了碰茶几上的手机。

林语惊忽然觉得有些难过。

她觉得自己和林芷的感情应该已经很淡了，但是在此时此刻，她还是觉得有点难过。一股憋闷到让人鼻子、眼睛都发酸的委屈，毫无预兆地就冲上来，铺天盖地的。

林语惊垂眼，声音低了低："妈，没有谁是这么教育自己孩子的。

"别人的妈妈，会对自己的孩子说，你尽管去吧，如果受伤了就回来，妈妈都在这儿。

"我从来没奢求过你能对我说出这种话，但是至少……

"至少，能别每次都在我马上就要相信自己也是值得被人珍惜的时候，硬生生地把我圈回来，告诉我，没人会爱我吗？"

林芷顿了顿："我不是……"

"你不爱我、不要我，你还要一遍一遍地告诉我，这个世界上也没人会一直爱我。"

林语惊垂眼看着地面，努力地睁大了眼睛，抬手按住了眼角，轻声说："你怎么能这样？你不能这么对我。"

林芷怔住了。

一千公里外的 A 市，沈倦手里捏着手机，站在窗前，听着电话里面女孩子的声音一句一句、微弱又清晰地传过来。

到最后是委屈的、带着一点点不易察觉的强撑着似的哽咽："我就是想相信一次，我也……没那么不堪，我其实也是有资格被爱的……"

林芷还记得，林语惊出生的那年格外地冷，十月底一场雨下完，温度骤降。那天孟伟国在外地出差，林芷一个人在家，疼痛突然袭来。

生产的时候身边只有用人在，折腾了十几个小时，小姑娘呱呱落地，皱巴巴的一团，医生说她已经是新生儿里很漂亮的了，林芷看着觉得也不怎么好看，像个小萝卜头。

她那时候也想过，小萝卜头长大以后会是什么样子，会像爸爸多一点，还是像妈妈多一点；会喜欢爸爸多一点，还是喜欢妈妈多一点；会穿着漂亮的裙子奶声奶气地跟在她后面叫"妈妈"。

孟伟国工作忙，一个礼拜后才回来，那时候林芷不在意这些，她那么全心全意地爱他，她能理解、能接受、能包容他的一切。

那时候她还是相信爱的。

她将自己最天真、最美好的岁月里全部的赤诚和真心毫无保留地给了一个人，换来的却是那人的欺骗和背叛：孟伟国红颜无数，婚后秉性不改，选择她不过是因为可以少奋斗几年。

她是家境殷实、容貌能力出众、要什么有什么的天之骄子，顺顺遂遂的人生下，追她的人都得排着队。

她本以为大学遇到了自己的真命天子，然后嫁给了爱情，从此一生平安喜乐。

结果她一颗滚烫的心被人踩在了脚底下，连带着尊严和骄傲。这还不够，十几年的相互折磨和煎熬像是淬了毒的刀，一刀一刀戳破了她最后一点奢求。

她骄傲了一辈子，没办法接受自己在这上面输得一败涂地，连带着和孟伟国有关的一切都让她不能接受、无法释怀。

她看见林语惊，就想起孟伟国。

她不知道该怎么面对林语惊。

孩子当然无辜，但是想法从来不受理性的控制。

林芷不知道该怎么接受林语惊身体里的那一部分属于孟伟国的基因和血液，即使这是她的孩子。

她甚至还记得林语惊在她的肚子里第一次踢来踢去、林语惊出生时第一声啼哭。

但林语惊同样也是最简单、最直接的见证。

林语惊的存在让她一次次地想起那些一败涂地的、残破不堪的、鲜血淋漓的过往。

那些她最隐秘的难堪，她从未有过的失败。

每一分钟都是一种折磨。

在决定做子宫切除那天，医生曾经劝过她：她的病不算严重，发现得也早，其实是可以只将肿瘤的部分切除，不需要把子宫全切的。

但林芷几乎没犹豫，她不需要这个，她这辈子不会再跟另一个男人孕育第二个孩子，刻骨铭心的教训，一次就够了。

林芷没办法对林语惊说"你放手大胆地去爱吧，你一定会遇见那个他会始终爱你的人"。

这种她骨子里就不相信的话，她说不出口。她只能依靠着她们之间仅剩的一点血缘上的联系，用她从现实里领悟的东西试图说服林语惊：

你这么奋不顾身地付出自己的真心，最后受伤的只会是你自己。

就像当年的我一样。

你要听我的。

我说的话一定是对的。

林语惊的性格她太了解了，她将爱情里最现实、最残酷的东西剖开在林语惊面前，林语惊一定会动摇，因为林语惊也不相信，她们两个太像了，她甚至连那通电话都没挂，她稳操胜券。

在听见林语惊说出那些话以前，林芷都是这么觉得的，但是这一刻，林芷忽然有些无措。

像是她心里那座层层叠起的积木高楼，从最底层被人抽掉了一块，有什么她始终坚持着、相信了十几年的东西在摇摇欲坠。

她想扶、想阻止、想将那块积木重新塞回去，可忽然间发现，自己早已无从下手。

林语惊回忆了一下，她上次哭是去 A 大找沈倦的时候，九月初，她掰着手指头算了算，距现在竟然只过了五个月。

她一直觉得自己眼窝深得像个万丈深渊，现在看来，她对自己的认识有偏差。

自从认识了沈倦这人，她变得越来越矫情。

林语惊用指尖按着内眼角，强逼回去了眼眶里的涩意。至少在林芷面前，她不能脆弱得这么不堪一击。

林芷始终没说话。用人站在厨房门口看看这个，又看看那个，一句话都不敢说。

林语惊也不想说话，她转身上楼，进了房间坐在床上，发了好长时间的呆，才后知后觉地反应过来，应该给沈倦打个电话，告诉他一声自己到了。

她抽出手机想了想，怕自己的声音和情绪不对劲被他听出来，改发了条微信。

沈倦回得很快：发个定位。

林语惊随手给他发了过去。

沈倦没再回，这会儿他大概回去训练了，林语惊放下手机躺在床上，看着天花板眨了眨眼，忽然叹了一口气。

万一林芷彻底火了，从此和她断绝关系，不让她继承家产了怎么办？

到时候穷的就不是沈倦了，而是她。

她得抱着男朋友的大腿过活。

林芷那个性格脾气，林语惊越想越有可能，脑子里已经彩排了一场三万字的剧本：要么你分手，要么你以后改姓吧，林家的钱你一分都别想要。

林语惊趴在枕头上，半耷拉着眼皮，快睡着之前还迷迷糊糊地想着，觉得自己的牺牲实在是太大了。

为了区区一个男人，竟然放弃了万贯家财。

林语惊一觉睡醒过来是五个小时后，天黑得彻底，大落地窗外月光隐约浮动。

她是被饿醒的。

她白天只在飞机上吃了点机餐，回来就跟林芷吵架，上楼后倒头就睡，到现在胃里那点东西早就控干净了。

林语惊坐起身来缓了会儿神，白天睡太久，忽然一坐起来还有点迷糊。

她打了个哈欠，抬手用手背抹了抹眼睛，起身下床后洗了把脸，开了房间门下楼，准备找点吃的。

她路过二楼书房，房门虚掩，明亮的光线顺着门缝投在走廊深色的地毯上，里面隐隐有说话声传出来。

林语惊愣住，差点以为自己幻听了。

她走近了，实实在在听到里面有人说话的声音。

"我这人脾气不太好，也不怎么尊老爱幼，敬您是因为您是我女朋友血缘上的母亲，我感谢您给她生命，也谢谢您当初放弃她、让她去了Ａ市，仅此。我不知道您有什么身不由己、什么有苦难言，也不关心您见过的男人、吃过的盐比我走过的路多多少，那是您自己的事，什么样的经历都不能成为伤害别人的理由。"

林语惊靠在门边，还是有点没反应过来。

沈倦说这话的时候语速不紧不慢，隔着门板听声音有些闷，比平时更沉些："您自己不心疼自己的女儿，想说什么就说什么，为了刺激她，多狠的话都说得出来，我不行，我听都听不得。"

"我捧在手里的宝贝被自己亲妈这么说着，我忍不了，我舍不得。让她自己一个人待在这么一个环境里，天天听人传销似的洗脑、说些'没人爱你'之类的屁话，对不起，我不愿意。无论您同意还是不同意，人我今天肯定带走，留不下。"

沈倦最后顿了顿，还礼貌地送上了自己最诚挚的祝福："祝您新年快乐。"

他语气虽淡，却让人明明白白地听出来，他是憋着火的。

"……"

林语惊目瞪口呆，几乎怀疑自己是不是在做梦。

沈倦这人发起火来还真的是可以秒天秒地秒空气的啊！

不是，兄弟，你来告诉我一下，你为什么谁都敢喷？

她还一脸呆滞地站在书房门口，下一秒，书房门被人拉开，沈倦看见她，也愣了愣。

他半秒回神，垂眸看着她："醒了？"

林语惊喃喃："我感觉我是不是还在梦里呢？你是谁？你为什么和我男朋友长得一模一样？"

沈倦抬手，捏了一把她的脸："是你老公。"

林语惊一噎，耳朵发红，瞪着他："要点脸吧。"

沈倦微扬了扬下巴："去，拿行李。"

林语惊眨眨眼："干什么？"

"回家。"

说是回家，这会儿晚上近九点，他们得坐凌晨的飞机，到 A 市后半夜，折腾死个人。

他们最后还是买了第二天的机票，晚上找了个酒店。

林语惊都没反应过来，她根本没想到林芷会放她走。

她本来以为自己走不了了，沈倦可能也走不了，毕竟远在帝都，这不是他的地盘。

俩人一对苦命鸳鸯，她被绑在柱子上，看着沈倦被一堆黑社会围起来疯狂殴打。濒死的边缘这人抬起头来虚弱地对她说了六个字——别管我……你快跑……

林语惊靠在酒店电梯里，看着缓慢往上蹦的楼层数笑得停不下来。

沈倦瞥了她一眼。

之前那会儿她刚睡醒，反应本来就迟钝，一时间没缓过神来，这会儿也明白过来了他为什么会在这儿。

她侧头看沈倦："男朋友，你是不是跟我妈通电话了？"

沈倦也没否认："嗯。"

林语惊问："就……下午的时候？"

沈倦顿了顿，没说话。

她期末考试结束那会儿，沈倦给林芷打了一个电话。

他一个爷们儿，谈个恋爱，连丈母娘都要女朋友自己去搞定，那还搞个屁的对象。

这事林语惊不让他管，所以他本来是想瞒着她的，他拿出了自己这辈子从来没有过的礼貌和诚意，心甘情愿地当了一回孙子。

林芷怎么说他都可以，但她对林语惊说的那些话，沈倦没法接受，他就那么在电话里听着她委屈、哽咽的声音，沈倦心疼疯了，恨不得一秒钟就能过去。

他那么宝贝的姑娘，凭什么这么被人欺负。

亲妈也不行。

亲妈更不行。

他没想到林语惊刚才会在书房外边听着，她心气高，肯定不愿意听到这些。

他沉默，林语惊也就确认了。

一声轻响后，电梯门打开，沈倦拉着她的行李箱往外走，林语惊跟在后面，两人穿过走廊，柔软的地毯藏着脚步声，安静无声。

沈倦刷卡进门，将房卡插好，林语惊跟在他的后面，咔嗒一声轻响，关了门。

他转过身来，还没来得及开口，林语惊直接往前两步靠过去，抬手拽着他的大衣领子往下拉，唇瓣贴了上来。

沈倦反应了半秒，搂着她垂头，张开嘴，任由她闯进来急切地舔舐，和她接吻。

喘息缠绕间，林语惊迷蒙地睁开眼，手指捏着他的大衣扣子，一颗一颗解开，沈倦垂手一瞬，配合着她的动作脱掉外套，落在地上。

林语惊手指下滑，摸上他的皮带，咔嗒一声轻响，指尖收回来。

沈倦垂手按住她的动作，轻轻咬了咬她的唇瓣，哑声说："脏的。"

林语惊亲了亲他的唇角，细白的一根食指勾着他的裤腰往浴室里拽，媚得像个妖精："那洗澡。"

浴室里光线明亮，林语惊一进去直接抬手抽掉他的皮带，垂眼，动作猛然顿住。

他的裤腰边缘露出一点黑色的弧线。

林语惊愣了愣，拽着他的裤腰连带着里面那条一起拉下来了一点。

她动作急，蹭着那块皮肤，沈倦"咝"了一声，轻笑："这么急？"

林语惊没说话，只垂着头，长睫覆盖下去，看不清表情。

沈倦的小腹左侧、靠近人鱼线的地方多了个文身，崭新的，边缘还泛着红。

文身简单黑色，勾勒出一条鲸鱼的模样，不是那么工整写实的图案，线条松散，略有些凌乱，却又细腻精致。

林语惊一动不动，就那么看了一会儿，抬起头来，眼睛有点红："你今天弄的？"

"嗯，"沈倦说，"没想着能这么快见着你，我以为怎么也得等到年后。"

林语惊没说话。

第一次见面的时候她就问过他，文身弄在哪里最疼，沈倦说脂肪薄的地方。

小腹上就薄薄一层皮，肌肉线条都清晰，林语惊平时手指蹭一下这块，他呼吸都能重上几分，这地方有多敏感可想而知，肯定要比其他地方疼得多。

林语惊抿了抿唇："我发现你这个人连文身都很有个性啊，你就不能文个别的地方吗？"

"你不是喜欢这儿吗？"沈倦笑了声，"平时就喜欢摸。"

林语惊仰头："你偷偷文身，我也要，你为什么不带我？"

沈倦抬手，捏了捏她的耳垂："舍不得你疼。"

林语惊推着他往前两步，抵在瓷砖上，低声道："我想为了你疼。"

沈倦肌肉紧绷，喉尖滚了滚，扣着她的脑袋轻轻往上压，转身将两人掉换了个位置，抵着她压在浴室玻璃的隔断上，另一只手抬开花洒，温热的水流哗啦啦地洒下来，将紧紧贴合着的两个人从头浇到了脚。

浴室里的温度不断攀升，水珠滑过潮湿的玻璃面，一个澡洗完，她从他的肩窝里抬起头来，红着眼睛看着他："沈倦……"

沈倦舔吻着她的耳朵尖，把着她的手，含含糊糊地应了一声："嗯？"

林语惊被烫得一抖，手指无意识地用了点力。

沈倦的喉咙里发出闷闷的一声，他仰了仰头，脖颈的线条拉长，喉结滚动。

林语惊像是被蛊惑到了似的，她忽然仰头，含着他的喉结轻轻舔了舔："我不想这样……"

他闭了闭眼，咬着牙说了句脏话，哑着嗓子："林语惊，你别惹我。"

林语惊没听见似的，耳朵通红，头凑到他的耳边，叫了他一声："哥哥……"

她顿了顿，舌尖蹭着他左耳上的黑色耳钉，又说了两个字。

轰的一声，沈倦脑子里所有的理智全都被炸成了废墟。

他扣着她的手腕翻上去，压在冰凉的玻璃面上，哑声叫她："宝贝，叫两声好听的，哥哥疼你。"

……

早上九点，沈倦将餐车推到床边，赤豆粥炖得稀烂，卤煮、炒肝香味弥漫。

沈倦去洗手间洗漱回来，坐在床边，捏了个水煮蛋，敲开蛋壳，仔仔细细地剥。

剥了两个放在碟子里后，他拍拍被子里的人："起来吃点东西。"

林语惊迷迷糊糊地耷拉着眼皮，瞥了他一眼，没听见似的，扭过头去把脑袋扎进枕头里，继续睡。

本来没想着要干什么，沈倦就买的中午回 A 市的机票，现在这么一看，林语惊完全黏在床上了似的，整个人都懒懒的。

沈倦也舍不得她现在折腾了。

他把机票改签，延后了两天。

他们在帝都过了个年，除夕夜那天晚上，还跟何松南视了个频。

何松南视频发过来的时候林语惊刚洗完澡，林语惊穿着浴袍擦着头发出来，从沙发后面绕过去，浴衣也不好系，大片皮肤露出来，细腰长腿，半湿的漆黑长发披散着。

其实只是一晃而过的一个影子，沈倦第一时间就把手机给扣在沙发上了。

何松南在那边惊呼了一声："倦爷？？"

何松南没想到沈倦的速度有这么快，何松南追个姑娘从高三追到大二，人家半点回应都没给他，沈倦这边分开了一年半，这刚回来半年就一起过年了。

何松南扭头就发了个朋友圈：*倦爷厉害。*

蒋寒、李林、王一扬他们其实并不知道发生了什么事情，但是这并不耽误他们迅速加入战场，在刷到这条朋友圈的时候第一时间疯狂回复——

宋志明：倦爷英明神武。

蒋寒：倦爷举世无双。

王一扬：倦爷博学多才。

李林：倦爷万古流芳。

这帮高中语文考试连八十分都考不到的人，吹起牛来词汇量简直高到让何松南叹为观止，甚至好像还有韵脚是什么意思？

沈倦这边还不知道朋友圈里已经骚起来了，他直接把视频挂了，抬眸看着林语惊。

林语惊也愣了愣："你在视频？跟何松南？"

沈倦"嗯"了一声。

林语惊傻了："那我刚才——"

"没看清，就晃过去一个影。"沈倦看着她露在外面的白皙皮肤，胸前还有两块他弄出来没褪掉的印子，突然眼皮子一跳。

他放下手机走过去，抬手拉着她的浴衣腰带，垂眸："怎么了，浴衣太大？"

他到底还是心疼舍不得，沈倦这两天都没再碰过她，他抽掉浴衣带子，将她剥礼物似的从里面剥出来，亲了亲摸了摸，温柔地伺候了她一回，而后抽手。

林语惊的眼睛还有点红。

沈倦低垂着头，俯身亲了亲她的疤。

林语惊一抖，不知道为什么，沈倦在耍流氓的时候，极其喜欢这儿，这人大概是个腿控。

她推着他的脑袋坐起身来，拉过被子藏进去，看着他："沈倦，我知道我腿长得美，但是这不是你变态的理由。"

沈倦笑着咬了咬她的唇角，隔着被子抱着她。

林语惊抬头，忽然叫了他一声："沈倦。"

"嗯。"沈倦闭着眼睛应了一声，声线慵懒。

她隔着被子摸了摸他小腹的人鱼线那块："你什么时候给我文身？"

沈倦顿了顿，睁开眼："不怕疼？"

"那肯定还是怕啊，"林语惊撇撇嘴，翻了个身，撑着脑袋看着他，另一只手从被窝里伸出来，手指勾着他的喉结玩，"那你为什么会文这个上去？阿姨不是不让吗？她如果真生气了你是不是要洗掉啊？"

沈倦笑了笑："既然做出来了就是打算带到死的，这图我很早就画好了，弄的时候其实也没想那么多，就是想打个记号，在自己身上留下点你的印子。"

林语惊愣了愣。

沈倦捉着她的手，轻咬了咬指尖，低声说："以后无论我生我死，林语惊，我都属于你。"

大年初二那天，林语惊和沈倦回了A市。

大学生射击锦标赛在三月中上旬，今年在多伦多举办，沈倦过年休息了几天已经是奢侈了，他一回去就被容怀抓回去训练。林语惊每天在家里待着，写写作业、敲敲代码，和两个学姐合伙接了个小公司专题网页制作的活，本来是想试试，最后竟然也分到了一点小钱。

二月底，A大开学，沈倦专业课那边已经请了假不去上了，每天专心待在训练室里，一待就是十几个小时。

一个星期以后，沈倦跟着A大射击队的几个前辈一起去多伦多。

他们走的那天是周六，林语惊前一天满课，晚上，沈倦直接堵在她寝室楼的楼下，林语惊跟顾夏下课一回来，就看见这人站在树下，仰头靠着。

沈倦余光一瞥，侧眸。

林语惊走过去，眨眨眼："咦，这是谁家的男朋友？"

沈倦笑着抬手捏她的脸："小没良心的，我不找你，你也不来找我？"

林语惊毫不迟疑地打掉他的手："你东西都整理好了吗就过来了？"

沈倦："嗯。"

林语惊问："要去几天啊？"

"十天吧，"沈倦说，"应该十九号结束，我们提前去几天。"

林语惊看着他，没有说话。

"怎么？"沈倦微扬起眉，凑近了点看着她，"已经开始想我了？"

"是啊，"林语惊低声配合着他说，"一想到十天见不到我男朋友，我简直心如刀割、痛不欲生。十天，够不够我发展一段惊心动魄的艳遇？"

她说完又想到什么似的一顿，侧头面无表情："多伦多应该有很多漂亮小姐姐吧？"

沈倦勾唇："是吧。"

林语惊点点头，四下看了一圈，确定周围没人后，压着声愤然道："沈倦，我今天晚上打算用尽浑身解数勾引你，让你彻底痴迷于我的身体，然后去多伦多以后也无暇看其他小姑娘。"

"……"

沈倦彻底憋不住了，直接笑出声来，他后仰了仰身，笑得肩膀直抖。

女朋友太可爱。

每一天都觉得她比前一天更可爱，没辙。

第二天一早，沈倦早早走了。

他走的时候林语惊睡得很沉，她侧脸埋进枕头里，呼吸轻缓、平稳，眉微皱着，不知道梦见了什么。

沈倦抬手，指尖轻轻揉了揉她的眉心，她昨晚被折腾得狠，沈倦看着时间还早，把手伸进被子里，轻轻捏了捏她的腿，揉了揉她的小腹。

下一秒，小姑娘脸蹭着枕头，迷迷糊糊地微睁开一点点眼睛，从睫毛的缝隙扫了他一眼，而后皱着眉、撅起嘴巴，往被子里缩了缩，躲开他的手指，一巴掌清脆地拍在他的脸上。

"……"

早上隔三岔五就被女朋友扇巴掌的沈倦，觉得自己现在脾气已经好到可以去当和平大使。

比如说他现在被扇完巴掌还能当作无事发生过，无奈得半点火发不出，耐着性子哄她。

他垂头，亲了下她的唇，低声道："别动，给你揉揉。"

林语惊不愿意，眼睛都还闭着，半睡半醒间躲开他的手，声音黏糊糊的："不要了，我不要了……我要睡……"

沈倦："……"

林语惊睡醒后，沈倦的飞机都起飞了，多伦多和这边有十三个小时的时差，等沈倦落地，国内已经凌晨了。

难得不用早起、不用自习、不用上课的双休日，林语惊赖在床上不想起，腻歪了半个多小时，计划了一下今天要做点什么。

她脑海里迅速列出了最近的计划表，排在前边的是她的文身。

沈倦身上是条鲸鱼，只勾勒出了一个形，底部一排很漂亮的英文，是她的名字，也是组成鲸鱼的一部分。

字体和线条融合在一起，和谐得像是一体。

但林语惊要弄一个什么，她自己一点想法都还没有。

她用手机查了查网上的一些文身图案，觉得没有一个比得上沈倦的，沈倦工作室里那些废稿或者随手画画的玩意儿，随便拉出来一个都比这些好看。

林语惊觉得，好像直接去他工作室里挑一个也行。

她给沈倦发了个信息跟他说了一声，掀开被子下地，准备起床洗漱。

脚一沾地，大腿肌肉用力后一阵酸疼，林语惊扶着床边"哞"了一声："疼疼疼疼……"

沈倦这禽兽！

沈倦是给了她工作室钥匙的，林语惊没急着去，上午先把这周的作业做了，又看了一下午的书，晚饭过后闲下来，她抓着钥匙出了门，往地铁站走。

她挺久没去过那边了，下了地铁往工作室走，打开铁门和里面单扇小门，走进去。

屋子里还是跟以前一样没什么变化，蒋寒每个礼拜都会来上几天，用他的话来说——倦爷你这地方不应该是束缚，而是归宿，你想干什么就放手去干，什么时候忽然哪天想家了，回来看两眼、待几天，不也挺好的。

也是那天，林语惊对蒋寒的印象彻底从他们第一次见面时，那个抱着抱枕、露着花臂的二傻子形象里淡出。

很多人看着一个样，骨子里又是一个样。

林语惊摸着灯打开，走到里面工作间的长木桌前。沈倦这人不怎么注意这些，大把随手画的图就那么随意丢在桌上，旁边的书架上横七竖八地插着几本速写本。

林语惊叹了一口气，老妈子似的帮他整理东西，将他桌上的那些画纸全都整理在一起，又走到书架前，把那些胡乱放着的速写本一本一本抽出来，摞在一起在桌面上磕了磕。

本子竖着这么一立，纸张松动，从最上面的一本里飘出来一张车票。

林语惊捡起来也没看，刚要给它重新塞回去，余光扫了一眼，顿了顿。

她垂眸，视线落在那张车票上——A 市到怀城。

林语惊怔了几秒，几乎下意识地翻开最上面的那本速写本。

速写本里有些页随手画了些东西，有些上面就是一片空白，唯一不变的是左下角那一个个小小的、铅笔写出来的阿拉伯数字。

89、90、91……

林语惊对沈倦的字太熟悉了，他写数字也有这个毛病，最后一笔会习惯性微微往里勾着带一下。

直到她翻了十几页以后，第二张车票夹在里面掉出来——A 市到怀城。

林语惊手指发僵，脑子里有一瞬间的空白。

她忽然意识到了这些数字是什么。

这些数字是天数，是点滴流逝的时光里，他们分开以后的每一个日夜。

那天晚上，林语惊坐在地上，将所有堆在架子上的速写本一页页翻了个遍。

她找到了几十张往返在 A 市和怀城之间的车票。

第三十二章
白日梦尽头的你

加拿大，多伦多。

机票是代表团统一订的经济舱，座位与座位之间间隔狭窄，沈倦的长手长脚缩在里面十几个小时，他下飞机的时候耐心已经见了底，耷拉着眼皮，一脸"谁都不要跟我说话"的表情。

代表团一共三十来个人，带队的是 B 大的教练，A 大有五名选手，除了沈倦以外，还有朱师姐、容怀和两个卧射的。

他们在机场折腾了几个小时，取完行李以后枪械检查，再存放到靶场，等到酒店的时候已经是这边的下午了，教练和领队的学长在前台办理入住，剩下的人在大厅里等。

朱师姐到哪里都是最活跃的那颗星，在飞机上一路已经和其他学校来的女孩子们混熟了，等熟悉得差不多，女生们话题一转，问到了沈倦。

有姑娘偷偷地扫了一眼靠在大理石柱旁、正在跟容怀说话的人。

他身上穿着中国代表团的红白队服外套，拉链拉开敞着怀，仰着头耷拉着眼皮，脑袋顶在柱子上，左耳一个黑色的耳钉。

不知道容怀说了些什么，他唇角勾起一抹笑，懒洋洋的，有些痞。

似乎是感受到了这边过来的视线，他侧了侧头，瞥过来一眼，黑眸沉静，没什么情绪。

姑娘偷看被抓包，脸稍微有点红，匆匆移开视线，低声说："我以前觉得男生有耳洞好非主流啊，但是吧……"

朱师姐可太懂了，沈倦这人从头到脚没法让女孩子不注意，尤其是和同龄的男生放在一起比较的时候，不光是那张能出道混娱乐圈的脸，他的性格、气质、气场全是吸引力，年轻小姑娘现在都喜欢这样的。

而且现在的女孩，哪有什么不追人的说法，喜欢就大胆上，先下手为强，等能等出什么来，能等着对象吗？

朱师姐跟林语惊关系挺好，瞬间一股责任感油然而生，她决定为林语惊和沈倦的这段爱情保驾护航。

"但是我们沈师弟帅得让人把持不住，是吧？"朱师姐意味深长，"他这耳洞是和女朋友一起去打的，俩人一人一个，耳钉也是情侣款。"

"啊？"姑娘愣了愣，反应过来，"他有女朋友了啊？"

"感情很好，"朱师姐说，"俩人谈挺久的了吧，高中同学好像，他女朋友在我们队比他受欢迎多了，我们这都是看他老婆的面子才愿意带他玩的。"

"那长得肯定好看，"帅哥既然有女朋友，那也就没什么想法了，姑娘叹了一口气，忧郁道，"现在好看的人果然只会和好看的人谈恋爱。"

朱师姐觉得，还真的不是长相的问题。她要是男人，她也喜欢林语惊那样的。

三月份的多伦多比 A 市的气温低上近十度，他们提前两天到，房间分好以后各自回去休息，补觉倒时差。

沈倦和容怀一个房间，他一下飞机就看见了林语惊发的消息：沈同学，跟你打个报告，我去你工作室里找找灵感，看看给自己弄个什么图啊。

沈倦当时就回复了，结果小姑娘到现在都还没回他，到这会儿国内已经是凌晨了，林语惊作息一直挺规律的，十二点前准时睡觉，沈倦也就没再打扰她。

结果一个澡洗完出来，林语惊回复了。

时间还是两分钟前，沈倦看了一眼表，国内时间凌晨四点半，再过一个小时天都亮了。

他"啧"了一声，走到床边坐下，给她拨了个视频过去。

林语惊那边过了一会儿才接，"喂"了一声。

"林语惊，几点了你还不睡？你自己看看几点了，"沈倦架着批评人的语气，满是不爽，"我不在你要上天了是不是？"

林语惊抬起头来，看向镜头里，视频虽然不是很清晰，但还是能够看出来，她眼睛有些红。

沈倦愣了愣，语气瞬间 180 度回暖："怎么了？"

林语惊靠在枕头里，抱着被子没说话。

沈倦挑眉笑，故意说："想我？"

林语惊就很安静地蹭了一下枕头，轻轻"嗯"了一声："想你。"

沈倦心里一软，人都快就地融化了。

她几乎不怎么用这种语气跟他说这些软乎乎的话，除了不怀好意地勾引他和在床上求饶的时候，她从来不服软。

沈倦赛都不想比了，恨不得马上就飞回去，抱着他的小姑娘揉揉、亲亲、哄哄。

她这状态明显有些不对劲，他低声问："怎么了这是？受什么委屈了，跟我说说？"

林语惊不想让他操心，也怕他想太多影响发挥，撑着床面坐起来，随口道："就是今天看了个电影，男女主角虐恋情深，最后全死光了。"

沈倦看了她一会儿没说话，半晌，往床上一靠，笑着说："林语惊，你知道你现在像什么时候吗？"

林语惊眨眨眼："什么时候？"

"你第一次月考，不吃午饭，跟我说你复习得太投入忘了那会儿，"沈倦说，"跟现在的表情一模一样。"

林语惊想起来了，那次孟伟国突然来学校找她，她吓得不行，还放了沈倦鸽子。

她笑了起来："沈同学，这事你记到现在的吗？"

"怎么不记，气得我一下午气都不顺，老子这辈子头一回关心一姑娘，还天天随口就糊弄我。"

林语惊笑着倒在床上。

他这么一提，高二那几个月的事全都一桩桩地闪过脑海，林语惊倒在枕头里和他聊天，以前的事一件一件提起来，开头都是"你记不记得"。

沈倦当然都记得，没问她怎么忽然开始回忆起这些来，安静听她说，偶尔插两句。

她头埋在枕头里，说着说着声音越来越低，到后面带上了鼻音，间隔时间也变长，她低声叫他："沈倦。"

"嗯？"

"我做错了，如果我那时候再勇敢一点，再多相信你一点就好了，"林语惊迷迷糊糊地说，"你最难过的时候，我就可以陪着你……"

他们都觉得自己做错了，觉得自己应该对对方更好一点。

沈倦愣了愣。

他想起之前那条信息，隐约察觉出来了她不对劲的方向，他眯了下眼："林语惊，你是不是……"

啪嗒一声，手机往旁边歪了歪。

林语惊睡着了，她枕的是他的枕头，手机靠着枕边就那么斜斜立在那儿，屏幕里小姑娘睡颜安静、闭着眼，似乎能够听见她均匀的呼吸声。

沈倦就这么听着、看着她，好半天都不舍得挂视频。

他抬手，指尖落在屏幕里人的眉梢眼角上，滑着屏幕缓慢勾勒了一圈，他叹了一口气，压着嗓子："晚安，宝贝。"

沈倦倒了个时差，第二天枪械试调，然后正式开始赛前训练，隔天第一场比赛。

射击在国内其实没什么人关注，比起其他项目人气就非常低了，尤其是加了"大学生"三个字以后，何松南在他走之前说这比赛听着像个国际青年友谊交流赛。

意思就是看不出什么含金量，这比赛的存在不是搞运动竞技的都没什么人知道。

沈倦不在意这个，他的目标也不在这儿，这次本来也就是来试试水，看看他这几个月的复健做得怎么样，顺便刷刷成绩。

他看重的是九月的世锦赛。

沈倦的比赛在第三天，分两部分：资格赛和决赛。资格赛没什么难度，决赛取资格赛的前六名，全部 4 秒射击，末位淘汰制，以命中和脱靶计分，命中计 1 分，脱靶 0 分。

从第四组结束开始，积分最低的一个人淘汰，之后每组淘汰一个人。

到第八组，只剩下沈倦和一个俄罗斯男孩。

决赛的站位是按照资格赛排名来站的，俄罗斯男孩在第三，他长了张娃娃脸，碧绿的漂亮眼睛，侧头看了一眼。

沈倦面无表情地站在左起第一位，身上穿着中国代表队的运动服，单手插在裤袋里，下颚线条绷直，唇角微抿着，看起来冷酷而无情，光从气势上就足够让对手感受到压力了。

沈倦此时的总积分是 30 分，排在第一位，"绿眼睛"27 分。

容怀坐在后面的观众看台上，一脸兴奋地拍着朱师姐的大腿，压低了声音喜道："我说什么来着！我说什么来着！我就说了只要我师哥在，金牌就没有别人的份！"

朱师姐被他拍得腿疼，一边狂点头一边安抚着小朋友，她是真的不明白，容怀平时看着挺高冷的一个小正太，怎么一谈到沈倦，就像个失心疯一样。

"好了好了，我知道了，金牌金牌。"朱师姐哄着他说。

"绿眼睛"现在和沈倦差了 3 分，也就是说第八组除非沈倦三枪脱靶，不然他想不拿个金牌都不行，而这个可能性基本上不存在，沈倦比赛时的状态比训练要稳得多。

朱师姐"啧"了两声，手机往上抬了抬，给了冷酷无情的神射手一个特写，发给林语惊。

林语惊远在万里之外，捧着笔记本、咬着手指看直播。

镜头刚好对着沈倦一点一点推进。

和他在一块的时候都注意不到，在镜头里就显得格外明显，他身上的少年气不知道从什么时候起一寸一寸地褪去，男人背脊挺拔笔直，肩膀宽阔，她看见他垂着头，握着枪的手指习惯性微微翘了翘，而后忽然顿了下。

沈倦回过头来，远远望向镜头的方向。

安静看了几秒后，他忽而勾了勾唇角，懒洋洋地笑着从口袋里伸出手来，食指和中指并拢抬起，轻轻点了下眉梢，而后指尖向上扬了扬，也不知道是做给谁看的。

林语惊愣住。

从这一个瞬间起，时光开始迅速倒退，画面一帧一帧地往回拉。他和某个藏在回忆里穿着红色球衣、站在明亮的篮球场上、垂眸看着她、一步一步倒退着的桀骜少年重新交叠重合。

酒旗风暖少年狂。

他没说话，话却都蕴含在了眼睛里。

他笑着，眼底藏了光。

沈倦这个金牌拿得意料之中，也意料之外。所有人都没想过他可以用五个月的时间来填满这四年的空白。

但是拼也是真的拼，学业训练两头跑。连顾夏都看出来了，问林语惊，你们家状元最近是不是瘦了。

这个大学生射击锦标赛虽然知名度不高，但还是会有很多教练和团队关注，跟团过来的体育周刊就有两家。

沈倦这种颜值在线、业务能力过硬的新生代实力小将，是最容易制造话题、掀起迷妹狂潮的。赛后，同行的体育杂志记者小姐姐拉着他做了个采访。

沈倦之前已经做过简单的几句话采访，这次不是特别正式的、趋近于专栏的采访，带点娱乐性质。小记者看着二十岁出头，应该大学刚毕业也没多久，甚至问问题的时候还有些紧张。

沈老板王爷似的大咧咧地敞着腿，靠进休息室的椅子里，抬了抬手，甚至还好脾气地安抚起她来了："没事，你有什么就问什么，放轻松，不用紧张，要不要喝点水休息一下？"

他非常体贴。

小记者深吸一口气，平静下来开始提问，问题都比较常规，沈倦三两句就回答了，并且对自己的答案非常满意。

比如——

记者："你觉得在训练的过程中，给你最大动力和支持的人是谁？"

沈倦平静道："我女朋友。"

记者："你现在最想感谢的人是谁？"

沈倦淡声说："我女朋友。"

记者："……"

记者决定放弃所有关于"谁"的提问，她垂头，迅速扫过面前本子上列出来的一个个问题，跳了三四个，才终于找到了一个。

记者欣喜地问："你这次成绩亮眼，九月份的世锦赛会争取名额参加吗？"

沈倦看了她一眼，像是完全明白她在想什么，勾唇："不一定，我问问我女朋友。"

"……"你是不是一句话都离不开你女朋友？你秀个屁啊秀。

记者已经放弃了，麻木地继续问："你曾经在进省队的时候放弃了射击，四年没有再接触过训练，是什么让你重新回到曾经的战场？毕竟四年的空白，几乎是一个运动员所有的黄金时间。"

她本来以为下一秒，沈倦就会说"是我女朋友"。

但是这次没有，男人后仰了仰身子，抬眼，似乎是思考了一会儿，才语气认真、慢条斯理地说："我师弟劝我回来的时候曾经说，他觉得如果是我的话，就算空白这几年，回来也可以争取一下拿个奖牌。"他一笑，"这话我当时听着有点不舒服，所以我来纠正一下他的话。"

"只要我站在这儿，金牌只能是我的。"

容怀问他，你都没上去看过就不再上去了，你甘心吗？

沈倦当时说，没有什么好不甘心的。

那是假话，他怎么可能甘心？

谁没做过意气风发、鲜衣怒马的梦？他少年狂气、天赋极佳，从最高处一把被人拉进深渊、缚上枷锁，将光芒严严实实地沉下去。

这怎么会甘心？

他甚至怨过洛清河，沈倦觉得自己从没畏惧过、逃避过什么，无论遇到什么事情，倦爷都是所向披靡的。唯独在洛清河这件事上，他的勇气和坚持，全部都是林语惊一片一片帮他重新捡起，然后拼凑到一起去的。

林语惊说她当时应该更勇敢一点，沈倦却觉得自己远没有她勇敢。

采访到最后，记者笑着开始搞事情了："一直听你不停地提起你的女朋友，看得出你们感情非常好，她是你的最爱吗？我是指除了家人以外所有的，"她开玩笑道，"这个世界上所有人和事，包括射击和玛丽莲·梦露。"

沈倦垂下头，很淡地笑了下，和采访到现在所有的笑都不同，他唇角缓慢又自然地一点一点翘起，眼神温和而宠溺。那一刻，桀骜不驯的雄狮变成了一头温柔的野兽。

"不是，"沈倦笑着低声说，"她就是我的全世界。"

后来，这篇专栏的内容和视频被放出去，这本不太红的体育周刊当月销量直接翻了一番。小蘑菇嗷嗷叫着把自己的 QQ、微信、Ins、微博……所有的签名都改成了"她就是我的全世界"，并且每天乐此不疲地跟顾夏演戏。

小蘑菇比顾夏要矮上一截，她深情款款地仰着脑袋看她："宝，我和射击你更爱哪个？我是你的最爱吗？"

顾夏也闲得慌，愿意配合她："不是，你就是我的全世界。"

"……"林语惊从最开始的尴尬羞耻到哭笑不得，再到后来直接面无表情地随手从桌上抓了包零食丢过去："能歇歇吗你们俩？"

一个礼拜后，沈倦从多伦多回来，他回来的那天晚上，林芷来找了林语惊。

沈倦晚上九点落地，林语惊是准备去接他的，她看了眼时间，也还来得及。

地点还是林芷选的，一家新开业的私房素食馆。素食馆不大，一共只设了六张桌子，环境清幽，禅意冥冥。

两个人上次不欢而散，闹到这种程度，林芷也依然沉得住气，开场三句话依旧是她的老三样，就像是没发生过任何事情一样。

林语惊和她比起来到底还是太嫩了点，她不行，她浑身上下都难受，她不知道这是不是林芷在商场这么多年养成的习惯，但是这种"你不说我就假装我们之间没有矛盾存在"的态度让她极其不舒服，然后一旦她先开了口，主动权就掌握在林芷的手里，节奏完全被她拿捏着来。

沈倦九点下飞机，林语惊得提前一个小时往机场走，她不想浪费时间，夹了块素鸡不紧不慢地吃完，放下筷子抬起头来："我知道过年的时候沈倦冒犯您了，不管您今天是来兴师问罪的，还是再提醒我一次没人会爱我的，都随便吧，都可以，您也别憋着了，有话直说。"

林芷看了她一眼，也放下筷子，捏起旁边的纸巾："我没打算兴师问罪，他跟我道过歉了，我也没有跟小孩计较这个的时间。"

这事沈倦也没跟她说过，林语惊很快反应过来，露出一个短暂的笑容："是啊，您一直忙。"

林芷单手撑着脑袋，指尖轻轻揉了揉："我年前联系了认识的朋友，本来打算把你送去美国留学。"

林语惊用两秒消化这句话，然后差点儿蹦起来："什么意思？"

"就是我打算把你强行送出去，已经联系了学校。"林芷说。

林语惊能感觉到自己手指发僵、指尖冰凉，但是脑子里却异常平静，思路格外清晰。

"我劝您别浪费这个精力了，"林语惊平静地看着她，"您觉得我还会像高中的时候那样说走就走吗？就算您把我送到天涯海角我也会回来。"

"所以，"林芷说，"我放弃了，这件事我以后不管了。"

林语惊愣了愣。

"你十八岁了，不是小孩子了，我像你这么大的时候已经在帮着你爷爷处理公司的事了。"林芷风轻云淡地说，"你性子犟，你有自己的想法和坚持，我说服不了你，我在工作上每天跟人斗得够累了，也没什么精力和必要跟你一直斗下去，闹成这样谁都不好看，你毕竟是林家的孩子，是我女儿。"

林语惊都没反应过来，她是带着满满的战斗欲望来的，甚至脑子里都打好了草稿要怎么说了。

"就是说，你不反对了？"

"是，"林芷放下纸巾，继续道，"但我依然不觉得男人可靠，感情一定会变，没有什么爱情的保质期是一辈子。"

"我不赞成，但我也不管了。很多事情，时间和现实以后会让你明白我说的是对的。"

林语惊明白了。

没有什么能够说服她。林芷的骄傲让她无法低头服软，让她永远不可能被说服、永远都不会承认自己是错的。无论她是不是觉得自己错了，她都不会承认。

林语惊不在乎这个，随便吧。就像她说的，时间和现实以后会证明一切。

这顿饭吃得比林语惊想象中的要更风平浪静，结束之前，林芷沉默地看着她站起来，没马上动，只叹了一口气，声音里有疲惫，也有茫然："无论你相信还是不相信，小语，妈妈把你从你爸那儿接回来，是想对你好的，我也尽力在做我觉得对你好的事了，我不知道为什么事情会变成现在这样。"

林语惊动作一顿。

她捏着外套扣子的手指紧了紧，转过身来："我相信您是想对我好的，但是妈，有些事情是没办法弥补的，时间过去了就永远都找不回来了。

"我两岁的时候想要一根棉花糖，想去游乐园，想让我的父母看我一眼，想让妈妈抽出哪怕十分钟的时间陪陪我、给我讲个睡前故事，哄我睡觉。

"没人给我，没人看得到我。"

林语惊肩膀塌了塌，眼神安静地看着她："现在我十八岁了，我还会想要吗？"

沈倦的飞机误了点。

林语惊等得整个人都蔫巴了，去星巴克要了杯拿铁，续了三次杯，跑了两三次厕所，最后星巴克那个小姐姐看她的眼神充满了内涵，林语惊仿佛看到她写在脸上的——你要不要这么穷。

沈倦还没出来。林语惊没好意思再坐下去，靠在机场的柱子上等他。

沈倦晚了两个小时又提取行李，快十二点，一行人才风风火火地出来。

他们人多，又都穿着国家代表队的队服，非常惹眼，一出来林语惊就看见了沈倦。

他走在最后一排和旁边的一个女生正在说话，那女生不知道说了些什么，沈倦淡淡笑了一下。

两人身上一模一样的队服，此时看起来像是情侣装。

嗯?

嗯嗯？？

林语惊直了直身子，没马上走过去，看着他出来，抬起头四下扫了一圈。

林语惊站的那个位置正对着出口，沈倦一眼看见她，拖着箱子，脚步顿了顿。

那女生也跟着停了，站在他旁边说了句什么。

林语惊眼睛一眯，表情很危险。

沈倦大概是看清了她的表情，忽然笑了。

那女孩愣了愣，顺着他的视线看过去，看见那边站着的林语惊。

林语惊也不动了，她重新靠回到柱子上，没什么表情地看着他。跟沈倦待在一起久了，她把他的这个姿势学了个十成十，微扬着下巴，神情淡漠慵懒。

她像个高傲的女王，脸上写满了"我不过去接你，你自己滚过来"。

沈倦心情很好地勾着唇，走过去跟领队的教练打了声招呼："韩教练，饭我不吃了，就先走了。"

沈倦是这次比赛的主力，站 C 位的，韩教练当然不答应放人。沈倦笑了笑，扬了扬下巴："家属等得急了，不高兴了，我得哄哄。"

韩教练都愣了，实在没有办法把这个平时脸上写满了"你们都是我孙子""这届对手为什么这么菜"的人和此时说着"我得哄哄"的他联系起来。

不过这次比赛，尤其是采访过后，所有人都知道了平时厉害得飞起来的大魔王，其实是个女朋友即全世界的恋爱脑，对这个传说中能驯服大魔王的女人充满了好奇。

韩教练看见那边站着的林语惊，也不能多说什么，赶紧就放了。人家属重要还是和队友吃个饭重要？

沈倦拖着箱子，无视身后一帮人乱七八糟的议论，大步走过去，站定后垂着头。

然后他将行李立在一边，抬手抱住了眼前的姑娘，扣着她的脑袋摁进自己的怀里。

后边围着看戏的某女队员"嗷"地叫唤了一嗓子，猛拍朱师姐的大腿：

"咋回事啊！魔王谈起恋爱来，画风和平时不一样啊！"

她一边拍，一边目不转睛地看着，那边小姑娘都没回抱他，从他怀里钻出来，依然一脸冷淡的样子说了些什么。

沈倦抬手揉了揉她的脑袋。小姑娘高冷地拍掉他的手，转身就往外走。

沈倦略有些无奈，拉着行李快步跟上去。

另一个女队员"啧啧"了两声："这是沈倦？这简直像是换了个人格。"

"换了个人格？"朱师姐老神在在，一副很懂的样子，"沈倦在他老婆面前根本就没人格。"

"……"

容怀叹了一口气，摇头，心道：我以后找了女朋友可不能像师哥这样。

没有人格的沈倦此时跟女朋友上了车，他的车停在了机场停车场。沈倦将行李放在后面后上车，林语惊刚坐上副驾驶，安全带还没等扣上，就被他粗暴地一把拽过来，摁着她的脑袋吻上去。

林语惊眼睛都没来得及闭，就看见他的睫毛垂下去。

……

沈倦回来的当天晚上，变着花样地逼她坦白了这几天到底发生了什么。

林语惊刚开始不想说，她像一个女战士一样饱受摧残，两个小时后终于抛洒着热泪、挥舞着白旗投降，一五一十把在工作室里看见的东西全都招了。

沈倦听完，沉默着没说话，只垂头咬着她的脖子。

完事以后，沈倦抱着她，林语惊微微扬了扬头："倦爷，问你个问题。"

"嗯？"他声音带着浓重鼻音，懒散微哑。

"你去了怀城那么多次，看见过我吗？"

沈倦淡淡道："没有。"

"那你还去干什么？"林语惊问。

沈倦抬手，指尖绕上她的头发，从中间滑到发梢，捻在指腹，半晌他才开口："不知道，就想看看。"

他就想看她仰头能看见的天空，踩她脚踩着的地面，听着一墙之隔的地方她听着的铃声响起又静下，吵闹欢笑的操场又渐渐安静。

每次过去发上一会儿呆，他就能踏实一段时间，然后继续干自己该干的事。

沈倦说："我当时什么都没了，我只剩下你。"

林语惊鼻尖发酸。

她仰起头来，捧着他的脸："你还有家人，我才是什么都没了。"

她想起林芷今天说的话，想起她疲惫又迷茫的语气和眼神，红着眼睛慢吞吞地重复："沈倦，我什么都没了，我只剩下你。"

沈倦拉过她的手拽下去，垂头亲了亲她的头发："你有我，就什么都有了。"

四月中旬，沈奶奶大寿，还特地亲自给林语惊发了个QQ。

老太太打了一堆乱码，后来放弃了，可能谁教她用了语音，她又发了长长的一段语音过来，要林语惊一定到场、必须到场。

老太太后边又补充了一句发过来：沈倦可以不来，你们家来一个人就够了。

最后老太太给她发了个表情包，轻松熊的，还挺萌。

林语惊一直不知道沈奶奶这么潮的老太太，为什么会有沈倦这种性格的孙子，他哥沈澜跟他的性格也完全不一样，直到她看见了沈家爷爷。

老爷子精神头很足，据说因为偶像是张大千，特地留了一把胡子，其实就小小一绺，还被沈奶奶找了个红色带小粉花的皮筋给扎起来了。

沈爷爷整个人的气场冷漠又严肃，配上胡子上扎着的粉花小皮筋，这种潮流前线的造型当场就把林语惊给镇住了。

晚上临走前，林语惊被沈爷爷叫上了楼。她穿过长廊走到书房里。

沈爷爷从角落的架子上抽出一幅画，强行塞给了她，塞之前还特地强调了好几遍："傅抱石知道吗？"

林语惊点点头。

老爷子露出了今天晚上的第一个笑来，乐呵呵地往画轴上一指："真迹，真的，和那些个假货可不一样。"

"……"林语惊总觉得老爷子在暗示沈倦之前八位数拍了个假的回来

这事。

她连忙点头，拍马屁这事她最会了："您放心，我拿回去给沈倦挂床头，每天逼着他欣赏二十分钟，每周写一篇八百字的赏画心得感悟。"

沈老爷子的眼神有些惊喜，手一抬："你这法子还挺好。"

回去的路上，林语惊把这件事和沈倦说了，笑得她靠在车窗上。

沈倦瞥了她一眼，好笑地嗤了一声，抬手捏了捏她的脸："傻子。"

林语惊还是笑，笑得脸和眼睛都发酸。

沈倦特意每次回老宅都带着她，她一来，沈奶奶就拉着她的手跟她说话。

沈澜从国外回来，带了一堆礼物。堂姐看上个包，跟他要，沈澜就笑眯眯说了一句："这个可不能给你，给咱弟妹买的，要么你跟阿倦打一架。"

他们都对她好，好得就像已经是一家人了，是她的哥哥，她的奶奶。

她明白了他的意思。

"你有我，就什么都有了。"

这年的春天很长，夏天来得晚，林语惊一直研究着她的文身要弄个什么花样，可惜没什么结果。

她还特地发了个朋友圈咨询，林语惊好久没怎么刷过朋友圈，不刷不知道，一刷吓了一跳，满屏都是何松南。

何松南：我女朋友真可爱。

何松南：给女朋友买衣服都得去童装区。

何松南：今天给我家小如意抓的。

何松南：祝你事事如意。

最后这条有照片，小棉花糖手里拿着一盒章鱼烧，嘴里还塞着一个，腮帮子鼓鼓囊囊的，瞪着大眼睛茫然地看着镜头。

小姑娘看看还是那么丁点高，脸上肉乎乎的，倒是比高中那会儿白了点，变好看了不少。

下面的评论也很热闹。

蒋寒：我真是服了，你跟沈倦两个货还让不让人活了？谈恋爱就谈恋爱，能不能少发点朋友圈？

李林回复蒋寒：南哥追三千年了，理解一下吧，激动的心无处安放。

宋志明：南哥两分钟前刚追到手，扭头就发了八百天朋友圈，制造出一种在一起很久了的假象。

林语惊愤怒了，把手机举到沈倦面前："我的小棉花糖什么时候被这人骗走了？"

沈倦瞥了一眼她的手机屏幕，漫不经心道："宋志明不是说了吗，两分钟前。"

"……"

挑图这事一而再、再而三地被打断，最后林语惊放弃了，怎么挑都觉得不满意，干脆就要了个和沈倦一样的，再把下面的名字换成他的。

"就是情侣文身！"林语惊兴致很高地说，"我要大的，跟你那个一样大的，比较帅。"

她腿上的疤在靠近大腿内侧，近腿根的位置。本来想着弄在这儿的时候，林语惊还没觉得什么，她就觉得刚好挡一下疤，也挺好的。

直到准备文的时候，沈倦拿着东西和文身机，走到她面前，拍拍她的屁股："脱裤子。"

林语惊："……"

做那事的时候脱裤子是一回事，现在在工作室里，就这么让她脱裤子那是另一回事。

林语惊打死也干不出来，干脆她闭上了眼睛。

沈倦很懂她，垂头，手指搭在她的裤腰上，慢条斯理地帮她解开，剥了下来，白嫩修长的腿暴露在空气中。

沈倦抱着她让她坐下，然后分开她的腿，趴在她的腿间，戴着黑色手套的手按在她的腿根。

林语惊哆哆嗦嗦的："沈倦……"

"怎么了？"沈倦轻声应。

林语惊不说话。

她半天没给回应，沈倦伸手，指尖轻轻蹭着她腿上的疤，又问："嗯？"

声音里明显是忍着笑的。

第三十二章 白日梦尽头的你 301

　　林语惊清了清嗓子，努力克制住不把他脑袋推开的冲动，敏感地缩了缩："我觉着这个姿势好像……不是太文雅。"

　　沈倦头没抬，声音有些哑："哪儿不文雅？"

　　林语惊张了张嘴，耳朵红了。

　　沈倦低笑了一声，叹了一口气："不逗你。"

　　他走到客厅，拽了条灰色的毯子，盖在她的小腹上，开了机器。

　　林语惊抬手去抓他的手臂，紧张得人都有点抖。

　　沈倦亲了亲她的手指："怕？"

　　"我有点怕疼。"林语惊嗓子都发紧。

　　沈倦抬起眼来，漆黑的眼睛看着她，声音低沉、温柔："那咱们不弄了。"

　　林语惊舔了下嘴唇，答案和上次一样："不，我想为了你疼。"

　　沈倦眸色渐暗，他勾下口罩，放下手里的文身机站起身来，手撑在床边倾身吻她。

　　一个温柔绵长的吻后，沈倦额头抵着她的额头，鼻尖蹭了蹭她的鼻尖，唇瓣轻轻碰了碰，眼眸很深："那就为了我再疼一次，最后一次。"

　　沈倦这人有点病，在他的东西上必须都得留点什么，比如看过每一本书都要写上名字。

　　是他的，别人动都不能动。

　　林语惊是不一样的，他舍不得碰，舍不得她疼，舍不得在她身上留下他的东西，沈倦觉得她留不留都无所谓，他是属于她的，这就够了。

　　但是这一刻，他心里那点占有欲冒出头来，他想留下点什么，刻进她的骨血里。

　　沈倦之前做过一个梦。他梦见高二那年的自己，浑浑噩噩地度过了休学的一整年后，放任自己沉到最深处，连灵魂都寂静。

　　然后他遇见了一个人。

　　姑娘明眸皓齿，扑闪着长长的睫毛，下巴搁在他的桌子边上，眼睛亮亮地看着他："沈同学，我觉得同桌之间要相亲相爱。"

　　故事从这里开始。

　　他的世界有光照进来，一只纤细、柔软的手拉着他，将他从冰冷黑暗的深海里一点一点拉出了海面。

大腿内侧相对来说比较疼，最开始扎进去的时候痛感其实不太明显，像是蚂蚁咬着，细细密密的，但随着时间推移，越到后面，痛感越开始一点一点浮现。

沈倦速度很快，他不舍得弄太大，全程一句话都没说，下颌线条紧紧地绷着，直到最后一下扎下去，沈倦放下手里的文身机，用毛巾轻轻擦过，长长地吐出一口气。

他手套裹着的手心里全都是汗。

林语惊坐起身来，垂眼去看，小姑娘疼得眼圈通红、眼睛湿漉漉的。

白皙的皮肤上，他文了六个字母——Savior，很漂亮的手写体，最后一笔微微勾着上挑，一眼就看得出来是他的字。

后边两条简单的线勾勒出一条很小的鲸鱼，堪堪遮住她的疤，整个文身都比他的要小上一大圈。

林语惊看到这个单词的时候愣了愣，几秒后，她抬起头来，笑眯眯看着他："沈倦，以后我也属于你了。"

她顿了顿，看着他轻声道："以后无论我生我死，我都属于你。"

沈倦捏着指尖摘掉手套，走过去抱住她，头埋在她的颈间。

"好。"

他听见自己哑声说。

荒凉白日里，我被禁锢在陈朽的黑白梦境中，这里乌云蔽日、寸草不生，万物都荒芜。

直到你从荒原中走过。

你踏过之处，世界开始苏醒，我看见野花压满枝头沿途狂野生长，白雪滑落树梢寒梅怒放，我看见归鸟蝉鸣，烈日骄阳。

我看见白日梦的尽头是你，从此天光大亮。

你是我全部的渴望与幻想。

番外一
有你便不再遗憾

这年世界射击锦标赛在日本举行，九月初正是开学的时候。

林语惊错过了他归队以后的第一块金牌，不想再错过一次，而且世锦赛的意义重大，和之前的几场小比赛完全不一样。

她偷偷瞒着沈倦提前办好了签证、买了机票，也没告诉他自己也要去，订了比他们晚一天的机票。

林语惊瞒得很彻底，收拾好的行李放在了宿舍里，一副若无其事的样子，她还跟沈倦表达了一下自己不能在场看着他拿到金牌、勇夺第一名的遗憾。

她说到最后，自己差点都信了，眼圈竟然还有点红。

沈倦走的前一天晚上，何松南张罗着大家一起吃了个饭，给沈老板送行，餐厅也是何松南挑的，小棉花糖帮着他选，最终挑中了一家日料店。

林语惊和沈倦到的时候桌前已经坐了一圈人，何松南正把他的女朋友抱在怀里揉。小棉花糖被他揉得脸蛋红扑扑的，害羞得不行，一边小声反抗一边努力从他怀里钻出去，黏糊得没眼看。

林语惊实在看不下去了，侧了侧头，看向坐在角落里的蒋寒和王一扬。

这两人也凑在一起，手里拿着手机，头碰着头地玩《炉石传说》。

"沙德还能这么用的吗？"

"一发入魂懂？轻轻松松送你上西天。"

"……"

两只母胎狗，散发着单身的清香。

林语惊觉得，看着他们俩，自己心里舒服多了。

这家日料店的老板是一对日本夫妇，人很好，店面不大，生意很火。

一群人边聊着天边吃，吃到一半，蒋寒抬了抬筷子："兄弟，我真的最佩服你，"他看向沈倦，"说干什么就干什么，还能做成最牛的那个，你那个世锦赛什么的我不懂，但我知道是你的话肯定能成，这样，我就等着明年我多个奥运冠军哥们儿，行不行？"

沈倦笑了笑，没说话，夹了个寿司，蘸上蘸料，放在林语惊的碟子里。

林语惊夹起来咬了一口，看了他一眼。

这天晚上所有人都热情高涨，除了傅明修和沈倦要开车，剩下的人完全肆无忌惮、放飞自我了。

清酒度数低，后劲儿却足，林语惊仗着自己酒量还不错，把清酒当水似的喝，最后被沈倦抱上了车。

沈倦把她放在车后座躺着，刚一起身，林语惊就抬手环住了他的脖子，把他拉了回来。

沈倦猝不及防，被她猛地带回来，差点压上去，手臂撑着车座靠背堪堪稳住。

林语惊拽着他往下拉，在他唇上亲了一下，呼吸里带着淡淡的酒气："沈倦。"

夜晚，车里光线昏暗，沈倦垂眸看着她："嗯？"

"我告诉你一个秘密，"林语惊搂着他的脖子，"我偷偷买了机票去日本，想给你个惊喜。"

沈倦："……"

"我怕你不让我去，护照和签证我偷偷藏在床垫下面了，"林语惊得意地说，"你肯定找不着。"

沈倦好笑地看着她："现在我能找着了。"

林语惊不搭理他，自顾自继续道："我想看着你赢，我都没亲眼看着你赢过，"她低声嘟哝，"最后一次，我怎么也得在吧，我想亲眼看着你。"

沈倦一顿。

他垂头，亲了亲她的耳朵："什么都知道？"

这会儿清酒的劲上头，林语惊话多起来了，她撑着椅子坐起来，靠在车门上看着他："如果你今年在世锦赛上拿了金牌，你就站在巅峰了，然后呢？"

沈倦回手关上车门，拉过她的手，捏在手里把玩，垂着眼，漫不经心道："回来上课，没有然后了。"

他明白她问的是什么，她也知道他的意思。

容怀之前经常会跟林语惊说，觉得师哥太厉害了，学业和训练两边都不耽误，还能做得最好，感觉完全不会累。林语惊当时没有说话。

他姓沈，又不是姓神。

人怎么可能不会累呢，所有人都会累，只是有些人，他们不会让你看到罢了。

就像高中的时候，他天天上午都是睡过去的，后来才知道他每天晚上要在工作室熬到凌晨，睡眠时间经常只有三四个小时。

A大这种学校，想要在训练的同时跟上学业的进度，也绝对不是件容易的事情，不可能长时间地保持这种状态。

人总要面临选择。

学业和射击，沈倦也要选。

林语惊侧头看着车窗外，车流像流光，断断续续，一节一节地缓慢流淌。

"我就是不想让你遗憾。"

沈倦笑了笑："这次世锦赛回来，我也没什么遗憾了，命运对我很好，把你给了我，我有的时候会想，如果我当时没有放弃，也就不会碰上你。"

光影明明灭灭，沈倦侧过头来看着她，低声说："林语惊，我很幸运。"

——所有的遗憾和错过你相比，都是一种幸运。

番外二
倦爷一辈子疼你

　　林语惊发现，沈倦最近好像有点不太对劲。

　　两个人的工作平时都挺忙，晚上也是一个人占着沙发一头，各忙各的。林语惊有时候去厨房倒杯水，从他身后走过去，几次都无意瞥见他刚好切换掉网页页面。

　　男人没骨头似的瘫在沙发里，单手撑着下颏，另一只手的手肘压在沙发靠垫上，指尖在笔记本的触控板上轻缓滑动，微垂着眼看屏幕上的报表，神情冷淡，跟没注意到她的视线似的。

　　林语惊对他这副样子其实很熟悉，这人认真做事情的时候一贯这个样，得凑到他面前去盯他好一会儿他才会发现，于是林语惊也就没多想。

　　但是次数多了，总还是会察觉到一些端倪，以及些微的不自然。

　　比如连着好几天，每次她一放下手里的东西起身或者从他旁边走过去，沈倦的手指都会幅度很轻地、条件反射似的动弹一下，然后极其凑巧的，笔记本上刚好都是同样的内容，始终都停留在那页报表表格上，进度条看着好像都没往下调过。

　　林语惊觉得这沈倦最近是不是精神状态不怎么太好，怎么工作效率这么低下？

　　她潜意识觉得事情应该没有那么简单。

　　十一月，接近年底，公司又忙着一个新项目，她每天饭都顾不上吃，大小会议一个接着一个地开，也没那么多时间关注沈倦为什么业务能力忽然一下变得这么次，一张报表得看上一宿。

　　但是沈倦确实回家的时间越来越晚了，以前到点准时回家，有个工作没做完也都会拿回来，现在天天见不到人。

　　林语惊问他一句干什么去了，他也敷衍了事，要么就岔开话题，完全不正面回答她。

林语惊陷入了沉思。

美国电影《七年之痒》里，有爱情在七年后会进入一段危险时期一说，原因是人体内的细胞每七年会完成一次新陈代谢，爱情会变得平淡而乏味，然后进入倦怠期。

林语惊和沈倦毕业三年，如果从大学真正有情侣之间亲密一点的接触开始算起，俩人刚刚好恋爱七年。从时间上来看，已经步入了"七年之痒"的倦怠期。

她决定跟沈倦聊聊。

林语惊现在脾气比以前好多了，进入社会以后很多地方都被一点点打磨得圆润，她耐心极了，一直等到十一点多。

沈倦回家后，眯着眼睛进去洗了个澡出来，懒趴趴地翻上床。

林语惊靠在床头，放下书，瞥了他一眼。

沈倦没反应。

林语惊隔着被子踹了他一脚。

沈倦眼皮子掀了掀，又合上，长臂一伸，捞着她勾过来搂在怀里，鼻音低沉，带着疲惫："嗯？"

林语惊被他抱在怀里，仰头，鼻梁蹭着男人消瘦的下颏："沈倦，你最近表现得很不好。"

沈倦闭着眼，懒懒道："怎么不好？"

"你竟然还有脸问我怎么不好？"林语惊平静道，"你自己心里没点数吗？"

沈倦闭着眼笑了，胸腔微震："最近太忙，冷落我老婆了？"

林语惊踹在他的小腹上，把他蹬远了点，没好气道："谁是你老婆？领证了吗？结婚了吗？现在天天家都不回了，还想讨老婆？"

"明白了，"沈倦带着笑，"这是暗示？这么想跟我领证？"

林语惊："……"

"沈倦，你要点脸，谁想跟你领证了，一个破证重要吗？"

沈倦睁眼，垂眸看着她："不重要吗？"

"不重要啊，"林语惊一脚踹开他，不在意道，"婚姻不就是那么回事吗？"

"……"

沈倦对她这点口是心非的傲娇小脾气很了解，但了解归了解，有时候还是会被她一句话气得够呛。

他看着她，微眯起眼，嗓子发沉，警告似的："林语惊。"

林语惊把想说的话全憋回去了，干脆不搭理他，翻了个身背对着他，裹了被子两圈，关灯睡觉。

两个人都是下水道里滚过一圈的臭脾气，这一夜谁也没跟谁说话。

第二天林语惊睡过了头，八中今天五十周年校庆，沈倦作为八中历年来高考成绩最高的学生，也是八中建校以来唯一的一个高考状元，被刘福江找去演讲，顺便给高三生做个动员。

而林语惊可以说是刘福江教过的学生里他最喜欢的之一，自然也被邀请了，本来两人计划着早上一起去，结果林语惊睡醒后从床上爬起来，旁边半张床空着，温度都没了。

卧室里一片寂静，窗帘半遮，温暖的睡意浓稠。

沈倦人不见了。

这人自己先走了。

林语惊的火噌的一下就蹿上来了。

她坐在床上冷笑了一声，翻身下床，洗漱、化妆、换衣服。

她本来起得就有点晚，路上又堵了会儿车，到八中的时候那边校庆典礼已经开始了。八百年才盼来一次的校庆活动，高中生们都撒了欢了，只要不用上课，就算是去听无聊的毕业生演讲他们也愿意。

林语惊在八中没读几个月，也没机会去八中的这个礼堂，不过她记性挺好，隐约记着当年李林给她介绍过礼堂的位置，既然晚了也就不急了，手揣进大衣口袋往那边走，不一会儿就找到礼堂。

刘福江就站在门口，正跟旁边一个男人说着话。

林语惊认出这人是李林。

林语惊工作忙，有几年没回来过，时间过得飞快，当年的刘老师现在已经变成了刘副校长。虽然刘福江再三拒绝，表示自己只想安安静静地当当科任、教教生物，不想当领导层。

李林这会儿神情焦急："去哪儿了？不是这怎么回事啊，早不吵晚不吵？"

刘福江倒是依然笑呵呵的，还是那副不紧不慢的样子，背着手道："急什么，这什么事能不能办成啊，全是靠天意，缘分到了怎么都成了，不到你也急不来，"刘福江教育他，"你能不能稳重点，怎么这么多年了还这么毛躁？"

李林："……"

李林还要说话，一回头，看见站在后面、好奇地看着他们的林语惊。他停滞了三秒，然后跟触电似的，莫名地就原地蹦了一下，惊恐地看着她，就像是偷偷摸摸干了什么坏事被抓包了似的。

刘福江拍了拍他的肩膀："你看，这不就来了吗？"

林语惊过去，问了声好，笑道："有点堵车，不然早到了。"

她说着顺着门缝往里瞥了一眼，沈倦正站在演讲台前，男人一身笔挺的黑色高定西装，身上那股懒散劲敛去大半，乍一看过去一股冷漠、英俊的禁欲感。

这身西装还是林语惊给他买的。

声音断断续续地传出来，那股懒散劲就又冒出来了，这人正低调又平静地吹着牛，还跟下面的学生互动："嗯？学习方法？我没什么特别的学习方法。关于学习方法这个事，你们应该问当年的年级第二，我们年级第一主要是靠脑子的，智商的功劳比较大。"

林语惊："……"

林语惊差点没气抽过去。

旁边李林和宋志明都来了，几个人站在门口最后一排，李林胆战心惊地看了她一眼，抬手在她的肩膀上拍了两下，低声道："林妹，消消气，您消消气。"

下面的学生笑声一片，提问都很积极活跃，偶尔有胆子大的男生，在下面扯着脖子喊道："沈学长，听说您当年和年级第二有一段不得不说的故事啊，学校贴吧里还有人写过同人文呢！"

沈倦大概也没想到有这么大胆的男孩，班主任、校长都在下面坐着呢，就敢问这么限制级的问题。他挑起眉，表情些微诧异，而后勾唇笑了笑："同人文能信？那不是别人乱写的吗？"

林语惊靠在礼堂最后一排的墙边，高跟鞋鞋跟在墙面上轻磕了一下，两只手拢进羊绒大衣的口袋，红唇扬起，唇角弧度扩大，周身的气场却越来越冷。

李林在旁边打了个哆嗦，远远看向前面的沈倦。

大哥！

您找死呢吧？！

您能不能快点？别铺垫了！

沈倦继续道："想不想看官方发糖？"

下面再次沸腾了。

林语惊忽然有种不太妙的预感。

下一秒，沈倦："昨天晚上，我跟年级第二吵了一架，因为她不愿意跟我领证。"

闻言，李林和宋志明，包括旁边的刘福江都默默转过头来。

林语惊："？"

林语惊简直一脸蒙，沈倦这个王八蛋真是什么话都说得出来，她什么时候说不愿意领证了？再说那不是在闹别扭吗？

沈倦继续道："我准备了很长时间，通宵加班工作好不容易才空出了一周假，也想了很久要怎么求婚才不会被拒绝。"

林语惊："……"

于是，在广大群众的印象里，沈倦迅速从一个传说中能以一打十的、鲜血淋漓的风云人物变成了一个绞尽脑汁求婚的、痴情的可怜男人，即使林语惊在今天之前根本不知道这个人打算求婚。

他简直不要脸到令人发指。

沈倦忽然没头没脑道："昨天晚上的事，我觉得很重要，因为很重要，所以我等不了了，也不打算再想了，就择日不如撞日。"

林语惊一顿。

她抿起唇，藏在羊绒大衣里的手指静悄悄地蜷起，眼眶有点热，她微扬了扬下巴，抽出一只手来，用指尖按住眼角。

礼堂里光线昏暗、暖红，只有台上灯光明亮，在周围学生止不住的哄笑吵闹声里，他将一个深蓝色的丝绒盒子放在演讲台上。

"林同学，你好，我是省高考状元、年级第一、你高中时期的同桌沈倦，今天回母校代表毕业生演讲，除了庆祝建校五十周年，还为了娶你。"

沈倦将话筒拉高了点，双手撑着演讲台的台边，俯身抬眸，目光穿透整个礼堂看向最后一排站着的姑娘，笑着说："说好了的，倦爷一辈子疼你。"

番外三
沈家霸王小丑丑

婚后的第三年，林语惊怀了沈江临，这名字还是沈倦起的。

沈家人对起名字这种事情向来随便，沈父沈母没任何意见，只想着小孙子叫个精神气足一点、阳光一点的就行，别跟他爸似的叫个"倦"，然后从小到大都懒趴趴的，没阳光过。

沈江临小朋友刚出生的时候实在是算不上好看，脑袋光溜溜的还有点凹凸不平，皮肤红红的、皱巴巴的，头上一小撮胎毛湿漉漉地打着旋。

林语惊作为一个颜狗，第一眼看见他的时候觉得有点接受不了。

这也太丑了。

于是她给自己儿子起了个小名叫丑丑。

在林语惊兴冲冲地把这个小名献宝似的告诉沈倦以后，沈倦："……"

沈倦也不知道这到底是不是她亲生的儿子。

小丑丑没有愧对自己的这个名字，同病房的小朋友都慢慢地变得好看了，就他还是那么丑，就这么一直丑到了出院、满月酒、百天酒以后。

林语惊那天看着小床里睡得香香的儿子，照了照镜子，又看了看沈倦，终于忍不住问道："沈倦？"

沈倦懒懒道："嗯？"

林语惊狐疑地看着他："丑丑也太丑了，你是不是整过容？"

沈倦："……"

大概是为了证明爸爸的清白，小丑丑在半岁以后终于慢慢变得好看了起来。事实证明，丑丑长相的锅不应该爸爸来背，因为他长得像妈妈。

这回轮到沈倦嘲笑林语惊了，他靠在小床边似笑非笑地问："原来你小时候有这么丑？"

林语惊不服，指着儿子："这不是变好看了吗？"

丑丑坐在自己的小床里，眨着圆溜溜的大眼睛，懵懵懂懂地看看爸爸，又看看妈妈，咬着肉乎乎的手指头咯咯傻笑，完全不知道自己之前被亲爹妈嫌弃成了什么样。

一周岁以后，丑丑已经崛起，彻底摆脱了"丑"字，他成了整个小区里颜值最能打的小朋友，没有之一。他完全继承了妈妈漂亮的五官，漆黑的大眼睛像是会说话，并且非常皮。

沈倦小时候是不怎么爱说话的，丑丑不一样，丑丑是个话痨，而且是一句话能重复好多遍的那种。

比如周末，沈倦和林语惊放下手里的工作，抽出时间来陪他出去玩。

丑丑早早就准备好了，穿着牛仔裤、小毛衣和很酷炫的闪光球鞋，手里抱着他的小玩具期待地等着。他扶着墙慢吞吞地、小心翼翼地下楼梯，走下去，又走上来，就这么重复着上去下来，来来回回好多遍。

然后他口齿不清地嘟哝："丑丑下楼梯……妈妈下楼梯……爸爸下楼梯……"

丑丑揉揉眼睛："丑丑下楼梯了吗？丑丑下楼梯了……妈妈怎么还不下楼梯……"

丑丑摇头晃脑，小奶音黏黏糊糊地念叨了好一会儿，还没等来林语惊和沈倦。

爸爸妈妈都不是好脾气的人，丑丑虽然小，但是脾气也大，等了好久爸爸妈妈还在卧室里，门关得严严实实的，也不出来。

丑丑走过去，敲了敲卧室门："爸爸，爸爸。"

没声音。

"妈妈。"

还是没声音。

丑丑觉得自己被爸爸妈妈欺骗了，他也没耐心了，跺了跺脚，开始发脾气。

他大眼睛滴溜溜地转了一圈，不满地迈着小短腿蹭下楼去，噔噔噔地跑到客厅，将茶几上的水果盘挪了过来，把里面的水果哗啦啦全倒出来了。然后他脱掉了裤子，把纸尿裤拽了下来，蹲在地上，将果盘塞到屁股底下，开始方便。

等林语惊和沈倦终于出了房间下楼，客厅已经一片狼藉了。

几颗草莓被踩得稀巴烂，扫地机器人后面拖着半截香蕉满屋子跑，玻璃果盘端端正正地摆在茶几的正中间，旁边还耀武扬威地摆着一片干干净净的尿片。

而罪魁祸首早就不知道跑到哪里去了。

沈江临小朋友的小霸王性格在妹妹出生以后被终结了。

妹妹出生的那年小丑丑四岁半，大概是第一次见到这么小的小宝宝，丑丑难得安静地坐在沈倦的怀里，肉乎乎的小手扒着摇篮床，下巴搁在床边，眼巴巴地看着里面躺着的小家伙，小心又好奇地伸出一根手指来，戳了戳她软软肉肉的脸。

小宝宝也安静地看着他，眨了眨眼睛，脸一歪，口水蹭了他一手。

丑丑完全不嫌弃，一脸开心地又凑过去："爸爸，妹妹叫什么名字？"

"不知道。"沈倦揉了揉他的脑袋，逗他，"叫丑丑二号吧。"

丑丑沉默了一会儿，仰起头来，看着他认真地说："爸爸，舅舅说得对，你真不靠谱。"

沈倦："……"